Usch Luhn

Maxie und ein tierischer Trubel

© Foto: privat

Usch Luhn wuchs in der Steiermark in Österreich auf. Sie studierte Kommunikationswissenschaften in Berlin, absolvierte eine Ausbildung zur Drehbuchautorin und Filmdramaturgin und arbeitete mehrere Jahre beim Radio und fürs Kinderfernsehen. Mittlerweile hat sie schon über 30 Bücher geschrieben, und zahlreiche davon wurden in andere Sprachen übersetzt.

© Foto: privat

Nina Dullek zeichnet schon, seit sie einen Stift halten kann. Sie ist verheiratet und Mutter von drei Kindern. Sie liebt Wassermelonen und MezzoMix und weiße Blätter, die zur Bekritzelung freigegeben sind.

Usch Luhn

Maxie

und ein tierischer Trubel

Band 1: Maxie und ein Fisch mit Fernweh
Band 2: Maxie und ein Hund mit Herzklopfen

Mit Illustrationen von Nina Dulleck

Ravensburger Buchverlag

Als Ravensburger Taschenbuch
Band 52595
erschienen 2018

MIX
Papier aus verantwortungsvollen Quellen
FSC® C083411

1 2 3 4 5 E D C B A

Limitierte Sonderausgabe

Diese Ausgabe enthält zwei Bände der Serie „Maxie“
erschienen im Ravensburger Buchverlag:
Maxie und ein Fisch mit Fernweh (erstmals erschienen 2012),
Maxie und ein Hund mit Herzklopfen (erstmals erschienen 2012)

Umschlag- und Innenillustrationen: Nina Dulleck

Printed in Germany

ISBN 978-3-473-52595-9

www.ravensburger.de

Inhalt

Maxie
... und ein Fisch mit Fernweh
Ravensburger

„Maxie!

Maaaxiiieee!

Maxiiiiiiiiiiieeeeeee, jetzt wach endlich auf!“

Die Nervensäge, die gerade mein Trommelfell zum Platzen bringt, ist meine Schwester Jule. Sie ist neun. Und das ist leider nicht das einzige Schreckliche an ihr.

Das kneifwütige Biest schnappt sich meinen linken Fuß, der unter meiner Bettdecke hervorlugt, und versucht, meinen kleinen Zeh zu zerquetschen.

Grrrrrr! Jetzt bin ich wirklich hellwach.

Und stinkwütend.

Ach übrigens, guten Morgen zusammen. Mein Name ist Maxie mit hintendran *e*. Und ich hasse es, so früh aus dem Schlaf gerissen zu werden.

Der Sonntag ist heilig für mich, denn es ist der einzige Tag, an dem ich richtig lange ausschlafen und mich von meiner lieben Großfamilie erholen kann. Genau deshalb wird Jule diese hinterhältige Wecknummer gleich bitter bereuen.

Ich hole tief unten in meinem Bauch Luft. Das habe ich im Schulchor gelernt. Wenn ich will, kann ich so laut schreien, dass die Fensterscheiben zittern. Ich brülle also los: „Juuuuule! Es ist Sonntag. Wenn du dich nicht sofort verziehst, passiert was ganz Schlimmes."

„Aber da unten sind Einbrecher!" Jules Stimme kippt vor Aufregung über. „Sie schleichen um unser Haus herum und gucken durch die Fenster und einer von ihnen ist sogar in den Garten geklettert. Glaubst du, sie wollen Eddy klauen?" Sie schaut mich aus ängstlichen Augen an.

„Einbrecher? Wo?" Ich schnelle nach vorne und knalle unsanft gegen Jules harten Schädel. Autsch! Jetzt sehe ich tatsächlich ein paar Sterne, obwohl die Sonne schon kräftig in mein Zimmer scheint. Ich massiere meine schmerzende Stirn.

Rummms!

Im nächsten Moment kracht es so laut, als ob eine Abrissbirne gegen unser Haus donnert. Die Wände wackeln und mein Schneewittchenspiegel fällt zu Boden.

Besonders zimperlich sind diese Einbrecher nicht.

Ich springe panisch aus dem Bett und zerquetsche mit meiner Ferse beinahe Cäsar. Er ist die jüngste von

Mamas Sibirischen Springmäusen und schläft am allerliebsten in meinen Pantoffeln, obwohl er das eigentlich gar nicht darf. Trotzdem büxt er immer wieder aus und taucht heimlich bei mir auf. Ich habe nichts dagegen. Cäsar ist total süß und hat die schönsten Schnurrbarthaare der Welt. In meinem kuscheligen Hausschuh sieht er aus wie der letzte Bewohner der Arche Noah. Ich habe schon superviele Fotos von ihm geknipst und ein Gedicht über ihn gemacht.

Jetzt rettet sich Cäsar mit einem waghalsigen Sprung – und zwar ausgerechnet auf mein Aufsatzheft, das auf dem Teppich liegt. Dort pinkelt er erst einmal eine riesige Pfütze. Na toll!

Gute Nerven haben Mäuse nicht. Ich sehe bereits das empörte Gesicht von Frau Rabe vor mir, wenn sie den gelben Fleck sieht. Besser gesagt: riecht. Mäusepipi duftet nämlich nicht nach Maiglöckchen wie ihr Lieblingsparfüm.

Ich stürze zum Fenster und schaue hinaus.

In unserer Gartenmauer steckt ein roter Transporter. Das Fahrzeug ist rückwärts in unsere frisch gestrichene weiße Mauer hineingefahren. Der irre Fahrer drückt offenbar gerade erneut auf das Gaspedal, denn das Fahrzeug setzt sich mit aufheulendem Motor wieder in Bewegung und nietet die Mauer um, als wäre sie aus Pappe. Es rollt in Zeitlupentempo mitten in unseren Garten, direkt auf den neuen Kaninchenstall zu. Kurz davor kommt es mit einem Ruckeln zum Stehen.

Im selben Augenblick springt die Hecktür auf. Ein paar Kartons kippen heraus und platzen auf. Überall auf dem Rasen verteilen sich vollgeschriebene Blätter.

Während die Kaninchen panisch in ihrem Heim herumjagen, stampft unser Esel Eddy herbei und fängt genüsslich an, auf den Blättern herumzukauen. Papier gehört zu seinen absoluten Lieblingsspeisen, obwohl Mama meint, das sei für einen Esel nicht gesund.

Ein Mann in Jeans und Strickpulli springt aus dem Wagen und versucht hektisch, Eddy die matschigen Blätter aus dem Maul zu zerren. Dabei schimpft er die ganze Zeit laut vor sich hin.

Plötzlich kommen zwei Jungen herbeigerannt. Sie müssen direkt an unserer Hauswand gestanden haben, deshalb sehe ich sie erst jetzt. Sie fangen an wie verrückt zu lachen, weil der Mann wie Rumpelstilzchen herumspringt. Das macht ihn natürlich noch viel wütender.

Jule schreit los und zwickt mich vor Aufregung in meinen Arm. „Der Größere, der hat vorhin durch das Küchenfenster geguckt. Und der blonde Junge hat Eddy einfach an der Mähne angefasst."

Also, wie gefährliche Diebe sehen die zwei eindeutig nicht aus, finde ich. Der Dunkelhaarige ist bestimmt nicht älter als ich. Wenn er überhaupt schon zwölf ist. Er hat einen blau-weißen Ringelpullover an und abgeschnittene Jeans. Seine braunen Haare sind ein bisschen zu lang und er wischt sie sich ständig aus dem Gesicht. Der andere Junge ist so groß wie Jule und rotblond.

Der Mann fasst Eddy nun direkt ins Maul. Das kann der aber überhaupt nicht leiden – hätte ich ihm gleich sagen können. Eddy schubst ihn mit seinem sabbernden Maul einfach um und der Mann landet unsanft auf seinem Po.

„Jule, so ein Quatsch. Das sind doch keine Einbrecher!" Ich kichere.

Die Jungen versuchen jetzt auch mitzuhelfen, aber sie stellen sich noch dümmer an als der Mann. Bei ihnen sieht die Rangelei mit Eddy um die Blätter so aus, als ob sie einen Ringkampf austragen wollten.

Eddy gewinnt natürlich haushoch. Es dauert nur ein paar Sekunden, dann liegen die beiden ebenfalls im feuchten Gras. Eddy probiert aus, wie die Haare des großen Jungen schmecken, aber zum Glück für diesen mag er sie nicht. Jetzt sieht der Junge so abgeschleckt aus, als hätte er sich Haargel in seine Matte geschmiert. Das ist echt zum Schreien komisch.

„Nö, Jule, das sind wirklich keine Einbrecher", kreische ich. „Das sind einfach irgendwelche Wahnsinnigen, die sich offenbar in der Gartentür geirrt haben. Besser gesagt – in der Gartenmauer. Guck dir das an. Voll witzig. Eddy macht die in null Komma nix fertig. Und der Mann kann nicht einmal richtig Auto fahren. Wenn Mama die kaputte Mauer sieht, flippt sie völlig aus."

Im gleichen Moment schlägt unten die Haustür zu. In Riesenschritten stürmt meine Mutter auf die Eindringlinge zu. Im Schlafanzug!

Jule und ich wiehern gleichzeitig los. Was jetzt passiert, ist bestimmt besser als Kino. Davon sind wir beide überzeugt.

Als Tierärztin ist meine Mutter nicht so schnell aus der Ruhe zu bringen. Als Mama zum Glück auch nicht. Aber als Hausbesitzerin ist sie immer gleich auf hundertachtzig. Das ist echt komisch.

Wir sind erst vor zwei Jahren in dieses windschiefe Hexenhäuschen eingezogen, in dem unsere Großmutter als kleines Kind gewohnt hat. Sie hat es uns vererbt, weil sie leider schon gestorben ist. Das Haus stand ewig lange leer und wurde nie wirklich entrümpelt. Deshalb ist es bis unter das Dach voller seltsamer Sachen, die niemand braucht. Meint meine Mutter.

Ich habe nämlich in den Kisten auf dem Dachboden sehr schöne Dinge entdeckt, die ich gut in meinem Zimmer verwenden kann.

Den Schneewittchenspiegel zum Beispiel. Er hat einen verschnörkelten Rahmen aus Gold und wenn man hineinschaut, verzerrt sich das Gesicht, je nachdem, wie man den Kopf dreht. Das ist total lustig.

Außerdem eine riesige Glaskugel, die im Sonnenlicht funkelt wie ein kostbarer Edelstein. Sie hat bestimmt einer Wahrsagerin gehört. Ich habe aus Spaß mal meine Hände darübergehalten und ganz fest an ein Geheimnis gedacht, das ich unbedingt herauskriegen wollte, und da ist mir plötzlich ganz schummrig geworden. Habe ich mich vielleicht erschrocken!

Um mich zu ärgern, hat meine Mutter hinterher gesagt, dass ich in meinem früheren Leben sicher die Hexe in unserem Hexenhäuschen gewesen bin. Das macht mir aber gar nichts aus. Vielleicht habe ich ja deshalb Herrn Schiller im Wald gefunden.

Das ist gleich in der ersten Woche, nachdem wir hier eingezogen waren, passiert. Ich war alleine im Wald unterwegs und da lag er piepsend auf dem Weg. Mir ist fast das Herz stehen geblieben. Ich habe ihn ganz vorsichtig in mein blaues Halstuch eingewickelt und bin so schnell ich konnte nach Hause gelaufen. Mama kennt sich ja zum Glück mit Tieren aus.

Herr Schiller ist die schönste Krähe, die ich je gesehen habe, mit dunkelblau glänzenden Federn, einem weißen Fleck auf der Brust und einem pechschwarzen Schnabel. Bestimmt hat ihn ein Kuckuck aus dem Nest geschubst. Wenn ich ihn nicht gefunden hätte, wäre er garantiert gestorben. Sein linker Flügel war gebrochen, aber Mama hat ihn geschient.

Ich musste Herrn Schiller mit Insektenbrei füttern, und als es ihm etwas besser ging, kriegte er Rührei. Das ist immer noch seine Lieblingsspeise, obwohl er die Eier überall herumspuckt. Als er wieder gesund und flügge war, wollte er gar nicht mehr von uns weg. Und deshalb wohnt er jetzt bei mir.

Meine Mutter glaubt, Herr Schiller und ich sind Seelenverwandte, weil er Gedichte und Songtexte genauso gerne mag wie ich. Kann schon sein. Ich muss Herrn Schiller ja nur angucken, da fällt mir schon wieder was Neues für einen Song ein. Der hier ist gerade unser Lieblingslied:

CRAP RAP
Herr Schiller: eine düstre Gestalt,
bei dem wird jedem heiß und kalt.
Er fürchtet sich im Finstern nicht,
jagt selbst Vampire in die Flucht.
Schickt sie ins Licht,
spuckt ihnen Rührei ins Gesicht!
Waaaaaaaah!

Wenn ich zum Schluss das Waaaaaaaah! ganz laut hinterherbrülle, dann gluckert Herr Schiller los wie eine Horde Lachtauben. Das ist total crazy.

Er kann sowieso supergut Stimmen nachmachen. Besonders die unserer Mutter, wenn sie sich aufregt. Wie jetzt eben. Ehrlich gesagt möchte ich gerade nicht in der Haut dieses ulkigen Typs da unten stecken.

Im gleichen Moment geht es auch schon los.

Mama fuchtelt mit Händen und Füßen herum und deutet aufgeregt auf die kaputte Mauer. Der fremde Mann macht aber mindestens genauso einen Alarm. Er zeigt anklagend auf den kauenden Eddy und tritt schließlich sogar mit der Fußspitze wütend gegen die Mauer. Oder was davon übrig geblieben ist.

So witzig dieser Stummfilm ist – eigentlich würde ich verflixt gerne hören, was die beiden sich genau an den Kopf werfen. Bis auf ein paar wütende Wortfetzen kriege ich nämlich nichts davon mit, weil Eddy mittlerweile lautstark mitmischt.

„Man versteht ja gar nichts“, sagt Jule enttäuscht. „Glaubst du, wir dürfen rausgehen? Oder wird Mama dann noch böser …“

Ich bin mir ehrlich gesagt nicht sicher. Mama ist ganz schön unter Dampf.

„Guck mal, Maxie. Kassia ist ja unten. Dann geh ich aber auch!“ Jule rennt los.

Tatsächlich. Kassia ist ebenfalls im Garten. Sie ist meine andere Schwester. Wir haben am selben Tag

Geburtstag, aber zum Glück ist Kassia ein Jahr jünger als ich. Obwohl – eine Zwillingsschwester fände ich auch irgendwie cool.

Kassia und ich sind allerdings alles andere als Zwillinge. Manchmal bin ich mir nicht einmal sicher, ob wir überhaupt miteinander verwandt sind. Kassia ist nämlich ein echtes Superhirn. Ein Mathegenie. Ein Überflieger. Direkt unheimlich. Sie kriegt garantiert einmal den Nobelpreis für Physik oder entdeckt einen fremden Stern, auf dem Außerirdische wohnen.

Samstagnacht hockt sie meistens auf dem Dachboden herum und guckt durch ein langes Fernrohr in den Himmel. Sie hat sogar ein Klappbett mit einem Schlafsack dort aufgestellt. Darin schläft sie manchmal. Aber nur, wenn am nächsten Tag keine Schule ist.

Anfangs hat Mama deshalb schrecklich herumgemeckert, aber dann hat sie nachgegeben. Kassia ist nämlich auch supergut darin, andere zu überzeugen. Das gilt auch für unsere Mutter. Und darauf bin ich wirklich neidisch.

Ich düse total schnell hinter Jule her. Nicht dass ich noch was Wichtiges verpasse.

Aber ich komme leider zu spät.

Anscheinend sind den beiden Streithähnen gerade

die Schimpfwörter ausgegangen. Dabei hätte ich noch ein paar für mein neues Wutlied gebrauchen können.

Mama und der Mann gucken sich stumm und spinnefeind an.

Erwachsene sind echt ulkig. Wenn ich mich nur fünf Minuten mit meinen Schwestern fetze, wird meine Mutter total sauer. Warum gilt das immer nur für Kinder?

„Ich erwarte, dass Sie die Mauer umgehend ersetzen und wieder aufbauen", sagt Mama mit eisiger Stimme. „Ich bin Tierärztin und trage Verantwortung. Die kranken Tiere, die man mir zur Pflege anvertraut hat, müssen sicher bei mir untergebracht werden. Das erwarten die Tierhalter zu Recht. Und auch unsere eigenen Tiere brauchen den Schutz der Mauer vor der Straße." Sie verschränkt die Arme.

„Ihr störrischer Esel hat meine kostbaren Kompositionen zerstört", erwidert der Mann bockig. „Ich fordere Schadensersatz."

„Mir egal, Ihre Noten", sagt Mama.

„Mir egal, Ihre Mauer. Und gegen Tiere bin ich allergisch. Sogar gegen Fische", sagt der Mann.

Die beiden stehen sich wie Kampfhähne gegenüber und starren sich wütend in die Augen.

Ganz ehrlich: Ich finde, Mama übertreibt gerade irgendwie. So gestelzt redet sie sonst nie. Der Typ muss sie ganz schön auf die Palme gebracht haben.

Die Mauer war zwar frisch gestrichen, aber ansonsten uralt. Und weder Eddy noch Herrn Schiller oder Kassias nervigen Kater Chili interessiert eine Mauer. Herr Schiller fliegt sowieso darüber, Chili tänzelt auf der Mauer herum wie auf einem Catwalk und Eddy geht durch das offene Gartentor auf die Straße spazieren, wann immer er Lust dazu hat. Autos kommen hier selten vorbei. Außer ausgerechnet dieser runtergekommene rote Transporter.

Zur Untermiete sind im Augenblick nur die Zwergkaninchen. Aber die hat ihr Besitzer wohl vergessen abzuholen, vielleicht weil aus den drei Babykaninchen mittlerweile fünfzehn geworden sind. Alle schwarzweiß. Ansonsten wohnen bei uns noch Mamas zwölfköpfige Springmausfamilie (die hat jemand im Karton vor die Haustür gestellt), zwanzig Goldfische im Gartenteich (die flüchten auch nicht durch die kaputte Mauer), mehrere Frösche und drei Salamander.

„Tja. Dann sollten wir mal unsere Namen austauschen, um die Schadensfrage zu klären – *falls* es da etwas zu klären gibt“, räuspert sich der Unglücksfahrer. „Sebastian Pfeffer, Musiker.“ Er verbeugt sich.

Mama schleudert energisch ihren Pferdeschwanz hin und her. „Und mein Name ist Doktor Klementine Buntschuh, Tierärztin. Groß und deutlich hier zu lesen.“ Sie zeigt auf das Praxisschild neben unserer Haustür.

Der Fremde zuckt zusammen und kneift die Augen klein. Wie ein hypnotisiertes Kaninchen starrt er Mama an. „Buntschuh!“, ruft er ungläubig. „Aber wer heißt denn so? Und dazu noch Klementine.“ Er bricht in schallendes Gelächter aus.

„Wie bitte?!“ Mama schnaubt wie ein beleidigtes Rennpferd und presst trotzig ihre Lippen aufeinander. „Seinen Namen kann man sich nicht aussuchen. Aber wie man sich einer Dame gegenüber benimmt, schon. Adieu, Herr Pfeffer.“

Sie macht eine gebieterische Handbewegung in unsere Richtung. Das heißt, dass wir uns ins Haus verziehen sollen. Gehorsam setze ich mich in Bewegung und treibe meine zwei trödelnden Schwestern zur Eile an. Ich kenne Mama schließlich seit zwölf Jahren und weiß, wann sie es ernst meint.

„Nicht ‚Adieu‘, sondern ‚Auf baldiges Wiedersehen‘!“, ruft Herr Pfeffer uns hinterher. „Ich bin näm-

lich ab heute Ihr Nachbar, liebe Frau Doktor. Ich und meine Söhne Jonas und Lukas."

Mama bleibt so abrupt stehen wie diese Frau aus der Bibel, die vor Schreck zu einer Salzsäule erstarrt ist. Ich kriege einen Moment richtig Angst, dass mit ihr dasselbe passiert, aber sie läuft nur knallrot an wie ein Leuchtfeuer über dem Ozean. „Wie bitte?", kreischt sie und dreht sich eilig um.

Sebastian Pfeffer grinst, als wären seine Mundwinkel an den Ohren festgetackert. Er schwenkt einen Schlüsselbund. „Ich habe den alten Kasten gekauft", sagt er lässig. „Wir ziehen heute ein. Um Ihre kaputte Mauer kümmere ich mich dann morgen. Schließlich will ich nicht, dass mir Ihre Arche-Noah-Crew den schönen Rasen kaputt trampelt." Er zwinkert mir verschwörerisch zu, bevor er zielstrebig auf unser leer stehendes Nachbarhaus zusteuert.

Tatsächlich. Der Schlüssel passt ins Schloss, die Tür springt auf.

Jonas und Lukas hechten ihrem Vater hinterher und verschwinden mit ihm in der Villa.

Eine halbe Stunde später sitzen wir alle zusammen um den Küchentisch, trinken heißen Kakao und halten Krisenrat.

Mama hat sogar die Dose mit den kostbaren Schokoladenkeksen herausgerückt, die ihre beste Freundin Penny aus London ab und zu mit der Post schickt. Die beiden kennen sich schon seit der Uni und Mama ist die Patentante von Pennys Tochter Paula. Normalerweise kriegen wir nur mickrige Krümel ab, so geizig ist Mama mit ihren leckeren Keksen. Sie versteckt sie jedes Mal an einem anderen Ort, damit wir sie nicht heimlich vertilgen. Aber heute meckert sie nicht einmal, als Jule gleich zwei Kekse auf einmal in ihren Mund schiebt.

Das heißt, die Lage ist ernst.

„Mama, hast du gesehen, dass der fremde Mann seine Hand in Eddys Maul gesteckt hat?“, fragt Jule empört. „Schade, dass Eddy nicht zugebissen hat.“

Mama antwortet nicht. Sie rührt tief in Gedanken

versunken mit dem Löffel in ihrem Kakao herum und starrt vor sich hin. Dabei murmelt sie ohne Unterlass: „Total unverschämt. Total unverschämt. Total unverschämt."

Sie nimmt drei Schokoladenkekse auf einmal und bröselt sie in ihren Kakao. Dann löffelt sie den süßen Schoko-Kakaomatsch mit Leichenbittermiene leer.

Ich schüttle mich angeekelt. Das muss doch scheußlich schmecken!

Mama scheint es wirklich sehr schlecht zu gehen.

„Stimmt. Total unverschämt, wie der durch die Mauer gebrettert ist. Aber reg dich doch nicht so auf, Mamilein. Am besten, du rufst gleich morgen Früh bei Herrn Adler von der Versicherung an", sagt Kassia sachlich. „Dieser Sebastian Pfeffer muss auf jeden Fall die Reparatur bezahlen. Vielleicht sollten wir noch ein paar Fotos machen. Als Beweis. Wenn du mir dein Handy gibst, übernehme ich das. Außerdem hat er die Kaninchen und Eddy geärgert. Vielleicht kann man ihn sogar wegen *tierischen Erschreckens* anzeigen. Gibt es so was?"

Mir klappt die Kinnlade runter. Meine Schwester Kassia ist irgendwie nicht normal. Wie kann man mit elf Jahren bloß so vernünftig sein?

Ich selbst spüre eigentlich nur Wut auf den Typ.

Mir so fies den Sonntag zu vermiesen, ist alles andere als nett. Ich würde gerne sofort etwas ganz Schlimmes machen, aus Rache. Leider fällt mir auf Anhieb nur Hasenkötel vor die Haustür legen oder Cäsar auf seine Windschutzscheibe pinkeln lassen ein. Das ist ja eher Kinderkram. Aber ich bin sicher, dass ich was Gemeineres finde, wenn ich nur lang genug an unsere neuen Nachbarn denke.

Mama nickt zustimmend. „Du hast Recht, Kassischatz. Dieser Mann benimmt sich wirklich frech." Sie klopft energisch mit ihrem Löffel auf den Tisch.

Plötzlich schießt mir etwas ungeheuer Wichtiges durch den Kopf. „Wenn dieser Herr Pfeffer mit seinen Kindern nebenan einzieht, dann kriegen wir die Villa ja nicht mehr!", brülle ich los. „Wie gemein ist das denn?"

Eigentlich platzt unser kleines Haus aus allen Nähten. Jule und Kassia müssen sich sogar ein Zimmer miteinander teilen. Vielleicht ist das der Grund, warum Kassia am liebsten ganz auf den Dachboden übersiedeln würde. Anscheinend zieht sie die Gesellschaft von Fledermäusen den Pferden vor, die auf Jules Zimmerseite die Wände schmücken.

Deshalb hat Mama vor Kurzem ihr Sparbuch hervorgekramt und nachgeschaut, ob wir uns die Villa leisten könnten, wenn wir Großmutters Haus verkaufen. Mamas Traum ist schon lange eine eigene Tierklinik mit allem Drum und Dran. In der Villa hätten wir genügend Platz für uns selbst und Mamas Patienten.

Bisher sah es ziemlich gut aus. Die Villa gehörte nämlich dem Bürgermeister. Seit er in einen schicken Neubau mit Pool gezogen ist, stand sie leer. Nur ab und zu kam ein Gärtner zum Rasenmähen vorbei.

Weil sein Jagdhund auf einen rostigen Nagel getreten war, ist der Bürgermeister erst vor einer Woche in Mamas Praxis gewesen. Er war wie immer zuckersüß und hat versprochen, sich ihr Angebot zu überlegen. Ein richtiger Schleimer! Er hat mit keinem Pieps erwähnt, dass er die Villa längst verkauft hatte!

„Ich konnte den Bürgermeister noch nie ausstehen“, sagt Kassia triumphierend. „Jetzt müssen wir uns wenigstens keine Sorgen mehr machen, dass du auf sein Gesülze hereinfällst. Er findet dich ja offenbar total toll.“

Jule fängt an, wie verrückt zu lachen. Dann führt sie einen wilden Tanz in der Küche auf. Dazu kreischt sie hysterisch: „Der Bürgermeister ist verliiiebt, der Bürgermeister ist in unsere Mami verliiiiebt! Er will die Mami heiraten, er will die Mami heiraten, er will die Mami heiraten.“

Mama runzelt ärgerlich die Stirn. „Jule – hör sofort mit diesem Quatsch auf!“ Sie schiebt entschlossen ihren Stuhl zurück. „Aber Maxie hat natürlich Recht. Das ist gar nicht nett vom Bürgermeister. Ich werde morgen ein ernstes Wörtchen mit ihm reden, wenn er mit seinem Hund zum Pfoteverbinden kommt.“ Sie geht zum Küchenfenster und schaut hinaus. „Dieser Pfeffer scheint es ernst zu meinen. Da steht jetzt auch noch ein riesiger Möbelwagen vor der Tür. Was will der mit dem ganzen Krempel?“

Sie beugt sich weiter hinaus und gibt gleich darauf ein erstauntes Krächzen von sich. Es hört sich fast an wie Herr Schiller, wenn er eine Erdnuss verschluckt hat.

Eilig gucke ich ihr über die Schulter. „Ein Klavier! Ein richtiger Flügel wie bei uns in der Schule.“ Jetzt bleibt mir aber die Spucke weg. Für so ein tolles Instrument ist in unserem winzigen Haus kein Platz. Bei uns bekäme vermutlich schon eine Blockflöte Platzangst.

„Und in Weiß. Hammer!“, sagt Kassia. Sonst sagt sie nichts. Anscheinend fehlen ihr ausnahmsweise mal die Worte, was höchst selten vorkommt.

Jule klettert wie ein Äffchen auf meinen Rücken, um nichts zu verpassen. „Oh, das ist aber schön. Wie das Klavier in dem Dornröschenfilm. Vielleicht hat der Mann ja auch noch ein Pferd in dem großen Lastwagen?“, sagt sie hoffnungsvoll.

Meine kleine Schwester liebt Pferde über alles. Aber Mami will auf gar keinen Fall ein Pferd im Garten. Sie sagt, wir hätten ja unseren Eddy und der wäre genauso prima.

Das stimmt allerdings nicht so ganz. Eddy ist zwar echt süß, aber die meiste Zeit steht er lieber einfach so herum und kaut vor sich hin, anstatt mit Jule auf dem Rücken herumzutraben. Er ist eben nur ein dickköpfiger Esel und kein richtiges Pony. Das müsste Mama eigentlich am besten wissen. Schließlich kennt sie sich mit Tieren aus. Esel sind Packtiere und nicht besonders scharf auf Galopp. Und wenn sie keine Lust haben, haben sie keine Lust. Dann bleiben sie einfach stehen und denken anscheinend ewig lange darüber nach, ob sie in diesem Leben überhaupt noch einen Schritt machen sollen.

Die Möbelpacker schleppen eine spannende Kiste nach der anderen in die Villa. Sosehr ich mich auch anstrenge, ich kann nicht einmal erahnen, was sie enthalten. Aber Herr Pfeffer führt sich auf, als wäre ihr Inhalt ganz schön wertvoll.

„Ich wüsste gerne, ob er noch mehr Instrumente hat. Vielleicht in den Kisten“, sage ich. „Ein Schlagzeug wäre toll.“ Ich kriege vor Aufregung kaum noch Luft.

Kassia fängt an zu kichern. „Nicht verzagen, Eddy fragen.“

Meine Schwester hat wieder einmal den Nagel auf den Kopf getroffen.

Eddy ist unbemerkt durch die Mauerreste getrabt und beschnuppert nun neugierig einige ausgeladene Kisten, die die Möbelpacker unvorsichtigerweise im Garten der Villa abgestellt haben. Einige Pappkartons sind mit Kordeln zugebunden. Geschickt kaut Eddy die Bänder mit seinen großen Zähnen durch. Dann beginnt er, die Pappe vollzusabbern, so als ob er sie aufweichen wollte.

„Esel sind die klügsten Tiere überhaupt“, schwärmt Kassia. „Bestimmt denkt er, er findet in dem Karton ein Leckerli.“

Im selben Moment kommt Herr Pfeffer aus dem Haus. „Weg da!“, schreit er los und stürzt sich auf Eddy. Doch Eddy frisst sich ungerührt weiter in das Paketinnere.

Herr Pfeffer wirft sich mit seinem ganzen Körper gegen unseren Esel. Eddy rührt sich nicht vom Fleck.

Er schüttelt Herrn Pfeffer unwillig ab und schiebt ihn behutsam mit seinem nassen Maul zur Seite.

„Gib ihm was zu fressen, Papa!“, kommt der kleinere Junge seinem Vater zu Hilfe. Er holt einen roten Apfel aus seiner Hosentasche und hält ihn Eddy direkt vor das Maul. Dabei streichelt er Eddys Kopf. „Schau mal, wie lieb der Esel ist!“

Ich traue meinen Augen nicht. Der Junge steigt auf eine wackelige Holzkiste und klettert furchtlos auf Eddys Rücken.

„Gleich wirft er ihn ab“, haucht Jule atemlos in mein Ohr. „Das lässt sich mein Eddy nicht gefallen.“

Der Junge flüstert Eddy etwas in seine Lauscher. Im gleichen Moment marschiert Eddy los. Aber nicht zurück in unseren Garten, sondern die Straße hinunter, und zwar in einer ziemlichen Geschwindigkeit.

Ich wusste gar nicht, dass Eddy so schnell laufen kann. Wahnsinn! Der kleine Junge scheint überhaupt keine Angst zu haben. Im Gegenteil. Er klebt juchzend auf Eddys Rücken und bewegt sich zu Eddys Tempo auf und ab wie ein Flummi.

„Eddy! Komm zurück“, schreit Jule empört. „Der blöde Junge soll sofort meinen Eddy zurückbringen, Mami.“ Sie fängt sirenenartig an zu heulen und trampelt wütend mit den Füßen.

„Ist das ein Affentheater hier!“, ruft Mama aus. „Erst die Mauer, dann der Esel.“ Sie stürmt aus der Küche und galoppiert in Hausschuhen die Straße hinunter. „Brrrr, Eddy. Brrrrr. Brrrrrr. Eddy, brrrrrrr!“ Mama wedelt aufgeregt mit den Armen. Im Nu hat sie die Ausreißer eingeholt und umkreist Eddy wie ein spanischer Stierkämpfer. Das sieht total beeindruckend aus. Selbst Jule hat aufgehört zu heulen und guckt fasziniert zu.

„Mama ist so was von cool!“ Kassia spricht aus, was wir alle drei denken.

Unsere coole Mutter treibt Eddy ruck, zuck nach Hause zurück.

Der Junge springt von Eddys Rücken herunter und holt eine Möhre aus seiner Tasche, um ihn noch schnell zu füttern. Anscheinend hat der Winzling einen halben Obst- und Gemüsegarten in seinen Klamotten vergraben.

Es gibt noch einmal einen kurzen, aber gesalzenen Wortwechsel zwischen diesem Herrn Pfeffer und unserer Mutter. Der Junge steht die ganze Zeit grinsend daneben und streichelt Eddy. Also, jetzt reicht es aber langsam.

„Das reicht jetzt aber langsam!“, höre ich Mama in diesem Moment ganz laut sagen. Sie schickt Eddy energisch in unseren Garten und läuft barfuß heim, weil sie unterwegs einen Hausschuh verloren hat.

Wir empfangen sie mit lautem Applaus und fallen ihr um den Hals. So eine tolle Mutter hat sonst keiner, da bin ich mir sicher. Sie sieht zerzaust, aber sehr unternehmungslustig aus.

„So, jetzt habe ich dem Herrn Nachbarn noch ein bisschen die Meinung gegeigt", sagt sie zufrieden. „Der soll gleich wissen, dass er der Familie Buntschuh nicht auf der Nase herumtanzen kann."

Den restlichen Sonntag bleibe ich lieber in meinem Zimmer, obwohl draußen die Sonne scheint. Herr Schiller und ich üben einen neuen Song ein, besser gesagt, einen Krächz-Rap. So richtig bei der Sache bin ich aber nicht.

Aus der Nachbarschaft kommen seltsame Geräusche; ich wusste gar nicht, dass Einziehen so einen Krach macht. Mama jagt den ganzen Tag durch den Garten und räumt auf. Sogar Eddy muss dran glauben. Sie schrubbt ihn mit einer Bürste und ganz viel Babyshampoo. Sogar hinter den Ohren. So blitzblank war unser Esel schon lange nicht mehr.

Kassia belehrt mich, dass unsere Mutter Eddy nur aus einem einzigen Grund badet, nämlich, um unsere neuen Nachbarn auszukundschaften. Auf die Idee wäre ich gar nicht gekommen, aber warum eigentlich nicht? Zutrauen würde ich es ihr. Schließlich haben wir nicht nur die coolste, sondern auch die schlaueste Mutter der ganzen Welt. Bestimmt sammelt sie heimlich Beweise, wie wir die nervige Pfefferbande schnell wieder loswerden, damit wir doch noch in die Villa einziehen können.

Und wenn Mama das alleine nicht schafft, helfen wir einfach ein bisschen nach. Da fällt mir bestimmt was Tolles ein. Ich sage nur: Wüstenspringmaus-Parfüm. Stimmt's, Herr Schiller?

Am Abend ist unsere Mutter völlig erschossen. Kein Wunder, sie hat ja den halben Garten umgegraben. Während sie zur Entspannung in die Badewanne steigt und Kassia zusammen mit Jule den Abendbrottisch deckt, füttere ich draußen schon mal unsere Kaninchen und Chili, Kassias Kater, obwohl wir uns nicht besonders gut leiden können. Das Biest ist unberechenbar und hat Herrn Schiller schon mal eine Feder ausgerupft.

Gerade als ich mit Hoppel und Poppel, den zwei zutraulichsten Kaninchen, im Gehege schmuse, sehe ich den älteren der beiden Jungen in der Garage der Villa an einem Fahrrad herummurksen. Jonas heißt er, fällt mir ein. Wieso habe ich mir überhaupt seinen Namen gemerkt?

Hoffentlich kommt er nicht in meine Klasse. Na, eigentlich auch egal. Mehr als eine Woche bleibt die Pfefferbande sowieso nicht. Sie können den Möbelwagen eigentlich gleich vor der Haustür stehen lassen.

Das Fahrrad sieht nagelneu aus, so ein typisches Angeber-Mountainbike. Keine Ahnung, was der Junge damit will. Schließlich wohnen wir hier nicht in den Alpen.

Plötzlich guckt der Junge in meine Richtung. „Hey", sagt er. Sonst nichts. Er pumpt konzentriert den Hinterreifen auf.

Ich zucke so heftig zusammen, dass Hoppel und Poppel empört von meinem Arm springen und in ihrem Häuschen verschwinden.

Verdattert starre ich zu ihm hinüber. Er schraubt einen Kilometerzähler fest.

„Gehören die Kaninchen alle dir?", fragt der Junge.

„Nee, dem Weihnachtsmann", antworte ich schnippisch.

Der Junge grinst. „Ich dachte eigentlich, die sind mit dem Osterhasen verwandt."

Was quatscht dieser Typ denn da? Auf so einen Unsinn antworte ich gar nicht, das ist unter meiner Würde. In Zeitlupentempo klettere ich aus dem Kaninchengehege und setze mich ins Gras.

„Ich heiße Jonas und ich schätze, du bist auch zwölf", sagt er. „Wahrscheinlich gehen wir sogar in dieselbe Klasse, oder gibt es in diesem Kaff mehrere Schulen?"

So viel Frechheit macht mich sprachlos. Deshalb versuche ich möglichst gelangweilt zu gucken, als ich nicht auf sein Geblubber reagiere. Diesen Blick habe ich übrigens bereits ewig lange vor dem Spiegel geübt. Wenn ich mal mit Herrn Schiller auf einer richtigen Bühne stehe und mit ihm meine Wut-Songs oder den Krächz-Rap vor einem großen Publikum vortrage, ist es wichtig, dabei so cool wie möglich auszusehen.

Jonas starrt mich an. „Besonders gesprächig bist du ja nicht. Hast du Bauchweh oder warum verzerrst du dein Gesicht so komisch? Hör mal!" Er drückt auf seine Klingel. Ein ohrenbetäubendes *Kikeriki* erklingt. Unsere Kaninchen hoppeln aufgeregt in ihrem Stall herum.

Wie kindisch ist das denn?

Jonas strahlt mich an. „Verdammt cool, was? Das hat keiner außer mir."

Allerdings nicht. Kein anderer würde sich freiwillig mit so einer Klingel zum Affen machen.

„Also dann", sagt er und hebt zwei Finger zum Gruß. „Man sieht sich."

Er verschwindet in der Villa. Gleich darauf geht im oberen Stockwerk das Licht an und ich entdecke Jonas am Fenster. Es befindet sich auf der gleichen Höhe wie mein eigenes. So ein Mist. Der Junge kann ja direkt bei mir hineingucken. Gleich morgen bitte ich Mama, dass sie mir einen dicken Vorhang kauft. Ich habe nämlich nur ein dünnes buntes Tuch vor die Fensterscheibe gehängt. Scheint die Sonne, leuchtet mein ganzes Zimmer wie ein Regenbogen. Aber damit ist jetzt eben Schluss. Hastig laufe ich zurück ins Haus.

„Hast du gerade mit dem großen Jungen von nebenan gequatscht?“, fragt Kassia vorwurfsvoll, als ich mich zum Abendbrot an den Küchentisch setze. „Wir wollten die Pfefferbande doch links liegen lassen.“

Ich schüttle empört den Kopf. „*Er* hat mit mir geredet. Keine Ahnung, was. Hörte sich alles total wirr an.“ Ich schmiere fingerdick Erdbeermarmelade auf mein Butterbrot und beiße wütend hinein.

„Ich finde die Fahrradklingel von dem Jungen toll, die ist ganz laut“, mischt sich Jule ein. „So eine hätte ich auch gerne. Ob ich mir die mal ausleihen kann?“

„Jule!“, rufen Kassia und ich im Chor.

„Untersteh dich“, nuschle ich mit vollem Mund. „Ab heute gilt absolutes Sprechverbot mit den Pfeffers, ist das klar?“

Jule zieht eine Schnute. „Ich kann die Klingel doch ausprobieren, ohne mit dem Jungen zu reden.“

Kassia und ich wechseln einen alarmierten Blick.

„Ich erkläre es dir nachher, wenn ich dir eine Gute-Nacht-Geschichte vorlese“, sagt Kassia.

So nervig meine Schwester Kassia manchmal ist mit ihrer Besserwisserei – gerade könnte ich sie abknutschen. Denn eines ist total klar: Wir müssen die Pfefferbande so schnell wie möglich wieder loswerden. Und da können wir uns nicht bloß auf Mama verlassen.

Als ich später im Bett liege, kann ich einfach nicht einschlafen. Das war wirklich ein ziemlich chaotischer Tag. Mama ist ganz früh in ihrem Zimmer verschwunden, ganz ohne Abendbrot. Sie hat ziemlich müde und besorgt ausgesehen, das hat mir richtig Angst eingejagt.

Ich würde gerne das Licht anknipsen und noch ein bisschen lesen, aber ich will auf keinen Fall, dass dieser Jonas in mein Zimmer gucken kann. Von meinem Bett aus entdecke ich, dass sein Fenster sperrangelweit offen steht. Obwohl es draußen stockduster ist, erkenne ich, dass er ebenfalls noch wach ist und auf der Fensterbank sitzt. Ich habe nämlich Augen wie eine Eule, sagt Mama immer. Die habe ich von Papa geerbt.

Ach Papa. Auch in der Dunkelheit kann ich sein

Foto, das über meinem Schreibtisch hängt, so gut sehen, als wenn es taghell wäre.

Das liegt bestimmt daran, dass ich es mir schon mindestens eine Million Mal angeschaut habe. Auf dem Foto sind unsere Eltern zusammen drauf, mit Papas Pferd Kaliber. Papa konnte nämlich super reiten, genau wie Jule.

Wenn unser Vater nicht mit seinem Rettungshubschrauber unterwegs war, ist er mit Kaliber durch den Wald geritten. Also dort, wo wir früher alle zusammen gewohnt haben. Ganz in der Nähe vom Flughafen, damit er immer schnell starten konnte, wenn ein schlimmer Unfall passiert war.

Mein Vater war nicht nur ein toller Pilot, er war auch supermutig und der süßeste und lustigste Papa auf der ganzen Welt.

Ach, Papa. Du hättest die Pfefferbande mit deinem Hubschrauber verjagt wie Superman. Da bin ich ganz sicher. Und dann hätten wir alle zusammen in die Villa einziehen können. Der Garten hinter der Villa ist so groß, dass Kaliber dort sogar einen eigenen Stall hätte bekommen können. Dann hätte ihn Mama nicht verkaufen müssen.

Aber Papa ist eines Tages nach der Arbeit nicht mehr nach Hause gekommen. Ein Vogelschwarm ist gegen seinen Hubschrauber gekracht und er ist einfach abgestürzt.

Das ist jetzt vier Jahre her, und immer, wenn ich an ihn denke, dann tut mir alles gleichzeitig weh. Der Bauch, mein Kopf, sogar mein kleiner Zeh. Die Schmerzen gehen nur weg, wenn ich ganz schnell anfange zu heulen. So wie eben jetzt. Ich schnappe mein Kopfkissen und schluchze es eine Runde nass.

„Krah. Krah. Krah." Plötzlich segelt Herr Schiller in einem eleganten Bogen über mein Bett und landet direkt neben meinem Kopf. Er hackt mir mit seinem kräftigen Schnabel ins Ohr. „Krah. Krah. Krah."

„Aua!" Ich bin so verblüfft, dass ich schlagartig aufhöre zu heulen. „Hast du nicht alle Federn unterm Pony?", rufe ich empört. Auf einmal bin ich total wütend. Wütend auf Herrn Schiller, wütend auf die blöden Vögel, die mit Papa zusammengestoßen sind. Wütend auf alle Vögel dieser Welt.

„Du doofer Vogel!", schreie ich ihn an. „Du doofer, doofer Vogel."

Herr Schiller guckt mich aus seinen kugelrunden schwarzen Knopfaugen ernst an.

„Kacke. Kacke. Kacke", sagt er. Und während er zurück auf seine Stange segelt, stößt er einen langen und tiefen Seufzer aus.

Im ersten Moment weiß ich nicht, ob ich weiterheulen oder lachen soll. Herr Schiller ist wirklich der verrückteste Vogel der ganzen Welt.

„Kacke. Kacke. Kacke“, wiederhole ich. „Herr Schiller, du hast total Recht. Es ist total kacke, dass Hubschrauber nicht so gut fliegen können wie Vögel.“

Plötzlich bin ich todmüde. Ich riskiere einen Blick hinüber zur Villa. Wann taucht eigentlich die Mutter der Pfefferbande auf, frage ich mich unvermittelt. Auf die bin ich echt gespannt. Sie muss Nerven wie Stahlseile haben, bei der Familie. In diesem Augenblick knallt das Fenster gegenüber zu. Ich ziehe mir meine Bettdecke über den Kopf und schlafe in der gleichen Sekunde ein.

Am nächsten Morgen habe ich überhaupt keine Lust aufzustehen.

Aber leider pickt mich Herr Schiller total lästig in mein Ohr. Das macht er immer, sobald der Wecker zum ersten Mal geläutet hat. Ich habe den Verdacht, dass Kassia ihm dieses Kunststück heimlich beigebracht hat, um mich zu ärgern.

Montag ist der schlimmste Tag in meinem Leben. Und das jede Woche neu.

Obwohl ich zwölf bin und schon ewig in die Schule gehe, gewöhne ich mich einfach nicht daran. Habe ich mich am Freitag endlich damit abgefunden, dass ich dort jeden Vormittag verbringen muss, dann ist Wochenende. Und danach geht alles wieder von vorne los.

Hört sich verrückt an? Vielleicht. Ich würde es ja selbst gerne ändern. Meine Schwestern können es gar nicht erwarten, dass der Unterricht losgeht. Kassia, weil sie möglichst schnell möglichst viel lernen will, damit sie Sternenforscherin werden und Aliens in einem Raumschiff besuchen darf. Und Jule, weil sie dort ihre zwei besten Freundinnen trifft.

Manchmal, wenn ich ganz verzweifelt darüber bin, dass Schule mir so schwerfällt, tröstet mich Mama. Dann erzählt sie mir, dass Papa sogar ziemlich oft geschwänzt hat und deshalb riesigen Ärger mit seinen Eltern kriegte. Und dass er ja trotzdem ein toller Pilot geworden ist.

In den ersten beiden Stunden am Montag habe ich Deutsch. Frau Glöckner ist meine Lieblingslehrerin, denn sie ist immer gut gelaunt und meckert fast nie. Sie hat sogar schon Gedichte von mir gelesen und mir Tipps gegeben, wie sie noch fetziger werden.

Leider kriege ich in Deutsch trotzdem immer eine miese Note und wir wissen beide einfach nicht warum. Bei Klassenarbeiten legt sich in meinem Kopf ein Schalter um. Ich kann mich dann an nichts mehr erinnern, also jedenfalls nicht an Rechtschreibung und den ganzen Kram. Besonders schlimm ist es, wenn wir was erzählen sollen. Dann purzeln meine Gedanken wie wild durcheinander.

Ich will meine Geschichte zwar unbedingt loswerden und in meinem Kopf ist sie auch wunderschön. Aber ich schaffe es einfach nicht, sie rechtzeitig aufzuschreiben, bevor wieder alles durcheinandergewirbelt wird. In meinem Heft fliegen die Buchstaben dann so wild kreuz und quer wie die Sternschnuppen, die Kassia immer durch ihr Fernrohr beobachtet. Ich kann einfach nichts dagegen tun.

Seit ich das weiß, traue ich mich eigentlich gar nicht mehr loszulegen. Aber damit sind meine Mutter und Frau Glöckner leider nicht einverstanden. Deshalb muss ich mich durchbeißen.

Zum Glück kann ich mich nach Deutsch bei Frau Rabe erholen. Bei der haben wir Musik, mein absolutes Lieblingsfach. Frau Rabe ist keine Lehrerin, sondern Organistin in unserer Kirche. Deshalb kann sie perfekt Klavier spielen. Wenn man die Augen dabei zumacht, hat man das Gefühl, man schwebt auf einer Wolke davon, so schön hört sich das an.

Frau Rabe hat den Musikunterricht aushilfsweise übernommen, weil wir im Moment keinen richtigen Musiklehrer haben. Sie ist fast so nett wie Frau Glöckner und völlig verrückt nach Herrn Schiller.

Letzte Woche verkündete sie eine wahnsinnig spannende Sache: Das Landesschulamt hat einen Musik-Wettbewerb ausgeschrieben. Jede Schule kann eine Band hinschicken.

Ohne groß zu überlegen, brüllte ich ins Klassenzimmer: „Ich will als Texterin antreten, zusammen mit Herrn Schiller, der ersten rappenden Schulkrähe auf der ganzen Welt."

Gleich darauf wäre ich am liebsten im Boden versunken. Warum denke ich nicht besser nach, bevor ich meinen Mund aufmache? Das passiert mir in letzter Zeit ständig. Dabei habe ich gar keine Lust, mich extra zum Affen zu machen.

Mama sagt, das liegt daran, dass ich bald in ein *anstrengendes Alter* komme. Keine Ahnung, was sie damit meint. Ich finde meine jüngeren Schwestern schlimmer, oder warum streiten wir so oft?

Aber zu meiner großen Überraschung lachte mich überhaupt niemand aus. Im Gegenteil. Einige meiner Mitschüler trampelten sogar mit den Füßen und fanden meinen Vorschlag richtig toll! Besonders Jana, der ich meinen Rap schon mal vorgesungen habe, kriegte sich gar nicht mehr ein. Fand ich ziemlich cool.

Jana ist das netteste Mädchen in meiner Klasse und sitzt neben mir. Wir sind miteinander befreundet, aber nicht richtig fest. In letzter Zeit geht sie mir leider mindestens einmal am Tag ziemlich auf die Nerven. Sie interessiert sich nämlich seit Kurzem sehr für Jungs und will in den Pausen über fast nichts anderes mehr reden.

Deutsch Aufsatz
Marlie Buntschuh

Aber zurück zu meiner Band-Idee: Auch Frau Rabe war total begeistert und lud Herrn Schiller zum Probevorsingen ein. Das finde ich echt spontan von ihr und deshalb üben wir jetzt jeden Tag den *Crap Rap*. Schließlich will ich sie nicht enttäuschen. Unser Auftritt bei diesem Wettbewerb soll einfach alle aus den Schuhen kippen lassen. Wir holen den ersten Platz. Ich weiß es! Krah, krah, krah!

Für das Gewinnerteam gibt es nicht nur eine Urkunde, sondern auch noch Geld für neue Instrumente. Davon könnte Frau Rabe ein Schlagzeug und ein Saxofon und was sonst noch drin ist für die Schule kaufen, sodass wir in der Musikstunde endlich ordentlich Krach machen könnten. Das wäre genial!

Plötzlich klopft mein Herz ganz heftig. So sehr freue ich mich.

Ich glaube, ich stehe doch ganz schnell auf und gehe in die Schule. Ich muss unbedingt noch mal mit Frau Rabe über den Wettbewerb sprechen. Damit auch wirklich nichts schiefgeht. Und vielleicht traue ich mich ja sogar, Frau Glöckner den *Crap Rap* vorzulesen.

„Was ist los?" Meine neunmalkluge Schwester Kassia schaut mich erstaunt an, als ich vollkommen angezogen und mit meinem gepackten Schulrucksack in der Küche auftauche. „Heute ist *Montag*! Haben Aliens dein Zimmer bevölkert oder wieso tauchst du freiwillig auf?"

Grrrr! Alles klar? Das meine ich, wenn ich sage, dass Kassia nervt.

Auf so einen blöden Satz gebe ich gar keine Antwort, das ist unter meiner Würde. Stattdessen suche ich nach meinem Schulbrot.

Mama kann genial kochen und backen. Sie macht alles selbst, auch wenn sie das ganze Wartezimmer voller kranker Vierbeiner hat. Und sie denkt sich jede Woche köstliche Beläge für unsere Pausenbrote aus. Montags kriege ich immer etwas extra Leckeres mit, damit mir der Tag nicht ganz so schwerfällt.

Eigentlich wäre mal wieder Quark dran, finde ich, mit saftigen Kräutern aus unserem Hexenbeet, wie Mama ihre Kräuterecke draußen im Garten nennt. Aber meine Proviantdose ist leer.

„Wo ist mein Pausenbrot?", frage ich alarmiert. „Hast du es genommen, Kassia?"

Kassia schüttelt energisch den Kopf. „Ich bin doch nicht lebensmüde. Du musst heute Zwieback mitnehmen oder Knäcke. Mama ist krank. Sie liegt noch im Bett."

Seit ich in den Kindergarten gehe, habe ich mein Pausenbrot noch nie selber machen müssen. Sogar als Mama sich mit Windpocken bei uns angesteckt hatte. Wenn Mama nicht mal aufstehen kann, hat sie bestimmt etwas ganz Schlimmes. Mir wird vor Schreck schlagartig kochend heiß. Ohne eine Sekunde zu zögern, stürme ich zu ihr.

Mama hat alle Vorhänge zugezogen, sodass es in ihrem Zimmer stockdunkel ist und kein einziger Sonnenstrahl hereinkommt.

„Mama?", flüstere ich und mein Hals ist plötzlich staubtrocken. „Was hast du denn? Musst du jetzt ins Krankenhaus?"

Plötzlich sausen ganz viele wirre Gedanken durch meinen Kopf. Wenn Mama ins Krankenhaus kommt, wer passt denn dann auf uns auf?, denke ich.

Ich habe mal ein Buch gelesen, da wurden alle Geschwister ins Heim geschickt, weil die Mutter krank war und sich nicht mehr um ihre Kinder kümmern konnte.

Mama wühlt sich mühsam aus ihrem Kissenberg hervor und setzt sich auf. „Geht schon wieder, Kleines", sagt sie und stellt ihre Füße auf den Boden. „Ich habe ganz doll Kopfweh und mir ist total schlecht. Ich kann nicht ins Licht gucken, dann wird mir schwindelig. Eine richtige Migräne. Aber morgen bin ich wieder fit."

Ich setze mich erleichtert neben Mama auf das Bett und nehme sie ganz fest in meinen Arm. Ich kann gar nicht sagen, wie viele Steine gleichzeitig mir von der Seele plumpsen.

Zum allerersten Mal gehe ich ohne Frühstück und mit einem mickrigen Zwieback in meiner Brotdose in die Schule. Aber es gibt Schlimmeres. Hauptsache, unsere Mutter ist bald wieder ganz gesund!

Wortlos laufe ich neben meinen Schwestern her. Immer wenn es Mama nicht gut geht, kriege ich Panik, ich kann einfach nichts dagegen tun. Aber seit unser Vater nicht mehr da ist, haben wir doch nur noch sie.

„Wovon kriegt man eigentlich Migräne?", frage ich Kassia schließlich, als wir auf unserem Schulhof ankommen.

Die Grundschule und unsere Gesamtschule liegen direkt nebeneinander. Deshalb haben wir einen gemeinsamen riesigen Schulhof. Die Kleinen finden das cool, weil sie zusammen mit uns Älteren Pause haben. Mir gehen die kreischenden Zwerge aber oft ganz schön auf den Keks.

„Stress“, sagt Kassia mit finsterer Miene. „Mama hat sich bestimmt zu doll aufgeregt. Über Herrn Pfeffer, die kaputte Mauer, den doofen Bürgermeister … Das ist wie ein Gewitter im Gehirn, verstehst du?“

Ach so, jetzt kapier ich. Der doofe Pfeffervater ist daran schuld, dass Mama sich mies fühlt. Manchmal ist es gar nicht so schlecht, eine überschlaue Schwester zu haben.

Kassia guckt sehr besorgt, und das ist gar kein gutes Zeichen. Sie weiß doch sonst immer für alles eine Lösung.

Die Einzige, die wie immer gut gelaunt herumhüpft, ist Jule. Sie hat gerade ihre Freundin Rosanna gesichtet und düst strahlend davon.

So gut würde ich mich auch gerne mal fühlen – aber Schule ist einfach nicht mein Ding.

Ich schaffe es gerade noch, meinen vergeigten Diktattest von letzter Woche mit Janas Hilfe zu verbessern, bevor es zur ersten Stunde gongt.

Plötzlich kräht es direkt hinter mir ohrenbetäubend.

„Hey, also doch die gleiche Schule. Habe ich mir ja gedacht."

Ich drehe mich schockiert um.

Jonas Pfeffer! Auf seinem übertrieben neuen Mountainbike.

Der kommt mir gerade recht. Jetzt kann ich ihm endlich meine Meinung um die Ohren hauen, zu Mamas Kopfschmerzen, seinem doofen Vater und überhaupt.

Aber bevor ich mir eine richtig fiese Antwort überlegt habe, sagt er: „Hast du zum Frühstück eins eurer Kaninchen verschluckt oder warum guckst du schon wieder so ulkig?", und rennt einfach an mir vorbei in die Schule.

Na, warte! So einfach kommt er mir nicht davon! Ich spurte hinterher.

„He, warte, Pfeffersack!" Ich hole ihn kurz vor dem Lehrerzimmer ein und erwische einen Zipfel seines T-Shirts. Daran halte ich ihn einfach fest und funkle ihn so böse an, wie ich nur kann. „Wenn dein Vater meine Mutter noch mal so nervt wie gestern und sie davon dolles Kopfweh kriegt, ist was los. Dann ärgern meine Schwestern und ich *deine* Mama zurück, dass es nur so staubt, kapiert?"

Aus irgendeinem Grund wird Jonas plötzlich so bleich wie die frisch gestrichene weiße Wand im Lehrerzimmergang. „Lass meine Mutter aus dem Spiel, dumme Gans", faucht er. Dabei schaut er mich so wild an, dass ich fast ein bisschen Angst kriege.

Gleichzeitig bin ich total neidisch. Seit ich mit Herrn Schiller zusammen rappe, übe ich gefährlich gucken vor meinem Schneewittchen-Spiegel, manchmal zwei Stunden am Stück oder mitten in der Nacht. Leider sehe ich meistens so harmlos aus wie ein Meerschweinchen. Bei Jonas wirkt das Böse-Gucken viel echter.

„Maxie, das ist ja wirklich lieb von dir. Hast du deinen neuen Mitschüler gleich mitgebracht?" Frau Glöckner schießt voller Elan aus dem Lehrerzimmer

ZIMMER

und strahlt uns beide begeistert an. Sie parkt den Bücherberg, den sie balanciert hat, auf meinen Armen und schüttelt Jonas freundlich die Hand. „Willkommen an unserer Schule, mein Junge. Ich bin mir sicher, dass du dich ganz schnell an uns gewöhnen wirst. Bei uns ist immer was los und besonders Maxie ist immer für eine Überraschung gut. Sie schreibt die tollsten Gedichte, die ich je von einer Schülerin gelesen habe. Vielleicht zeigt sie dir ja mal eines." Sie zwinkert mir verschwörerisch zu.

Ich könnte augenblicklich im Boden versinken. Warum müssen Erwachsene immer so peinlich sein?

„Na, dann mal auf ins Klassenzimmer. Herrlich, so ein frischer Montag, nach einem entspannten Wochenende. Ihr zwei wohnt ja nebeneinander, da werdet ihr bestimmt bald gute Freunde. Und dass dein Vater die schöne alte Villa vor dem Verfall rettet, Jonas, ist einfach toll."

Plötzlich kriege ich eine echte Wut auf Frau Glöckner. Wie kann man nur so unausstehlich gut gelaunt sein und vor allem: völlig ohne Grund! Am liebsten würde ich sie jetzt ganz doll piesacken, damit sie so schlechte Laune kriegt wie ich, aber schon wieder fällt mir auf die Schnelle nichts Passendes ein.

Wo kann man ätzend sein üben?

Dafür nervt Frau Glöckner mich weiter, und zwar so übel, dass ich beinahe platze.

„Ich glaube, es ist gut, wenn Jonas sich für die erste Zeit neben Maxie setzt", ordnet sie an, als wir in unsere Klasse kommen. Sie scheucht Jana von ihrem Platz und verfrachtet sie neben Tim. Der macht ihr mit einem breiten Grinsen Platz. Ich kann mir denken warum. Auch Jana protestiert mit keiner Silbe, sondern wird stattdessen knallrot.

Noch ein falsches Wort und ich gehe wie ein Heißluftballon in die Luft.

„Das ist euer neuer Mitschüler Jonas", stellt Frau Glöckner die Pfefferbacke vor. „Er wohnt mit seinem Bruder Lukas, der ab heute in die 3a der Grundschule geht, und seinem sympathischen Vater, Herrn Sebastian Pfeffer, den ihr alle noch kennenlernen werdet, in der Villa neben Maxie. Mehr verrate ich aber nicht, es soll ja eine Überraschung werden." Frau Glöckner strahlt uns an wie ein geschmückter Weihnachtsbaum.

Wie bitte? Was sollen denn diese seltsamen Andeutungen? Was hat meine Klasse mit Herrn Pfeffer zu tun? Ich verstehe nur noch Bahnhof und in meinen Ohren saust es plötzlich so laut, als wären Kassias Aliens im Anflug. Vielleicht bekomme ich jetzt auch so eine Migräne wie Mama. Stress genug habe ich ja.

Zufällig werfe ich einen Blick auf Jonas. Der hat ganz rote Flecken am Hals.

Im gleichen Moment schaut er mich an. Seine Pupillen sind winzig und so rabenschwarz wie Herrn Schillers Knopfaugen. Über seiner Nasenwurzel bildet sich eine kerzengerade Falte. Sein ganzes Gesicht ist verzogen, so als hätte er Zahnschmerzen.

Wenn es nicht so albern wäre, würde ich ihn glatt bitten, mir diesen Blick auf der Stelle beizubringen. Anscheinend nervt ihn das Gesäusel von Frau Glöckner genauso sehr wie mich.

Schadenfroh grinse ich vor mich hin. Warum soll es ihm anders gehen als mir? Komischerweise fühle ich mich jetzt aber besser. So nach dem Motto: Geteiltes Leid ist halbes Leid. Halt! Quatsch! Was denke ich denn da für Unsinn? Mit der Pfefferbacke will ich echt nichts teilen. Weder meinen Arbeitstisch noch meine Wut. Trotzdem wüsste ich für mein Leben gerne, was Frau Glöckner da gerade so furchtbar mysteriös angekündigt hat.

„Welche doofe Überraschung hat dein unberechenbarer Vater denn noch auf Lager? Den Mauer-über-den-Haufen-fahr-Marathon brechen? Oder einen neuen Mütter-Beleidigungs-Rekord aufstellen?", zischt mein Mund, bevor mein Gehirn ihn stoppen kann.

Mist. Meine Neugier reitet mich noch mal ins Verderben, sagt meine Mutter immer. Ich erschnüffle auch immer alle meine Geburtstagsgeschenke und ärgere mich hinterher schwarz.

„Frag ihn gefälligst selbst", zischt Jonas mindestens genauso wütend zurück. „Ich bin nicht der Pressesprecher von meinem Vater."

Hoppla! Respekt. Da scheint aber gerade dicke Luft im Hause Pfeffer zu sein. Und Jonas ist echt nicht auf den Mund gefallen. Ohne dass ich etwas dagegen tun könnte, schießt mir ein neuer Rap durch den Sinn.

Ich klopfe mit meinem Bleistift den Rhythmus auf den Tisch und spreche lautlos den Text dazu.

Krah, krah, krah!
Pfefferbacke, eins ist klar:
Bevor es kracht, nimm dich in Acht.
Mach keinen Stress, lass mich in Ruh,
sonst kriegst du bald kein Aug mehr zu.
Der Blöde, der bist immer du.
Krahahahahahahahahahahahaha.
SchlussAusEnde.

Bei *Krahahahahahahahahahahahaha* und *SchlussAus-Ende* würde Herr Schiller einen minutenlangen krächzigen Lachanfall kriegen, wie das mal ab und zu passiert, wenn er richtig gute Laune hat. Das hört sich bei ihm ungefähr so gruselig an, wie wenn sich ein Gespenst im Kühlschrank halb totlacht. Das Gelächter müsste von heftigem Trommelwirbel begleitet werden. Das wäre richtig cool!

„Maxie, ich merke schon, du brennst darauf, kreativ zu werden“, reißt mich Frau Glöckner aus meinen Gedanken.

Ich erschrecke mich so sehr, dass ich zusammenzucke. Ich muss den Lästerrap unbedingt aufschreiben, bevor ich ihn wieder vergesse. Den zeige ich Frau Glöckner aber lieber nicht. Sie könnte ihn falsch verstehen. Oder besser gesagt: richtig!

„Holt bitte eure Aufsatzhefte hervor, wir beginnen die Woche mit einer spontanen Schreibübung. Das Thema lautet: *Mein total verrücktes Wochenende.* Alles ist erlaubt, sogar ein wenig Schwindelei. Also versetzt eure Fantasie in Schwingungen. Ich bin jetzt schon gespannt, was ihr alles erlebt habt.“

Frau Glöckner strahlt uns aufmunternd an.

„Ach, du heilige Bratpfanne“, stöhnt Jonas vor sich hin und kramt in seinem Rucksack. „Wenn ich etwas hasse, dann Aufsätze schreiben. Da dreht mein Hirn immer total durch."

Schon die zweite Gemeinsamkeit zwischen Jonas und mir. Schade, dass er so eine nervige Pfefferbacke ist. Ich bin ein echter Pechvogel.

„Na, dann leg mal los!" Ich kichere schadenfroh. „Wie wäre es denn damit: Wie mein peinlicher Vater an diesem Wochenende erst eine Mauer überrollte, dann im Kaninchenstall zwischenlandete und schließlich fast von einem Esel aufgefressen wurde?"

Jonas' vernichtender Blick geht mir durch Mark und Bein.

Ist ja krass. Dieser Junge ist ein echtes Naturtalent.

Ich stelle als Grenze meinen größten Ordner zwischen uns und mache mich dahinter so unsichtbar wie möglich. Schließlich soll Jonas Pfeffer mir auf keinen Fall ansehen, wie unendlich neidisch ich auf seine außergewöhnliche Begabung bin.

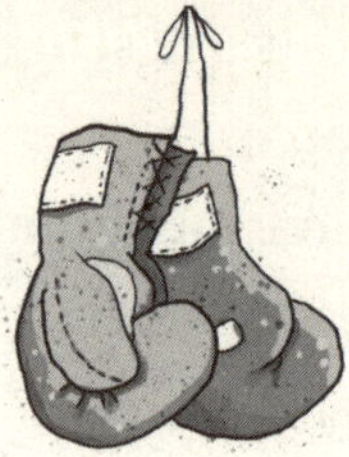

Nach zwei Stunden, die gar nicht enden wollen, gongt es endlich zur Frühstückspause. Ich habe meinen eigenen Rekord gebrochen und einen Aufsatz abgegeben, der nicht länger als eine halbe Seite ist. Ich sehe bereits den traurigen Gesichtsausdruck von Frau Glöckner vor mir, wenn sie mir mein Heft zurückgibt. Vermutlich will sie dann wieder einmal mit Mama sprechen.

Ich bin selbst nicht stolz auf meine schlechte Leistung, aber diesmal ist wirklich meine Lehrerin daran schuld, dass mir nichts Gescheites eingefallen ist. Schließlich hat sie Jonas Pfeffer neben mich gesetzt. Der hat übrigens noch weniger geschrieben.

Ich räume nicht einmal meine Schreibsachen weg, sondern rase so schnell ich kann hinunter auf den Hof.

Meine Brotdose habe ich gleich im Rucksack gelassen. So komisch, wie ich mich fühle, würde ich selbst an einem Krümel Zwieback ersticken.

Bevor es kracht,
nimm dich in Acht.
Mach keinen Stress, lass mich in Ruh,
sonst kriegst du bald kein Aug mehr zu.
Der Blöde, der bist immer du.
Hosenschisser. Mäusepisser.
Krahahahahahahahahahahaha

… hämmert es unentwegt in meinem Kopf herum.

Ich würde am liebsten kopfüber in den Sandkasten abtauchen und warten, bis Schulschluss ist. Ich weiß schon, warum ich Montage nicht leiden kann. Erschöpft lasse ich mich einfach in den feuchten Sand fallen und strecke alle viere von mir. Die Schäfchenwolken rasen in einem Affenzahn über den blauen Himmel, so als wären sie auf der Flucht. Ich würde am liebsten mit davonlaufen.

„Hey, Maxie, alles klar?“ Jana taucht über mir auf und lächelt mich mitleidig an. „Hast du den Aufsatz einigermaßen hingekriegt? Die Aufgabe war echt einfach, finde ich. Zu dem Thema fällt doch jedem etwas ein. Wir waren am Wochenende bei meiner Tante, die hat ein Fohlen gekriegt, also ich meine natürlich, ihr Pferd Hilde hat eines gekriegt.“ Sie kichert. „Total süß. Es heißt Gustav und hat ein weißes Herz zwischen den Augen. Ich habe fünf Seiten lang total genau beschrieben, wie Gustav geboren wurde, was er frisst, wie seine Eltern aussehen und so weiter. Wir haben eine richtige Geburtstagsfeier im Stall gemacht, mit Schokoladentorte und einer Kerze, das war total schön. Frau Glöckner wird zu viel kriegen. Ich weiß zufällig, dass sie Angst vor Pferden hat, weil sie mal von einem runtergefallen ist. Ich muss dir unbedingt meine Handy-Fotos zeigen."

Sie beißt in ein dick belegtes Käsebrot und kaut genüsslich. „Dieser Jonas ist eigentlich ganz nett", nuschelt sie. „Ist doch gar nicht so schlimm, dass wir die Plätze tauschen mussten, oder? Tim ist ja auch ganz o. k." Ihre Stimme klingt plötzlich ein wenig verlegen.

„Du hast ja keine Ahnung", platzt es aus mir heraus. „Seit gestern haben wir den totalen Stress mit diesen Pfeffersäcken. Der doofe Vater hat mit seinem Auto fast unsere Kaninchen über den Haufen gefahren und meine Mutter ist deshalb sogar krank geworden. Die sollen dahin gehen, wo der Pfeffer wächst."

Jana reißt ihre großen blauen Augen auf. „Echt? Das tut mir leid. Erzähl mal genau!"

In diesem Augenblick kommt Tim angelaufen.

„He, Maxie, deine kleine Schwester prügelt sich da hinten beim Klettergerüst mit einem Jungen“, ruft er atemlos. „Die hat eine ganz schöne Faust“, sagt er anerkennend. „Der Junge hat schon ein blaues Auge.“ Er wirft einen begehrlichen Blick auf Janas Frühstück.

„Willst du mal abbeißen?“, fragt Jana und hält ihm ihr Brot hin.

Tim nickt eifrig. „Gerne. Ich habe meins zu Hause liegen lassen. Ich geb dir dafür ein Eis aus.“ Er wird rot.

Ich stürme los. Was ist denn in Jule gefahren? Ich kann mich nicht erinnern, dass sie mal richtig Streit mit Gleichaltrigen gehabt hätte. Meistens fängt sie vorher an zu weinen.

Am Klettergerüst herrscht tatsächlich Prügelalarm. Ein Dutzend kleiner Kinder steht kreischend dabei und feuert die Streithähne lauthals an. Jule kugelt in ihrem nagelneuen Sommerkleid mit den Kirschen, das sie sich erst letzte Woche mühsam von Mama erbettelt hat, weil es ziemlich teuer war, über den sandigen Boden.

Ich traue meinen Augen nicht. Der Junge, den sie im Schwitzkasten hält, ist der Bruder von Jonas Pfeffer, Lukas. „Jule!“, brülle ich. „Hör sofort auf!“

Im gleichen Moment taucht meine Schwester Kassia auf. „Was macht Jule da?“, fragt sie entsetzt.

Kassia hasst Prügeleien. Wenn sie so richtig sauer ist, hält sie einen feurigen Vortrag darüber, wie doof und gemein man ist. Das kann sie natürlich perfekt, und sie trifft einen damit mindestens so sehr wie mit einer Ohrfeige.

Ich erwische Jule am Ellbogen und zerre sie entschlossen aus dem staubigen Hände- und Füßeknäuel heraus.

„Lass mich“, brüllt Jule und wehrt sich wie verrückt.

Das kleine Biest ist stärker, als ich dachte. Sie verpasst mir einen schmerzhaften Tritt gegen das Schienbein.

„Aua!“ Ich sehe einen Moment lang kleine lila Sterne, so weh tut das. Ich lasse Jule los und reibe mein Bein.

Zum Glück kommen mir Jana und Tim zu Hilfe und schnappen sich die beiden Zwerge.

Jule zappelt wie ein hilfloser Käfer und brüllt außer sich vor Wut. Ihr Gesicht ist schmutzig und tränenverschmiert.

Lukas heult lautlos in sich hinein und hält sich sein dickes Auge.

„Was ist hier los?“, ruft eine schneidende Stimme.

Oje, das ist Frau Rabe. Sie ist wirklich total lieb, aber eine Sache kann sie überhaupt nicht ausstehen und das ist Streit. Dann wird sie kreidebleich vor Ärger und man sieht am besten zu, dass man Land gewinnt, bevor sie mit ihrer Strafpredigt beginnt.

Dass sie ausgerechnet heute Pausenaufsicht hat, ist echt Pech für Jule. Es ist Frau Rabe ohne Weiteres zuzutrauen, dass sie meine Schwester zum Direktor schleift und die beiden bei unserer Mutter anrufen. Denn so wie ich die Lage einschätze, hat Lukas deutlich mehr abgekriegt als Jule. Sein Auge wird bereits lila.

Ich habe keine Ahnung, was in meine Schwester gefahren ist, aber ich kenne sie seit immerhin neun Jahren und weiß, dass Lukas an diesem Streit nicht unschuldig sein kann.

„Jule Buntschuh, was genau geht hier vor? Wenn du nicht sofort antwortest, passiert was.“ Frau Rabes Stimme geht mir durch Mark und Bein.

Ich lege beschützend den Arm um Jules Schulter. Sie hat zwar gerade versucht, mein Schienbein zu zertrümmern, aber gegen Frau Rabe halten wir zusammen, das ist ja klar.

„Frau Rabe, meine Schwester wird sicher einen

Grund dafür gehabt haben, dass sie sich mit diesem Jungen zankt", mischt sich Kassia in einem so sachlichen Tonfall ein, als würde sie Mamas Einkaufszettel vorlesen. „Sie wissen, dass Jule sich noch nie geprügelt hat. Anscheinend ist etwas Außergewöhnliches vorgefallen. Vielleicht fragen Sie erst einmal den Jungen, dem sie das blaue Auge gehauen hat. Bestimmt gibt es eine logische Erklärung dafür."

Frau Rabe wird puterrot im Gesicht. „Ich habe dich nicht zu einer Einschätzung aufgefordert, liebe Kassia", faucht sie. „Und ich verbiete dir, mich in so einem frechen Tonfall zu belehren. Sonst landest du in wenigen Sekunden zusammen mit deiner missratenen Schwester beim Direktor."

Kassia sieht Frau Rabe kühl an. „Ich bitte darum. Dann können wir alles in Ruhe lösen. Auch, ob meine Schwester *missraten* ist oder meine Einwände *frech* sind. Was ich beides sehr bezweifle."

Mal ganz ehrlich: Manchmal habe ich das Gefühl, dass bei meiner Schwester im Oberstübchen einiges anders ist als bei normalen Leuten. Wie kann man mit elf Jahren solche Sätze ausspucken? Und merkt Kassia nicht, dass Frau Rabe, die eigentlich der friedlichste Mensch auf der ganzen Welt ist, gleich explodiert?

Mir wird ganz heiß vor Angst um meine Schwestern. Irgendetwas läuft hier total schief.

Als Kassia erneut den Mund aufmacht, um uns alle um Kopf und Kragen zu argumentieren, fange ich an zu krächzen wie Herr Schiller. „Krah, krah, krah! Krah, krah, krah!" Dazu deute ich mit meinen Ellbogen aufgeregte Flügelbewegungen an. „Krah, krah, krah!"

Kassia hält verdutzt inne und verstummt.

Die herumstehenden Kinder, die Frau Rabes Wutausbruch ängstlich verfolgt haben, fangen erleichtert an zu kichern.

Frau Rabe schaut mich an, als hätte ich den Verstand verloren. Selbst Jule hört einen Moment auf zu zappeln.

Wie schon gesagt: Ich mache mich nicht gerne zum Affen. Aber außergewöhnliche Situationen erfordern auch außergewöhnliche Aktionen. Um meine Familie vor dem Untergang zu retten, wäre ich zu fast allem bereit. Wenn Frau Rabe mich für verrückt hält, verfliegt vielleicht ein Teil ihrer Wut auf Jule und Kassia. Hoffe ich. Wissen tue ich es natürlich nicht.

Aber man muss was riskieren im Leben, das ist so ein Lieblingsspruch von Papa gewesen. Und damit hat er hundertprozentig Recht.

„Luki, bist du verletzt?" Sebastian Pfeffer taucht plötzlich wie aus dem Nichts auf und stürzt auf Lukas zu. Echt unheimlich, der Mann. Irgendwie ist er überall, wo es nach Ärger riecht. Er reißt seinen Sohn stürmisch aus Janas Armen und untersucht besorgt sein geschwollenes Auge. „Welcher Junge war das?", fragt er.

„Jule", antwortet Lukas mit einem Zittern in der Stimme.

„Ein Mädchen hat dich gehauen?", fragt Herr Pfeffer überrascht.

Lukas nickt. Er zeigt mit dem Finger auf meine Schwester. „Ich hab aber nicht angefangen." Er zieht theatralisch Rotz hoch.

„Waaaas?" Jule brüllt vor Empörung ein astreines hohes C. „Natürlich hast du angefangen." Zwischen zornigen Schluchzern stößt sie hervor: „Lukas hat gesagt, dass Eddy aus dem Maul stinkt. So was Gemeines hat noch nie jemand über ihn gesagt."

Frau Rabe guckt verwirrt. „Eddy?", sagt sie unsicher. „Ist das jemand aus eurer Familie?" Sie sieht Kassia und mich fragend an.

„Eddy ist unser Esel", antwortet Kassia würdevoll. Sie schaut Frau Rabe in die Augen, ohne ein einziges Mal zu blinzeln. „Und ja: Er gehört zu unserer

Familie. Kein Wunder, dass meine Schwester so sauer geworden ist.“

Frau Rabe seufzt tief. „Ach, Jule …“, sagt sie. Sie sieht aus, als würde sie krampfhaft nachdenken, was sie jetzt machen soll.

„Lukas hat die Gefühle meiner Schwester verletzt“, sagt Kassia ungerührt. „Es war also Notwehr.“ Sie verschränkt die Arme.

„Dieser blöde Esel schon wieder“, meldet sich Sebastian Pfeffer empört zu Wort. „Das Vieh macht nur Ärger. Ein gefräßiger Störenfried auf vier Beinen. Gemeingefährlich.“

Ich könnte Herrn Pfeffer augenblicklich in der Luft zerreißen.

Überraschend meldet sich Lukas zu Wort. „Stimmt gar nicht, Papa. Der Esel ist voll süß und man kann supergut auf ihm reiten. Aber er müffelt aus seinem Maul, ganz doll! Und deshalb habe ich zu Jule gesagt, dass sie ihm Zahnkaugummi geben muss. Das war alles. Aber sie ist gleich stinkwütend geworden.“

Alle schweigen für einen Moment verblüfft. Selbst Herr Pfeffer.

Zahnkaugummi! Ich krieg die Krise.

Die Pfefferjungs haben wirklich nicht alle Tassen im Schrank. Wo ist eigentlich Jonas? Ich schaue mich suchend nach ihm um, kann ihn aber nirgends entdecken. Ich wundere mich, denn ich hätte gedacht, dass er sofort losstürmt, um seinen kleinen Bruder mit flammendem Schwert zu verteidigen.

„Wo ist eigentlich Jonas?", fragt Herr Pfeffer in diesem Moment und schaut sich ebenfalls suchend um.

Ich zucke zusammen. Herr Pfeffer mischt sich nicht nur in alles ein, er kann offensichtlich auch Gedanken lesen. Wäre ich so verrückt wie Kassia, würde ich jetzt denken, dass er ein Außerirdischer mit übersinnlichen Fähigkeiten ist. Zum Glück glotze ich nicht Nacht für Nacht durch ein Fernglas auf fremde Planeten wie meine Schwester. Einer in unserer Familie muss ja einen klaren Kopf bewahren.

Kassia glaubt ganz im Ernst an bewohnte Planeten. Auf einem, behauptet sie steif und fest, lebt jetzt unser Papa.

„Wo ist Jonas?", wiederholt Herr Pfeffer ungeduldig seine Frage. „Warum hat er dir nicht geholfen, Lukas?"

In diesem Augenblick sehe ich ihn. Er versteckt sich auf dem Lehrerparkplatz hinter dem Lieferwagen, der die Schulmilch bringt, und beobachtet uns.

Überrascht starre ich ihn an. Jonas schaut zurück. Ich gebe ihm ein Zeichen, dass hier die Luft brennt. Er legt seinen Zeigefinger auf die Lippen und macht dieses typische Jonasgesicht. Diesmal aber nicht wütend oder böse, sondern … bittend.

„Jonas ist drinnen geblieben, ich glaube, nach der Deutscharbeit war ihm nicht gut. Er sagte, ihm purzeln die Gedanken so hin und her, das macht ihn ganz schwindelig“, antworte ich hastig und frage mich im selben Moment, warum um alles in der Welt ich das jetzt sage.

Herr Pfeffer nickt. „Ach so.“ Anscheinend weiß er über Jonas’ Problem Bescheid.

„Jetzt gebt ihr beiden euch endlich die Hand, sagt gegenseitig Entschuldigung und versprecht, dass so etwas nie wieder vorkommt“, mischt sich Frau Rabe plötzlich gewohnt energisch ein und fixiert Lukas und Jule mit strengem Blick.

Ich atme erleichtert auf. Scheint ja noch mal gut zu gehen.

„Los, Schnecke“, flüstere ich meiner Schwester ins Ohr. „Denk an Mama. Die hat schon genug Ärger.“

Jule streckt zögernd die Hand aus.

Lukas schlägt ein. „'tschuldigung. Ich mag Eddy. Darf ich noch mal auf ihm reiten?", sagt er bittend.

„Auch 'tschuldigung. Und mal sehen. Wenn du keinen Mist mit ihm baust. Esel dürfen nämlich kein Kaugummi essen, du Baby", antwortet Jule. „Davon kriegen sie Darmverschlingung, sagt meine Mutter. Und die muss es schließlich wissen, sie ist ja Tierärztin."

Frau Rabe lächelt zufrieden. „Na also. Klappt doch schon ganz gut. Und jetzt kommt Lukas mit mir ins Lehrerzimmer und kriegt eine Salbe und ein Coldpack aufs Auge. Ich glaube, ich habe sogar noch ein Stück selbst gebackenen Kuchen für dich."

Es gongt. Die Pause ist zu Ende.

„Aber Frau Rabe, die Musikstunde fängt gleich an", sagt Jana. „Fällt denn der Unterricht heute aus?" Sie guckt hoffnungsvoll.

„So weit kommt es noch, Jana Müller", sagt Frau Rabe gespielt empört. „Herr Pfeffer wird euch begleiten. Denn stellt euch vor: Er ist ab heute der neue Musiklehrer an unserer Schule. Ist das nicht einfach toll?" Sie strahlt Herrn Pfeffer euphorisch an.

„Was?", schreie ich. „Was wird denn dann aus der Band und sind Sie jetzt arbeitslos?"

Frau Rabe schüttelt den Kopf. „Maxie", sagt sie

streng. „Manchmal stellst du so dumme Fragen, dass ich mich wundere. Herr Pfeffer wird den Unterricht und alles, was damit zusammenhängt, ausgezeichnet leiten, da bin ich ganz sicher. Hast du vergessen, dass ich eigentlich Organistin bin? Jetzt kann ich mich endlich in Ruhe auf mein nächstes Konzert vorbereiten. Das letzte Mal habe ich sogar nachts in der Kirche geübt, weil ich zu wenig Zeit hatte." Sie streicht mir beruhigend über den Kopf.

„Maxie hat übrigens eine tolle Idee für den Band-Wettbewerb, Herr Pfeffer", sagt sie und zieht ihn mit sich fort. „Bestimmt kann sie es nicht abwarten, Ihnen davon zu erzählen."

Grrrr! Lehrer! Am besten, man vertraut ihnen erst gar nichts an, dann können sie einen auch nicht blamieren. Mehr sage ich dazu lieber nicht mehr. Stattdessen hoffe ich, dass dieser verkorkste Vormittag in Höchstgeschwindigkeit an mir vorüberrauscht und die Musikstunde sowieso.

„Mami, bist du da?“ Montagmittag bin ich immer als Erste zu Hause.

Jule hat Schwimmen und Kassia Nachhilfe in Französisch.

Ja genau, es gibt tatsächlich etwas, was meine jüngere Schwester nicht so gut kann. Darüber bin ich wirklich froh, denn sonst wäre ich sicher gewesen, dass man sie als Baby vertauscht hat. Wobei Mama sagt, Kassia ist nur zu faul, um Vokabeln zu lernen. Sie interessiert sich einfach nicht dafür, weil man auf fremden Planeten kein Französisch spricht.

Mama ist weder in der Küche noch in ihrem Zimmer. Dafür bellt und winselt es lautstark aus ihrer Praxis unten. Ein Hahn kräht sich die Seele aus dem Leib.

Erleichtert lasse ich mich auf die Eckbank fallen. Mama hat Sprechstunde, das heißt, es geht ihr wieder besser. Ich bin so froh, dass ich mir die Erdnussbutter aus der Speisekammer hole und erst mal ein paar Löffel in mich hineinschaufle. Brot ist immer noch nicht da. Egal. Hauptsache, meine Mutter ist wieder o.k.

Ich kann kaum glauben, dass ich diesen Schultag überlebt habe. Oder besser gesagt: dass ich Herrn Pfeffer überlebt habe. Ich lasse den Horrorvormittag noch mal im Schnelldurchlauf an mir vorbeirasen. Vielleicht wird dann mein Ohrensausen besser.

Der Pfeffersack ist seit heute wirklich unser Musiklehrer, und schlimmer kann mein Leben gar nicht mehr werden. Wenn ich ihn nur anschaue, dann kribbelt es überall auf meiner Haut vor Wut.

Herr Pfeffer hat sich so bei meiner Klasse eingeschleimt, dass Jana am Ende der Doppelstunde sogar gesagt hat: „Ist der süß!" Das geht echt gar nicht. Hundewelpen sind süß oder auch Mamas Sibirische Springmäuse, aber Lehrer sind einfach Lehrer. Im besten Falle sind sie nett.

Für Herrn Pfeffer müssten die Märchen der Brüder Grimm umgeschrieben werden. Er benimmt sich original wie die böse Hexe aus Hänsel und Gretel. Zwar hat er kein Pfefferkuchenhaus in unserem Klassenzimmer aufgestellt, in das er uns hineinlockte, jedoch einen Haufen Instrumente, die alle ihm gehören.

Die waren wahrscheinlich in den Kisten, um die er so ein Theater gemacht hat. Ich kriege gar nicht mehr zusammen, was da alles dabei war. Auf jeden Fall ein riesiges Metallofon, auf dem man mit zwei Leuten zusammen spielen kann, Schellentrommeln, Kastagnetten, jede Menge Triangeln, eine Pauke und sogar ein halbes Dutzend Fingerzimbeln; solche Dinger wollte ich letztes Jahr total gerne zum Geburtstag, aber Mama war dagegen, weil diese Geräusche die kranken Tiere nervös machen würden. Mir juckte es irrsinnig in den Fingern, sie endlich auszuprobieren, aber ich kann stark bleiben.

Meine Mitschüler stürzten sich natürlich gleich auf das ganze Zeug und trommelten wie wild auf den Musikinstrumenten herum. Typisch meine Klasse.

Alle, außer Jonas.

Der blieb neben mir sitzen und starrte, ohne eine Miene zu verziehen, vor sich hin. Na, er kennt die Masche seines Vaters bestimmt schon länger. Selbst Herrn Pfeffer fiel dann irgendwann auf, dass ich nicht mitmachte. Er fixierte mich eine Weile mit seinen dunklen Augen und sagte: nichts!

Ist das unverschämt? Dabei hatte ich mir meine vergifteten Sätze schon ganz genau zurechtgelegt. Da sieht man mal, wie wenig er sich in echt für seine Schüler interessiert.

Als die erste Stunde vorbei war, hatte ich einen

richtigen Krampf im Po vom Stillsitzen. Normalerweise bin ich nämlich eher der zappelige Typ.

Gerade als ich anfing, Jonas für seinen schrecklichen Vater zu bemitleiden, sagte er: „Bist du festgetackert oder hat dich jemand hypnotisiert? Ich hab gedacht, du hast 'ne große Klappe, aber das stimmt ja gar nicht. Hast wohl Angst, mein Alter könnte dir 'ne schlechte Note verpassen."

Ich wurde sofort wieder total sauer. „Misch dich nicht in mein Leben ein, Pfeffer!", fauchte ich zurück. „Ich habe meine Gründe."

Auch in der nächsten Stunde bewegte ich mich keinen Millimeter und stellte meine Ohren auf Durchzug. Das war gar nicht so einfach. Die Fingerzimbeln hatten einen göttlichen Klang. Genau so hatte ich sie mir vorgestellt. Leider haben Jana und Tim, die sich die Dinger geschnappt hatten, null Gefühl für Rhythmus.

Nur ein einziges Mal, nämlich als Herr Pfeffer irgendetwas davon faselte, ein Schulorchester zu gründen, blieb mir kurz die Luft weg.

„Mit ein paar tollen Stücken und Fleiß könnten wir es sogar noch zu diesem Schulband-Wettbewerb schaffen", sagte er. „Ihr wollt doch so gerne mitmachen, wie mir Frau Rabe berichtete." Dabei schaute er überallhin, nur nicht in meine Richtung. „Wer von euch hat schon eine Idee?"

Jana und noch ein paar andere warfen mir einen auffordernden Blick zu und Tim machte irgendwelche peinliche Zeichen. Aber ich blieb so stumm wie ein Fisch.

Als es nach gefühlten vierundzwanzig Stunden gongte, kam ich gar nicht mehr vom Stuhl hoch. Alles an mir war eingeschlafen, sogar mein linker kleiner Zeh.

„He, Süße", rief Jana laut durch das Klassenzimmer und fuchtelte begeistert mit den Fingerzimbeln herum. „Warum hast du denn nichts von Herrn Schiller und deinem Rap erzählt?"

Ich konnte nicht antworten, so ein fetter Zornkloß steckte in meinem Hals. Gleichzeitig fing es hinter meiner Stirn heftig an zu pochen. Tränen schossen mir in die Augen. „Jetzt bloß nicht losheulen!", befahl ich mir streng.

Plötzlich spürte ich einen bohrenden Blick von der Seite.

„Sie hat ihre Gründe", antwortete Jonas überraschend. „Kapiert?"

Wie peinlich war das denn? Vor Scham rutschte ich fast unter meinen Tisch.

Auch Jana war völlig verblüfft. „Na dann", sagte

sie und guckte verunsichert. „Aber warte nicht zu lange damit. Auf einmal wollen nämlich alle …“ Sie zog mit Tim los, um Eis essen zu gehen, und drehte sich noch einmal verwundert nach uns um.

Ich wartete so lange, bis das Klassenzimmer komplett leer und die Pfefferplage auf seinem Mountainbike garantiert verschwunden war. Erst dann packte ich im Schneckentempo meinen Rucksack zusammen und schraubte mich von meinem Platz hoch. Meine Knochen knarrten vom Stillsitzen. So muss sich ein Roboter fühlen.

„Maxie? Ach, da bist du ja!“ Mama kommt in die Küche gefegt und stört mich in meinen trübsinnigen Gedanken.

„Hast du etwa das ganze Glas leer gegessen?“ Sie reißt mir die Erdnussbutter aus der Hand und schaut mich vorwurfsvoll an. „Das ist total ungesund. Außerdem sollst du mit deinen Schwestern teilen. Wann lernst du das endlich?“

Ich gucke verblüfft. Tatsächlich. Habe ich gar nicht bemerkt.

„Kannst du mir mal kurz in der Praxis helfen?“, fragt sie hektisch. „Ich muss einen ganzen Schwung wuselige Hundebabys untersuchen, und Frau Schwarz ist heute nicht da, weil ihre Zwillinge Fieber haben.“

Frau Schwarz ist Mamas Sprechstundenhilfe. Sie kann noch besser Kuchen backen als Mama und ist total nett. Früher hat sie beim Zahnarzt gearbeitet, aber sie mag Tiere und Kinder lieber, sagt sie. Bohrgeräusche machen sie nervös.

Das enge Wartezimmer platzt beinahe vor Patienten. Trotzdem ist Mama zu jedem sehr freundlich und streichelt sogar den bissigen Mops unseres Briefträgers.

Die Hundebabys sind unwahrscheinlich süß! Es sind winzige Dalmatiner und sie kriegen ihre Augen noch gar nicht richtig auf. Sie kriechen neugierig überall herum und haben vor Aufregung bereits alles vollgepinkelt.

Ich sammle sie eilig wieder ein und halte sie vorsichtig fest, damit meine Mutter sie in Ruhe impfen kann. Dann wische ich gewissenhaft ihr Pipi weg und desinfiziere den Behandlungstisch. Das kann ich alles supergut.

„Brauchen Sie denn nicht noch einen Hund, Frau Buntschuh?“, fragt Frau Dorn. „Wir haben nicht mit so einem großen Wurf gerechnet, und die Welpen sollen doch in gute Hände kommen. Ich schenke Ihnen den Kleinen natürlich.“

Im selben Augenblick winselt der Kleinste von ihnen los.

„Hör mal, Mami!“, rufe ich begeistert. „Er sagt bitte, bitte!“

Mama schüttelt energisch den Kopf. „Kommt überhaupt nicht infrage, Maxie!“, sagt sie. „Tut mir leid, Frau Dorn. Aber Sie können gerne einen Aushang im Wartezimmer machen. Wir haben einfach keinen Platz mehr für einen Hund. Noch nicht mal für eine Hundehütte.“

Frau Dorn nickt verständnisvoll. „Schade. Ich habe gedacht, Sie wollen nach nebenan in die Villa ziehen.“

Mama guckt düster. „Der Herr Bürgermeister hatte andere Pläne.“

Sie schnappt sich die Welpen, schaut in ihr Maul und verpasst ihnen noch eine Ladung Entwurmungspaste. Das sieht aus, als hätten sie Sahne an der Schnauze.

„Nebenan wohnen jetzt die Pfeffersäcke“, antworte ich bitter. „Die können Tiere nicht ausstehen und machen alles kaputt. Herr Pfeffer ist mein neuer Musiklehrer.“

Meine Mutter wirft mir einen strafenden Blick zu. Sie mag es nicht, wenn ich über andere Leute lästere. Auch wenn ich Recht habe.

Frau Dorn wird plötzlich ganz lebhaft. Sie ist überall als Tratschtante bekannt. „Ach, Sie Arme. Das habe ich heute früh zufällig beim Bäcker aufgeschnappt. Ein alleinerziehender Lehrer mit seinen Söhnen. Die Mutter ist anscheinend in Amerika. Wirklich traurig für die Kinder. Und ihr Vater ist jetzt also an deiner Schule, Maxie. Wie ist er denn so? Er soll ja noch sehr jung sein." Sie fragt mich unverhohlen neugierig aus.

„So, Frau Dorn, Ihre Kleinen sind wirklich topfit", unterbricht meine Mutter sie bestimmt. Mama kann Klatsch nicht ausstehen. „Die bringen Sie im Nu unter." Sie schiebt Frau Dorn mit ihren Hundebabys eilig hinaus und schließt die Tür.

„Herr Pfeffer ist dein Musiklehrer?", fragt sie stirnrunzelnd. „Das macht ja alles noch komplizierter. Hoffentlich lässt er den Streit um die Mauer nicht an dir aus. Ich hoffe, er hat bei der Versicherung angerufen und den Schaden gemeldet." Sie reibt sich stöhnend die Stirn.

„Kriegst du jetzt etwa wieder Migräne?", frage ich ängstlich. „Alles total im grünen Bereich, Mami." Ich schlucke schwer. „Herr Pfeffer hat ganz viele tolle Instrumente, auf denen wir spielen dürfen, und probt damit für den Wettbewerb." Eigentlich wollte ich Mama ja haarklein erzählen, wie gemein Herr Pfeffer heute war. Aber als ich in ihre besorgten Augen schaue, bringe ich es nicht mehr fertig. Ich muss die Sache alleine regeln.

Wenn ich nur einen blassen Schimmer hätte, wie.

Nach dem Praxiseinsatz hänge ich in meinem Zimmer herum und zermartere mir den Kopf, was ich anstellen könnte, damit diese Pfefferbande wieder aus unserem Leben verschwindet.

Leider fällt mir immer noch nichts Gescheites ein. Nur eines ist mir sonnenklar: Ich muss Mama aus der Sache raushalten. Sie hat schon genug Stress um die Ohren.

Am späten Nachmittag habe ich doch noch eine Idee. Ich könnte mal wieder an Paula schreiben.

Paula ist Mamas Patenkind und sie ist ein halbes Jahr älter als ich, also schon fast dreizehn. Sie wohnt mit ihrer Mutter Penny in London. Penny und Papa sind zusammen in eine Schule gegangen und eine Sache ist wirklich total abgefahren: Penny ist Hubschrauberpilotin, hat also den gleichen Beruf, den mein Papa hatte.

Nachdem Papa mit dem Hubschrauber abgestürzt war, hat Penny für ein paar Monate bei uns gewohnt. Damals haben Paula und ich uns doll angefreundet.

Leider war ich noch nie in London, obwohl ich es mir schon lange wünsche. Aber Penny und Paula besuchen uns jedes Jahr mindestens ein Mal.

Ich schnappe mir das selbst gebastelte Briefpapier mit den Planeten, das mir Kassia zum Geburtstag geschenkt hat, und lege los. Ich finde Briefe ja viel cooler als Mails. Außerdem muss ich immer fragen, bevor ich an Mamas Computer darf.

Ich erzähle Paula haarklein, was seit gestern alles passiert ist. Das ist ganz schön viel. Im Nu sind drei Seiten voll.

Auf einmal fällt mir etwas auf, was ich total verrückt finde: Ich habe gar keinen Buchstabensalat veranstaltet. Jeder Buchstabe und jedes Wort stehen genau da, wo sie hingehören. Wenn das Frau Glöckner sehen könnte! Die würde jetzt aber echt ausflippen. Jammerschade, dass ich ihr den Brief nicht zeigen kann. Aber dafür stehen zu viele gemeine Sachen über Sebastian Pfeffer drin. Auch wenn jede Silbe, die ich geschrieben habe, wahr ist.

Ich hoffe so sehr, dass Paula eine durchgeknallte Idee hat, wie ich die Pfefferbande für immer und ewig in die Flucht schlagen kann. Sie ist eine Meisterin darin, Erwachsene zu ärgern. Das liegt daran, dass sie ständig Kindermädchen hat, die sich um sie kümmern. Denn als Hubschrauberpilotin ist ihre Mama ja oft unterwegs und Paulas Papa ist schon lange mit einer anderen Frau verheiratet.

Da haben wir es mit unserer Mama echt besser. Ich finde es zwar manchmal stressig, dass wir mit den Tieren so viel Arbeit haben, und ich hasse es, die Kaninchenställe auszumisten und die Fische zu füttern, aber wenigstens ist unsere Mutter immer unten in ihrer Praxis.

Als ich den Brief an Paula fertig habe, fühle ich mich viel besser. Ich stibitze Mama noch schnell eine Briefmarke aus der Schreibtischschublade, weil ich sie nicht stören will, und düse los. Wenn ich mich beeile, geht der Brief noch heute weg.

Durch die Fensterscheibe des Sprechzimmers sehe ich, dass der Bürgermeister mit seinem verletzten Hund zur Nachuntersuchung da ist. Rex sitzt wie ein braves Lämmchen auf dem Boden, aber Mama und der Bürgermeister haben sich ziemlich in der Wolle, glaube ich. Jedenfalls fuchtelt Mama die ganze Zeit mit einem Rosenstrauß vor seiner Nase herum und quatscht auf ihn ein. Schließlich versenkt sie die Blumen einfach in dem Eimer für die schmutzigen Verbände. Irgendwie bin ich deshalb schadenfroh.

Im letzten Moment sehe ich, dass Jonas mitten auf

dem Fußweg an seinem Mountainbike herumbastelt. Er hat das Ding komplett auseinandergeschraubt. Wieso macht er das denn nicht in der Garage?

Eilig nehme ich den Umweg über die Gärten. Ich habe wirklich keine Lust, ihm über den Weg zu laufen und mir wieder einen dummen Spruch einzufangen.

Gerade als ich außer Atem den Briefkasten erreiche, kommt das Postauto. Noch mal Glück gehabt. Jetzt muss ich nur noch auf Paulas genialen Plan warten. Sie war auch die Allererste, der ich meinen *Crap Rap* geschickt habe. Hätte sie ihn doof gefunden, wäre ich nie auf die Idee mit Herrn Schiller gekommen.

Ich bin so in Gedanken, dass ich fast in Jana und Tim hineinlaufe. Sie kommen gerade aus dem Eiscafé und sehen aus, als hätten sie zu lange in der Sonne gelegen. Jedenfalls sind ihre Gesichter knallrot.

„He, was treibst du denn hier? Und warum hast du dich denn nicht gemeldet, als Herr Pfeffer nach einer Band-Idee gefragt hat?", überfällt mich Jana gleich mit mehreren Fragen auf einmal.

„Wart ihr so lange Eis essen?", stelle ich erst mal eine Gegenfrage.

Jana kichert ausgiebig. „Na ja, nicht wirklich. Das

erste Eis hatten wir schon nach fünf Minuten auf, und danach haben wir einfach nur so gequatscht. Dann sind wir noch herumgelaufen und haben weitergequatscht, und schließlich hatten wir noch mal Hunger auf Eis. Und du?"

Ich zeige auf den Briefkasten. „Eilige Post", sage ich wortkarg. „Meine Freundin in London."

Tim guckt beeindruckt. „He, cool. Du kennst Leute dort? Ich will unbedingt zum Schüleraustausch nach England. Kommt deine Freundin mal zu Besuch hierher?"

Jana macht plötzlich ein genervtes Gesicht. „Darüber könnt ihr doch ein anderes Mal reden", unterbricht sie Tim, bevor ich ihm antworten kann. „Komm, Tim, wir wollten uns doch noch die Babyhunde von meiner Tante anschauen."

Tim nickt eilig.

Ach, richtig! Das hatte ich ganz vergessen zu erwähnen: Frau Dorn ist Janas Tante.

„Frau Dorn war mit den Hunden gerade bei Mama in der Praxis", berichte ich. „Die Welpen sind voll süß. Sie wollte uns einen schenken, aber wir haben keinen Platz mehr."

Jana nickt. „Weiß ich, dass die süß sind. Tim kriegt vielleicht einen davon. Mit dem können wir dann zusammen spielen und so.“ Sie schnappt Tims Hand und zieht ihn mit sich fort.

Mir wird schlagartig klar, warum Jana und ich nur fast beste Freundinnen geworden sind: Man kann sich nicht wirklich auf sie verlassen. Deshalb wollte ich ihr auch nicht anvertrauen, warum ich mich heute im Musikunterricht nicht gemeldet habe, als es um den Band-Wettbewerb ging.

Auf einmal muss ich ganz doll seufzen. Ewig schade, dass Paula so weit weg wohnt.

Ich fühle mich schlagartig furchtbar müde. Das war der turbulenteste Montag meiner ganzen Schulzeit. Ich kriege kaum noch die Füße voreinander und bin heilfroh, als ich endlich zu Hause bin und mich auf mein Bett werfen kann.

Ich nehme mein kuscheligstes Kissen und lege es mir quer über das Gesicht. Dieser Tag ist echt gelaufen. Hoffentlich wird morgen besser.

Mitten in der Nacht wache ich auf, weil der Mond so hell auf mein Gesicht scheint. Ups! Das Kissen liegt ordentlich neben mir, aber ich habe noch Jeans und T-Shirt an.

Neben meinem Bett steht ein Hocker mit einem Tablett. Im milchigen Mondlicht entdecke ich zwei appetitliche Vollkornstullen mit Schnittlauchquark und einen Riesenbecher Kakao.

Meine Mami! Sie ist einfach total süß. Ich kenne niemanden, der so eine liebe Mutter hat. Ganz ehrlich. Jede andere hätte ihr Kind aufgeweckt und gemeckert, dass es in schmutzigen Straßenklamotten auf dem frischen Bettzeug herumlümmelt. Wollen wir wetten?

Aber unsere Mutter ist anders. Sie schimpft wirklich selten, eigentlich nur dann, wenn wir was Gefährliches anstellen.

Als Kassia auf das Dach geklettert ist, weil sie eine Fahne für die Außerirdischen hissen wollte, da war sie stinkig. Als Jule auf Eddy Zirkusprinzessin gespielt hat und einbeinig auf seinem Rücken herumbalanciert ist, kriegte sie echt die Wut. Und als ich mit Herrn Schiller in den Wald ziehen wollte, damit die Vogelmama ihn wiederfindet, hat sie mir das auch verboten. Aber sonst ist sie richtig entspannt. Außer gestern. Als Herr Pfeffer in unsere Mauer gefahren und auch noch in *unsere* Villa eingezogen ist.

Ich trinke einen kalten Schluck Kakao und würge sogar die Haut hinunter, die sich auf der Oberfläche gebildet hat. Mama soll sich auf keinen Fall Sorgen um mich machen. Die Montage kriege ich schon wieder in den Griff und Herrn Pfeffer auch. Hoffentlich ...

Ich gucke hinüber zur Villa. Na, so was. Im Zimmer von Pfeffer junior brennt noch Licht. Neugierig stehe ich auf und schleiche mich ans Fenster. Man hat wirklich einen perfekten Blick in das Zimmer. Komisch. Jonas ist gar nicht drin.

Plötzlich höre ich Eddy im Garten laut niesen. Das hört sich total witzig an. Er schnaubt mindestens so laut wie ein Rhinozeros.

Nee, oder? Das glaube ich jetzt nicht. Was macht denn der Pfeffersack in unserem Kaninchengehege? Mir wird ganz heiß vor Schreck. Ein Glück bin ich angezogen. Ich düse sofort los, um unsere Kaninchen vor dem Kochtopf zu retten.

Die Haustür lasse ich offen stehen, damit Mama und meine Schwestern nicht aus dem Schlaf gerissen werden. Die Tür macht nämlich immer einen Heidenkrach, weil sie knarzt. Mit diesem Pfefferjungen-Kaninchendieb werde ich auch alleine fertig.

Mit einem Bauch voller Wut springe ich über die Absperrung und brülle leise, damit niemand aufwacht, aber dabei so laut wie möglich: „Ha. Das hast du dir ja fein ausgedacht, Pfefferbacke!"

„Pscht! Du erschreckst sie ja total", flüstert Jonas unwillig.

Ich will widersprechen, aber mir bleibt vor Verblüffung die Spucke weg. Hoppel und Poppel, unsere Babykaninchen, kuscheln sich gemütlich an Jonas' Pulli und schmusen mit ihm herum, als ob sie ihn schon ewig lange kennen würden.

„Die sind ja so winzig", stöhnt Jonas glücklich. „Genau solche Kaninchen habe ich mir immer gewünscht. Guck mal, was die für putzige Nasen haben und wie die mich mit ihren Schnurrhaaren kitzeln. Und sie haben überhaupt keine Angst. Die lassen sich von mir streicheln, als ob sie mich schon ewig lange kennen würden. Bestimmt sind wir Seelenverwandte."

Ich glaube, ich werde jeden Augenblick verrückt. Anscheinend kann auch Pfeffer junior Gedanken lesen. Vielleicht sollte ich schleunigst Kassia wecken. Dann könnte sie den von ihr selbst entwickelten Alien-Test mit Jonas machen. Sie behauptet nämlich, dass sie damit jeden Außerirdischen, der sich auf der Erde eingeschmuggelt hat, um die Menschen auszuspionieren, in zwei Minuten erkennt.

„Und warum hast du dann keine eigenen? Ich dachte ehrlich gesagt, du kannst Tiere nicht ausstehen", frage ich lahm und staune, in welcher Babysprache er von unseren Zwergkaninchen schwärmt.

Es ist wirklich wie verhext. Irgendwie schaffe ich es bei Jonas nie, das zu sagen, was ich eigentlich sagen will. Stattdessen blubbere ich nur komisches Zeug.

„Ich darf nicht", erwidert Jonas knapp. „Du hast es doch gehört: Mein Vater ist allergisch gegen alles."

Ich kichere. „Auch gegen dich?", frage ich herausfordernd. Super! Endlich gelingt mir mal ein guter Satz. Ich klopfe mir innerlich auf die Schulter.

Jonas antwortet nicht sofort. „Kann schon sein. Ich bin es jedenfalls gegen meinen Vater", sagt er schließlich grob und versteckt sein Gesicht tief in Hoppels und Poppels Fell.

„Hä?" Ich schweige ratlos. Wenn Jonas das ernst

meint, ist das ein ziemlich dickes Ei. Ich würde nie im Leben so über Mama reden.

„Ja, da staunste, was? Stell dir mal vor, das habe ich genau so gemeint", sagt er und seine Stimme zittert so heftig, als würde er jeden Moment losheulen. „Ich weiß genau, dass du stinksauer bist, weil wir hier eingezogen sind, aber ich bin genauso stinksauer, weil ich hier mit meinem Vater wohnen muss", fährt er fort. „Viel lieber wäre ich nämlich mit meiner Mutter zusammen, damit du es weißt. Du brauchst mich also gar nicht wie ein wütender Werwolf anzugucken, klar?"

Jetzt bin ich wirklich baff. Und zwar so, wie ich es noch nie war. Egal wie Jonas sonst so drauf ist, ich habe gleich nach seinen ersten Worten so schreckliches Mitleid gekriegt, dass es mir richtig innendrin wehtat.

Wieso gucke ich also ausgerechnet *jetzt* wie ein Werwolf und beim *Crap Rap*, wenn ich wirklich böse sein will, immer wie ein Hase beim Sonntagsausflug?

Ich würde das jetzt gerne in einem Spiegel überprüfen, aber dann hält mich Jonas für total verrückt.

„Warum darfst du denn nicht mit deiner Mama zusammen sein, wenn du das so gerne willst?", frage ich. Ich bin erstaunt, wie normal ich mich plötzlich anhöre.

Anscheinend geht es Jonas genauso, denn er blinzelt mich ganz überrascht an. So, als ob er nicht wüsste, ob er mir trauen kann.

„He, ich meine das ernst", sage ich und lasse mich ins Gras fallen. Ich fühle mich total kaputt, wie nach einem Marathon. Irgendwie hört mein Leben einfach nicht mehr auf, anstrengend zu sein.

„Meine Eltern sind geschieden", sagt er düster. „Aber das ist völlig o.k. Sie haben sich nämlich vorher dauernd gestritten, das war totaler Stress für Luki und mich. Überhaupt nicht o.k. finde ich, dass meine Mutter jetzt für drei Monate in Amerika ist. Sie hat einen neuen Job. Und da kann sie kein Kind gebrauchen, sagt mein Vater. Und der nörgelt ständig an mir rum. Mit Lukas meckert er nie."

Er wischt sich mit dem Handrücken über die Augen. „Ich bin deshalb nicht sauer auf meinen Bruder. Der ist echt lieb. Nur auf meinen Pa bin ich stinkig." Er seufzt so tief, dass ich die Luft anhalte. „Und danke, dass du mich heute nicht verpetzt hast. Ich hatte einfach keine Lust, mich in die Klopperei einzumischen. Ich wünschte, ich wäre ein Kaninchen. Oder wenigstens ein Fisch. Tiere haben, glaube ich, kein Fernweh. Die haben es echt gut."

Ich kann das alles gar nicht glauben. Jetzt ist Hoppel sogar noch auf Jonas' Arm eingeschlafen. Ich nehme ihm Poppel aus der Hand. Das findet Poppel jedoch gar nicht gut und zwickt mich mit seinen Nagezähnen. Dann flüchtet er eingeschnappt in sein Holzhäuschen. Jetzt bin ich aber langsam wirklich beleidigt.

„Und was ist bei euch so los?", fragt Jonas. Er hat sich wieder ein bisschen eingekriegt, jedenfalls sieht es nicht so aus, als würde er gleich losheulen. „Sind deine Eltern erst seit Kurzem geschieden? Deine Mutter wird ziemlich schnell wütend. Das war bei meiner am Anfang auch so."

Mit dieser Frage kann Jonas echt nicht bei mir punkten.

„Mein Vater ist seit vier Jahren tot", sage ich brutal. „Mit dem Hubschrauber abgestürzt. Meine Eltern hatten sich aber ganz doll lieb. Immer." Jonas sieht mich so tieftraurig an, dass ich auf der Stelle bereue, was ich gesagt habe. Auch wenn es tausendprozentig stimmt.

„Meine Mutter ist nur sauer, weil sie möchte, dass es uns allen gut geht", erkläre ich. „Wir wollten die Villa kaufen, damit wir mehr Platz haben und Mama eine Tierklinik eröffnen kann."

Jonas schaut Hoppel superverliebt an.

„Meine Mutter glaubt, bei meinem Vater habe ich es besser als in Amerika. Ich fände es aber mindestens genauso cool, alleine zu sein, bis meine Mutter fertig ist mit arbeiten.“

Nee, also ich würde mich total gruseln, so ohne Mama und Kassia und Jule und die ganzen Tiere. Aber das sage ich nicht, Jonas ist ohnehin durch den Wind.

„Klar!“ Mehr fällt mir nicht ein. „Könnte crazy sein, so in Amerika. Lecker Pizza, Dosenravioli.“

Jonas nickt eifrig. „Genau. Ich bin ja kein Baby mehr. Aber meine Eltern behandeln mich noch immer wie eines. Wann kapieren die das endlich mal?“

Wir schweigen eine Weile vor uns hin. Hoppel mümmelt im Schlaf an einer unsichtbaren Möhre.

„Vielleicht hätte meine Mutter nichts gegen ein Haustier, wenn ich allein bei ihr wohne, sie ist ja nicht allergisch“, sagt Jonas schließlich. „Könnte auch ein Hamster sein. Ein ganz winziger. Mit dem könnte ich tagsüber Spaß haben, bis sie nach Hause kommt.“

Ich stöhne laut auf. Die anderen in meiner Klasse sind genauso drauf. Keiner hat richtig Ahnung von Tieren. „Hamster sind nachtaktiv“, belehre ich ihn gereizt. „Die müssen am Tag schlafen, sonst werden sie krank. Vielleicht kriegst du ja einen Hund. Janas Tante hat Welpen übrig. Total niedlich."

Jonas knuddelt Hoppel. „Nein, lieber einen Hasen. Wie den da."

„Kaninchen", verbessere ich. „Hasen fühlen sich in einer Wohnung nicht so super. Sie brauchen einen Garten und wollen Löcher in die Erde buddeln."

Jonas grinst. „Du weißt ja wirklich alles besser. Typisch Mädchen. Ist mir heute in der Schule schon aufgefallen. Dann eben doch einen Fisch. Vielleicht wäre ich der Erste, der einem Fisch sprechen beibringt. Da du so superschlau bist: Hast du vielleicht eine Idee, wie ich hier so schnell wie möglich wieder wegkomme?"

Ich runzle die Stirn und tue so, als würde ich eine halbe Ewigkeit über seine Frage grübeln. „Also, ich finde es super hier", sage ich und hätte plötzlich wieder Lust auf ein bisschen streiten.

„Ja, ist ja gut. Wenn ich mit meiner Mutter hier wäre, fände ich es auch klasse", sagt Jonas hastig. „Kein Zoff jetzt, o.k.? Also, was ist. Hast du eine Idee?"

Ich nicke. „Aber entweder alle oder keiner. Schließlich will unsere Mutter eine Tierklinik aus der Villa machen."

Ich warte so lange ab, bis bei Jonas der Groschen fällt. „Ach so, na klar", ruft er. „Du willst, dass sich mein Vater und Luki woanders eine Wohnung suchen. Aber ich sage dir gleich, mein Vater hat keine Angst vor Poltergeistern oder sonstigen Ungeheuern. Ich meine, dass es spukt, kannst du ihm nicht verklickern. Das ist ihm egal."

Ich grinse. „Schon klar, dass dein Vater nicht mehr an den Weihnachtsmann glaubt. Aber nervige Tiere, herumfliegende Katzenhaare oder Hasenkötel oder Schlimmeres findet er sicher überhaupt nicht spaßig, stimmt's? Am besten, du kommst morgen nach der Schule zu uns, dann kannst du dir unseren ganzen Zoo mal angucken. Zuallererst brauchen wir nämlich einen richtig guten Plan, wie die Feldherrn früher, Cäsar und so. Damit auf keinen Fall was schiefgeht."

Zum ersten Mal seit ich den Pfefferjungen kennengelernt habe, bleibt sein Mund offen stehen vor Staunen. „Hammer!", sagt er. Mehr nicht.

Ich nicke selbstgefällig. „Genau das. Aber kein Wort zu niemandem. Merke dir: Wir zwei haben uns nie getroffen!" Den letzten Satz habe ich mal in einem Buch gelesen und fand ihn einfach super. Ich lasse ihn mir auf der Zunge zergehen und betone jede Silbe.

Leider versteht mich Jonas nicht wirklich. „Hä?“, fragt er verwirrt. „Wieso? Wir gehen doch in eine Klasse und sitzen nebeneinander.“

Ich stehe ungeduldig auf. Meine Beine sind eiskalt und ich habe das Gefühl, dass ich vor Jahren das letzte Mal geschlafen habe. „Das sagen Agenten nur so“, antworte ich gereizt. „Ich muss jetzt wirklich ins Bett. Gute Nacht. Ach, und setz Hoppel zurück in sein Haus und mach das Gatter zu, bevor du schlafen gehst.“

Ich wandere eilig zurück und laufe direkt in Eddy hinein, so tief in Gedanken versunken bin ich. Eddy niest mich kräftig und sehr feucht an.

„Ihhh, du olles Ferkel“, quieke ich und flüchte mich in Lichtgeschwindigkeit in mein gemütliches Bett. Zum Glück habe ich niemanden geweckt.

Noch bevor die Lampe bei Jonas ausgeht, bin ich eingeschlafen.

Hätte mir jemand am Sonntagabend erzählt, dass ich den Pfefferjungen freiwillig mit zu uns nach Hause nehmen würde, wäre ich echt aus der Haut gefahren. Kassia guckt mich dann auch an, als ob ich einen riesengroßen Vogel hätte, als ich mit Jonas in unsere Küche poltere. Ihr ganzes Gesicht sagt: „Spinnst du jetzt komplett?“

Jonas grinst sie verlegen an und hebt zwei Finger zum Gruß. Ich schnappe mir eine Ladung frischer Pfannkuchen, die Mama als Mittagessen vorbereitet hat, und zwei Saftgläser und verschwinde schleunigst wieder, bevor Kassia einen peinlichen Kommentar abschießen kann.

„Jule bleibt heute bei ihrer Freundin und Mama ist in der Praxis, wie immer. Es ist Haustier-Sprechstunde für Kinder, das dauert ewig“, sage ich zu Jonas, als ich meine Zimmertür geschlossen habe. „Meine andere Schwester geht gleich zum Astrologiekurs. Dann haben wir sturmfreie Bude.“

Ich sehe Jonas' fragenden Blick, aber ich habe gerade keine Lust, ihm die Sache mit Kassia und den Sternen zu erklären.

„Was ist das denn?", brüllt er plötzlich los. „Eine Maus!" Er zeigt auf den großen Kaktus, der auf der Fensterbank steht. Auf der sandigen Blumenerde liegt Cäsar und schläft friedlich. Der Kleine hat die Ruhe weg. Nicht mal ein Fremder kann ihn stören.

„Das ist Cäsar, eine Sibirische Springmaus", sage ich würdevoll und wundere mich, dass Jonas so panisch guckt. „Ist eigentlich ein Wüstentier, deshalb findet er meinen Kaktus so gemütlich. Wir haben noch mehr davon, auch eine Riesenohrspringmaus, die ähnelt einer Fledermaus. Die sitzt aber lieber bei Kassia unterm Dach oder sie bleibt bei Mama. Hast du doch Schiss vor Viechern?"

Jonas schüttelt heftig den Kopf. „Überhaupt nicht."

Die Haustür schlägt zu. Kassia ist weg.

„Aber wenn mein Vater die Maus sieht, rastet er aus." Jonas kichert. „Er hat eine Heidenangst vor Nagetieren. Seit gestern steht eine Ladung Mausefallen bei uns herum. Er sagt, in alten Häusern kann man nie vorsichtig genug sein."

Mir wird ganz schlecht. „Voll fies! Dann fällt die Mäuseattacke schon mal weg. Ich bringe unsere

Springmäuse doch nicht in Lebensgefahr, weil dein Vater ein Killer ist."

Jonas zuckt entschuldigend mit den Schultern. „Ich sammle die natürlich vorher alle wieder ein. Aber verlaufen die Springmäuse sich nicht bei uns?"

Ich schüttle den Kopf. „Nee, das ist ja das Tolle. Mama hat sie für eine Frau trainiert, die beim Fernsehen arbeitet. Aber die wollte sie dann nicht mehr, weil der Film nicht gedreht wurde. Unsere Springmäuse verhalten sich ähnlich wie Brieftauben, sie kommen immer wieder zurück."

Jonas geht zum Fenster und schaut sich Cäsar genau an. „Eigentlich süß, dass sie so treu sind. Kann ich die mit den Riesenohren mal sehen?"

Eine Minute später stehen wir in Mamas Zimmer vor dem Käfig. Die Käfigtür ist immer auf, damit die Mäuse ein- und ausgehen können. Wir haben Glück. Die Riesenohrspringmaus ist zu Hause. „Willi ist fast fünf und schon ein Opa", erläutere ich. „Er ist nicht mehr überall unterwegs wie Cäsar und schläft viel oder frisst gemütlich vor sich hin. Mama will nicht so gerne, dass wir ihn in die Hand nehmen. Sie befürchtet, dass er einen Herzschlag kriegen könnte. Die meisten Springmäuse werden gar nicht so alt."

Willi sieht wirklich uralt aus, sogar sein Fell ist

schon abgeschabt. Vorne fehlt ihm bereits ein Nagezahn. Der ist ihm einfach ausgefallen.

„Hey, Willi, sag mal Hallo!“, säusle ich und klopfe mit dem Knöchel gegen den Käfig.

Willi tut mir den Gefallen. Er setzt sich auf die Hinterbeine und winkt mit seinen Vorderpfoten. Dabei wackeln seine Ohren ganz doll, weil er damit das Gleichgewicht hält. Dieses Kunststückchen macht er nicht immer. Jippieh!

„Cool“, quietscht Jonas. „Irgendwie erinnert er mich an Dumbo, diesen Elefanten mit den großen Ohren. Nur eben viel kleiner.“

Im gleichen Moment schleicht Kassias Kater Chili draußen im Flur vorbei. Er streckt kurz seinen Kopf herein und schlendert dann weiter.

„Warum frisst der denn eure Springmäuse nicht auf?“, fragt Jonas verblüfft.

Das weiß ich selbst nicht. „Chili kriegt jede Menge leckeres Futter von Mama, der ist immer pappsatt. Aber vielleicht schmecken Springmäuse auch nicht. Katzen mögen ja auch keine Spitzmäuse. Eine hat er mal erwischt, aber gleich darauf wieder ausgespuckt, die konnte Mama sogar noch retten. Stell dir vor, sie hat ihr das Hinterbein geschient, das sah vielleicht putzig aus!“

Jonas guckt ungläubig. „Vielleicht ist euer Kater ja Vegetarier."

Ich schüttle den Kopf. „Gibt's nicht, sagt Mama. Katzen sind Fleischfresser. Genug gesehen?"

Jonas nickt. Er sieht ziemlich beeindruckt aus, was mich heimlich richtig freut.

Wir lassen Willi weiterdösen und ich sause schnell in die Küche, um die letzten Pfannkuchen zu retten.

„Also, wie ist dein Plan?", fragt Jonas. „Die Pfannkuchen sind echt göttlich", lobt er begeistert kauend.

„Na, ist doch total einfach." Ich kichere. „Wir beweisen deinem Papa nur das, was er ohnehin schon glaubt: Die Villa steckt bis unters Dach voll mit Tieren, die alles kaputt machen und ihn total nerven. Wenn ihn Eddy schon nervös macht, haben wir echt gute Karten." Ich zapple aufgeregt mit meinen Füßen. Das wird ein Heidenspaß.

„Aber habt ihr denn noch andere Tiere außer Mäusen, Kaninchen, Eddy und Chili? Also, ich meine, das ist ja schon ein Haufen, aber auch welche, mit denen man meinen Vater sonst noch auf die Palme bringen kann? Denk dran, er ist Lehrer, den haut so schnell nix um."

Ich gucke überlegen. Wenn wir erst mal unseren Zoo auf Herrn Pfeffer loslassen, dann ist Schluss mit lustig. Dann bettelt er um Gnade, so schätze ich ihn jedenfalls ein. „Aaaalso, wenn du es genau wissen willst: Ich habe noch jede Menge Heuschrecken, Frösche und Kröten aus dem Teich im Angebot, außerdem eine komplette Mehlwürmerzucht (für die Fischpatienten) und eine Tonne Nacktschnecken – die will Mama sowieso loswerden, weil sie unseren Salat auffressen. Nacktschnecken pappen schön fest, besonders auf Klavierdeckeln."

Ich kichere leise. „Und wenn ich will, kann ich mir jederzeit ein paar Patienten von Mama ausleihen – also wenn sie wieder gesund sind. Da ist sogar eine junge Riesenschlange dabei, die würde ich vielleicht für einen Tag kriegen. Außerdem haben wir auch noch Fledermäuse und Vögel, auch ganz große! Und hast du schon mal Wüstenspringmaus-Pipi gerochen? Ich glaube, ein Stinktier duftet direkt im Vergleich zu Willi und Cäsar."

Wie auf Knopfdruck segelt Herr Schiller hoheitsvoll durch mein offenes Zimmerfenster und landet auf meiner Schulter.

„Ahhh!" Mit einem Hechtsprung ist Jonas halb zur Tür raus.

Ich fasse es nicht. Dieser Junge ist ein echter Schisshase. Also, ein Außerirdischer ist der nicht. Der hätte sich ja niemals in eine Rakete oder eine fliegende Untertasse hineingetraut.

„Crapcrap Raprap. Crapcrap. Raprap. Crapcrap Raprap. Craprap. Rapcap!“, kreischt Herr Schiller aus vollem Halse.

Hach, dafür liebe ich diese Krähe. Wenn es wirklich sein muss, kann sie einen echt spektakulären Auftritt hinlegen.

„Was ist das denn für ein Ungeheuer?“, winselt Jonas hinter dem Türspalt. „Seid ihr Hexen oder so?“

Ich bekomme einen minutenlangen Lachanfall und kugle mich über den Boden, so weh tut mir mein Bauch davon. Herr Schiller lacht fröhlich mit. Und – ich glaube, dass ich das schon mal erwähnte – er hört sich dabei an wie ein Gespenst im Kühlschrank.

Schließlich kriege ich mich wieder ein. „Das ist Herr Schiller, meine rappende Krähe. Sie ist zahm und was ganz Besonderes. Mit der wollte ich eigentlich den Band-Wettbewerb gewinnen. Jedenfalls, solange Frau Rabe unsere Musiklehrerin war.“

„Der Vogel rappt? Nicht dein Ernst!“ Der Pfefferjunge traut sich tatsächlich wieder rein. „Denkt er sich die Songs selbst aus?“

Ich schüttle den Kopf. „Ich dichte, er singt. Wir sind ja eine Band, da macht man so was gemeinsam.“

Jonas schüttelt ungläubig den Kopf. „Das ist verdammt cool, wenn du nicht lügst." Er macht ein paar rappende Bewegungen. „He, Mister Schiller, mach doch mit, bist du heut für Gesang schon fit …", summt er. Er beginnt aus dem Stegreif einen Rap.

Herr Schiller ist total verrückt,
trotzdem bin ich jetzt voll entzückt.
Ein schwarzer Vogel rappt,
und mit dem Schnabel clappt.
He Leute, das ist oberscharf,
dass ich so was erleben darf,
in diesem allerletzten Kaff!
Yeah! Yeah! Yeah!

Er führt einen wilden Tanz auf.

„Yeah! Yeah! Yeah!", krächzt Herr Schiller begeistert mit und wackelt wie ein Kreisel umher.

„He, was ist denn mit dir los? Cool!" Ich habe echt jede Menge Ärger mit den Pfeffers, aber das ist jetzt der Wahnsinn.

Das findet Herr Schiller anscheinend auch, denn er fliegt zielstrebig auf Jonas zu und setzt sich auf seinen Kopf.

„Komm, wir machen mal zusammen!" Ich lege los.

Herr Schiller ist total verrückt,
trotzdem bin ich jetzt voll entzückt.
Ein schwarzer Vogel rappt,
und mit dem Schnabel clappt.
Yeah! Yeah! Yeah!

Totaler Wahnsinn. Den Rap muss ich unbedingt in mein Programm aufnehmen.

„Was ist denn hier los?“

Wir machen alle drei so einen Krach, dass wir gar nicht mitgekriegt haben, dass meine Mutter plötzlich ins Zimmer gekommen ist.

„Was willst du hier?“, faucht sie Jonas misstrauisch an. „Hat dein Vater dich geschickt, um uns auszuspionieren?“

Oh Gott, das ist mir jetzt aber schon ein wenig peinlich. Mama hat sich wohl immer noch nicht so ganz im Griff.

Jonas guckt auf einmal ganz traurig. Keine Spur mehr von Spaß.

„Alles o.k., Mami“, sage ich besänftigend. „Jonas geht doch jetzt in meine Klasse und wir haben beide von Frau Glöckner eine Fünf für den Fantasieaufsatz gekriegt, den wir gestern schreiben mussten.“ Jetzt ist es raus und so weit stimmt ja alles. Ich mache eine dramatische Kunstpause und quetsche eine Miniträne raus.

Bislang hatte ich die Deutschstunde von heute Vormittag erfolgreich verdrängt. Wir haben beide das Kunststück geschafft, hat uns Frau Glöckner vor ein paar Stunden gepredigt, die schlechtesten Aufsätze zu schreiben, die sie in ihrer gesamten Laufbahn gelesen hat.

Sie hat uns sogar unterstellt, dass wir absichtlich Blödsinn geschrieben hätten. Aber das konnten wir ihr glücklicherweise ausreden. Kein Schüler kann so einen Gedankenmatsch absichtlich verzapfen. Ich verstehe meine eigenen Sätze nicht. Als ob jemand anders sie für mich hingeschrieben hätte. Und bei Jonas war es genauso. Das fand Frau Glöckner dann doch ziemlich überzeugend.

„Oh nein!“, ruft Mama entsetzt. „Das ist ja blöd. Hast du auch Probleme in Deutsch?“ Sie schaut Jonas mitleidig an. „Wie kommt das nur?“

Ha! Meine Taktik funktioniert. Jetzt schnell nachlegen.

„Gedankenwirbel“, sage ich. „Jonas hat auch solche Gedankenwirbel im Kopf. Keine Ahnung warum. Sein Papa ist wohl ziemlich sauer deshalb, er glaubt, Jonas ist nur faul.“ Ich hole noch mal tief Luft, denn jetzt kommt die Lüge: „Deshalb wollen wir zusammen üben." Ich schlucke nervös. Lügen macht mir einfach keinen Spaß. Nicht mal bei Lehrern.

Mama schüttelt ärgerlich den Kopf. „Das ist doch Unsinn. Für Chaos im Kopf kann man doch nichts. Viel wichtiger ist es herauszufinden, warum nichts klappt. Schimpfen nützt da gar nicht. Tut mir leid, wenn ich das so sagen muss, Jonas: Ich habe nichts anderes von deinem Vater erwartet. Wer so rücksichtslos Mauern über den Haufen fährt und anderen Leuten das Dach über dem Kopf wegstiehlt ..." Mama redet sich erneut in Rage.

Ich sehe, wie sich Jonas' Gesicht verfinstert, und ich kann ihn sogar verstehen. Auch wenn man selbst eine Stinkwut auf seine Eltern hat – das heißt noch lange nicht, dass wildfremde Leute über sie lästern dürfen.

„Ist schon gut, Mama, können wir jetzt weitermachen? Die Pfannkuchen waren übrigens sehr lecker, schade, dass es nur so wenige waren", rede ich auf sie ein.

Jonas' Blick hellt sich auf. „Ja, ehrlich. So etwas Leckeres habe ich noch nie gegessen", sagt er froh.

Mama lacht. „Du bist ja ein kleiner Schmeichler. Deine Mutter kann das sicher genauso gut. Dass es dir so gut schmeckt, liegt bestimmt einfach daran, dass alle Kinder Pfannkuchen als Lieblingsgericht haben. Ich mache euch noch welche, damit ihr bessere Ideen kriegt.“ Sie verschwindet eilig in die Küche.

„Bessere Ideen“, kichere ich.

„Bessere Ideen“, grölt Jonas. „Au ja. Hoffentlich hat sie Recht.“

Ich hole meinen riesigen Malblock heraus. „Mein Papa hat immer gesagt, man braucht für alles erst mal einen wirklich guten Plan. Und den zeichnen wir jetzt auf!“

Zwei Stunden später liegen Jonas und ich immer noch auf dem Fußboden und kritzeln an unserem Sebastian-Pfeffer-Nerv-Plan herum.

„Wichtig ist, dass wir nicht mit der Tür ins Haus fallen, verstehst du?“, sage ich eifrig. Irgendwie komme ich mir fast vor wie eine Agentin, die einen geklauten kostbaren Diamanten retten will oder so. Jedenfalls furchtbar geheim.

Jonas schüttelt den Kopf. „Nee, kapiere ich nicht. Je doller, desto besser, oder?“

Ich muss seufzen. Wieder einmal verstehe ich nicht, warum in den Geschichtsbüchern immer nur von Männern die Rede ist, die Feldherren waren. Mädchen fangen so was einfach viel schlauer an, finde ich.

„Ich meine damit, dass wir erst mit ein paar harmloseren Tierchen zum Erschrecken anfangen und dann wird es immer grässlicher und schließlich denkt dein Papa, er muss sofort ein neues Haus suchen, damit er nicht verrückt wird“, erkläre ich in dem Ton, in dem unsere Grundschullehrerin uns Rechnen beigebracht hat. „Wie in Actionfilmen mit Spinnen oder Aliens oder durchgedrehten Vögeln, da machen sie das genauso."

Jonas guckt nicht besonders überzeugt. „Krabbeltiere mag er übrigens wirklich nicht. Aber vielleicht fällt uns ja noch was ganz anderes ein, um ihn zu ärgern. Mir tun die Tiere leid. Passiert den Viechern auch nichts? Ich meine, wir sollten sie auf keinen Fall in Gefahr bringen. Das fände ich wirklich doof."

Langsam platzt mir aber der Kragen. „Sag mal, spinnst du?", frage ich empört. „Wer von uns beiden hat einen Haufen Tiere zu Hause und ist deshalb tierlieber, du oder ich? Du hast nur ein eingebildetes Fisch-Kaninchen!" Ich springe auf und schüttle meine eingeschlafenen Knochen aus.

„Wir beide gleich", sagt Jonas schnell. „Ich *darf* keine Tiere halten, ich *will* aber eigentlich. Das ist nicht dasselbe wie keine *wollen*. Außerdem wollte ich es ja nur ganz sicher wissen. Und die Mausefallen packe ich vorher weg, ganz großes Ehrenwort."

Ich nicke zufrieden. Nie im Leben würde ich zulassen, dass unseren Tierchen was passiert. Ich finde ja sogar Regenwürmer niedlich. Nicht mal Mama ist aufgefallen, dass Regenwürmer immer so gucken, als würden sie grinsen, bis ich es ihr gezeigt habe. Das steht in keinem Biobuch.

Plötzlich kommt mir eine super Idee. „Eigentlich wäre es ja wichtig, bald mal bei euch herumzuschnüffeln, damit wir wissen, wo wir welchen Streich spielen können. Das könnten wir dann gleich in unseren Plan einzeichnen. Ich war nämlich noch nie drüben."

Jonas steht auf und geht zum Fenster. Nachdenklich guckt er hinüber zur Villa. „Dann am besten gleich. Mein Vater ist mit Luki weggefahren, um ein neues Bett zu kaufen, und wollte danach noch ins Musikgeschäft, Noten abholen. Das dauert ewig, bis die wieder da sind."

Vor Aufregung kriege ich sofort Bauchweh. „Na dann. Auf was warten wir denn noch", brülle ich. „Abmarsch!"

Jonas rennt los, aber ich halte ihn zurück. „Wir gehen am besten hintenrum, von ihrem Sprechzimmer aus kann meine Mutter nämlich auf euren Eingang gucken. Ich möchte nicht, dass sie mitkriegt, dass ich zu euch gehe."

Die Villa ist wirklich der Hammer. Kein Wunder, dass Mama unbedingt dort einziehen will. Sie erinnert mich ein bisschen an den Aschenputtel-Film von

Disney. Da gibt es so eine riesige Halle mit einer noch riesigeren Treppe, über die Dornröschen herunterschwebt. Genau so eine Treppe steht in der Villa. Sie macht eine kleine Kurve, damit man nicht so einen Schwung beim Herunterlaufen kriegt, dass man auf die Nase fällt. Das Treppengeländer ist glatt poliert und supergut dafür geeignet, darauf herunterzurutschen.

Ich stelle mir vor, wie Mami wie eine Prinzessin die Treppe herunterschreitet, freundlich in die Runde lächelt, wo schon die vielen Leute mit ihren kranken Tieren warten, und dann mit einer hoheitsvollen Handbewegung „der Nächste bitte!“ sagt.

Jonas’ Zimmer ist viel größer als das von Kassia und mir zusammen. Dabei steht gar nichts drin, außer einem Schreibtisch mit Stuhl, ein schmales Kinderbett und jede Menge Koffer.

„Wieso hast du denn nicht mehr Möbel?“, frage ich verblüfft. „Da parkte doch ein riesiger Möbelwagen vor eurem Haus.“

Jonas zuckt mit den Schultern. „Ich hab doch gesagt, ich will zu meiner Mutter zurück.“

Ich verstehe nur Bahnhof. „Na, aber du hattest doch früher auch ein eigenes Zimmer, oder?“

Jonas nickt. „Ja schon. Aber ich hab ja zuletzt bei

ihr gewohnt. Ich hab meine Eltern überredet, dass meine Klamotten so lange bei ihr stehen bleiben dürfen, bis sie wieder da ist.“ Er guckt plötzlich ganz traurig.

Aha. So langsam kapiere ich, was mit Jonas los ist. Er hat anscheinend wirklich ganz schlimmes Fernweh.

„Ihr habt jedenfalls viel zu viel Platz für drei Leute, kaum Möbel und nicht mal eine Spinne als Haustier“, stelle ich sachlich fest. „Hier könnte man echt super eine Tierklinik aufmachen, in der Mama richtig gut operieren kann. Ich durfte mal zugucken, wie sie ein Meerschweinchen operierte. Das war total spannend. Ganz zum Schluss wurde mir aber schlecht von der warmen Luft und ich bin umgekippt.“

Wir gucken sogar in das Zimmer von Herrn Pfeffer, obwohl Jonas nicht aufhört zu wiederholen, dass sein Papa ihm und Lukas nicht erlaubt hat, dort abzuhängen, wenn er nicht zu Hause ist. Mann, dieser Sebastian Pfeffer ist ganz schön streng. Aber wir müssen trotzdem ein wenig bei ihm herumschnüffeln, sonst funktioniert unser Plan nicht. Tut mir leid, Herr Pfeffer!

Sein Bett steht mitten im Raum, und in seinem Zimmer sieht es so chaotisch aus wie bei Jule und Kassia, wenn die beiden mal wieder ihre Pferdebücher und den Astronomiekram nicht aufgeräumt haben.

Um das Bett herum liegen stapelweise Notenhefte, dazwischen lose Blätter, alle mit Notenlinien. Mit den vielen Fachbüchern über Musik könnte er ein eigenes Geschäft aufmachen.

Ehrlich gesagt ist sein Zimmer das gemütlichste von allen. Er hat ganz viele Bilderrahmen aufgestellt, mit Fotos von Lukas und Jonas, als sie noch ganz klein waren, und von Konzerten. Auf denen ist er auch drauf. Auf manchen spielt er Klavier und auf anderen Saxofon. Einmal ist er sogar am Schlagzeug zu sehen – mit einer durchgeknallten Band, deren Mitglieder sich die Gesichter total bunt angemalt haben.

„Boah, hat dein Papa viel Krempel", sage ich beeindruckt. „Der hat in der kurzen Zeit ja schon ganz schön viel Durcheinander angerichtet. Meine Mama wird immer superstinkig, wenn wir nicht jeden Tag aufräumen."

Ich bin ehrlich gesagt völlig verblüfft. Ich dachte bis jetzt, Sebastian Pfeffer ist der megakorrekte Typ.

Jonas grinst. „Unordnung ist meinem Vater egal. Er hat immer zu meiner Mutter gesagt, dass Künstler so sind, wie es in ihrem Kopf aussieht. Wirr! Meine

Mutter ist viel ordentlicher. Sie arbeitet in einer Bank, da darf nichts herumliegen."

Plötzlich entdecke ich auf Herrn Pfeffers Bett zwischen einem Stapel Fotoalben meine Lieblingsschokolade. Vollmilch mit ganzen Haselnüssen drin.

„Oh nein! Wie lecker ist das denn!" Ich werfe mich begeistert auf die Matratze und schnappe mir einen ganzen Riegel. Neugierig schaue ich mir die Fotos an. „Ist das deine Mama?", frage ich. „Sieht nett aus."

Es ist ein Bild von Weihnachten. Alle Pfeffers haben rote Mützen auf und grinsen fröhlich in die Kamera. Lukas ist noch ein Baby. Ist also ewig her.

Jonas runzelt die Stirn. „Wieso hat mein Vater das Album hier? Das gehört doch Mama!" Er reißt es mir beinahe wütend aus der Hand und blättert es hastig durch. „Das Album gehört meiner Mutter!", wiederholt er. „Er guckt nie Fotos an." Jonas klappt das Album energisch zu und macht ein superböses Gesicht.

„Mensch, Jonas. Entspann dich mal. Dein Vater wird das Album bestimmt nicht geklaut haben. Vielleicht hat deine Mama es ihm geschenkt, weil er es gerne haben wollte. Frag ihn doch einfach. Jedenfalls sind die Bilder süß. Mama und ich gucken ganz oft Fotos von früher an, als mein Papa noch lebte."

NUSS

In diesem Moment klappt unten die Haustür. Sie knarrt genauso laut wie unsere.

„Jonas, bist du da?“, tönt die Stimme von Herrn Pfeffer durch das Treppenhaus.

Ich erschrecke mich ganz fürchterlich und kugle vom Bett herunter.

„Ach du dickes Ei“, stöhnt Jonas. „Was machen wir denn jetzt?“ Er rennt völlig panisch im Zimmer hin und her.

Das meine ich. Wenn es darauf ankommt, haben Jungen einfach keinen Plan.

„Du düst jetzt ganz schnell hinunter und sagst Hallo, bevor dein Vater auf die Idee kommt, hier oben nachzugucken. Dann lenkst du ihn und Lukas ab und ich flüchte aus der Villa. Wir treffen uns hinter dem Kaninchenhaus, o.k.?“ Ich schiebe ihn eilig aus dem Zimmer.

„Hallo, Pa, hallo, Luki, seid ihr schon wieder zurück?“, höre ich ihn rufen. „Wie schön. Kann ich euch beim Ausräumen helfen?“

Ich muss mich zusammenreißen, dass ich nicht laut aufstöhne. Als Schauspieler für unsere Theatergruppe wäre Jonas echt nicht geeignet. Zum Glück ist Herr Pfeffer mit seinen Einkäufen beschäftigt, sonst würde er garantiert Lunte riechen.

Obwohl ich nicht weiß, wo sich die Pfeffers gerade befinden, muss ich das Risiko eingehen und hinunterlaufen. Als ich das Geländer sehe, kann ich einfach nicht widerstehen. Ich setze mich rittlings auf die Kante und rutsche in einem Affenzahn hinunter. Hui! Ich fliege in hohem Bogen auf den Parkettboden. Autsch! Ich pralle so unsanft auf, dass ich einen Moment lang nur Sterne sehe. Ungefährlich ist das nicht. Aber total cool. Muss ich unbedingt noch mal machen. Nur nicht gerade jetzt.

„Das ist ja mal ein freundliches Angebot, mein Sohn!“, sagt Herr Pfeffer gerade erstaunt. Ich atme erleichtert aus. Er ist bereits wieder draußen. „Sehr gerne. Die Latten vom Bett sind furchtbar schwer. Du klingst ja direkt vernünftig.“

Grrr! Ist das ein dämlicher Spruch. Hoffentlich wird Jonas nicht gleich wieder total wütend und macht kehrt. Ich muss ja noch irgendwie aus der Villa raus. Durch ein kleines Flurfenster kann ich auf die Straße sehen. Dort steht der zerbeulte Transporter von Herrn Pfeffer. Jonas macht ein Gesicht, als hätte er in eine Zitrone gebissen, aber er hilft seinem Vater tapfer, das Bett abzuladen.

Super, Jonas!

Schlauerweise hat er die Haustür einen Spaltbreit

offen gelassen. Dafür bin ich ihm echt dankbar. Ich schleiche mich wie ein Indianer hinaus.

Im selben Augenblick dreht sich Herr Pfeffer um. Ich mache einen Riesensatz in die Büsche und Jonas ruft: „Guck mal. Hier gibt es Eichhörnchen.“

Perfekt. Die Sache fängt an, mir Spaß zu machen. Irgendwie sind Jonas und ich das ideale Team.

Ich warte eine halbe Ewigkeit bei den munter herumtollenden Zwergkaninchen, bis Jonas endlich auftaucht. Er hat ein ganz rotes Gesicht und schaut grimmig.

„Warum hat denn das so lange gedauert?", zische ich ihn an.

„Gab gleich wieder Zoff", antwortet er kurz angebunden. „Ich will aber nicht darüber reden. Können wir nicht doch euren ganzen Zoo auf einmal auf meinen Vater losschicken?"

Ich schüttle heftig den Kopf. „Keine Chance, ich habe es dir doch erklärt", sage ich entschlossen. „Wir müssen unsere Angriffe *steigern*, sonst riecht er den Braten und fällt nicht darauf rein."

Jonas seufzt tief auf.

Ich weiß wirklich nicht, was mit mir los ist. Am liebsten würde ich ihn in den Arm nehmen und knuddeln, so wie Mama das immer mit mir macht, wenn ich mal richtig Kummer habe. Zum Glück redet er weiter, bevor ich so was Oberpeinliches wirklich tue.

„Kann ich noch ein wenig mit zu dir kommen?“, bittet Jonas. „Ich sollte mich gerade lieber nicht zu Hause blicken lassen. Mein Pa ist mindestens so sauer wie ich. Und wir müssen ja auch deinen Plan weiter ausarbeiten.“

Ich nicke zufrieden. Jonas hat zum ersten Mal zugegeben, dass es *mein* Plan ist. „Ich kann dir ja noch unsere Fledermäuse zeigen, die hängen in Kassias Bude unterm Dach herum“, sage ich deshalb gönnerhaft.

Täusche ich mich, oder zuckt Jonas kurz zusammen, als ich „Fledermäuse“ sage?

„So Vampirviecher?“, fragt er. „Öhm, klar. Supergern.“

Ich muss mich wirklich zusammenreißen, um nicht loszulachen. *Richtige* Tiere hat Jonas anscheinend bislang nicht viele kennengelernt.

„Ja, genau. So kleine bissige Biesterchen“, stichle ich deshalb. „Die Gelegenheit ist günstig, denn Kassia lässt niemand in ihr Observatorium hinein, wenn sie zu Hause ist.“

Jonas guckt immer ungläubiger. „Observa… was?“

Ha! Ich habe gehofft, dass Jonas nicht weiß, was

ein Observatorium ist. Damit kann ich meinen Vorsprung ausbauen. „Kassias Sternwarte natürlich“, sage ich, als ob es die normalste Sache der Welt ist, dass man unter dem Dach einen Ausguck in den Himmel hat. „Sie wird doch mal Planetenforscherin und kennt jeden Stern auswendig. Auch die Dinger, auf denen die Aliens wohnen. Sie will unbedingt einen Außerirdischen kennenlernen. Deshalb sendet sie jeden Abend Lichtzeichen in den Himmel.“

Jonas tippt sich aufgebracht an die Stirn. „Redest du einen Blödsinn daher. Es gibt überhaupt keine Außerirdischen, da hat mein Pa ausnahmsweise Recht. Deine Schwester gibt bloß an. Du glaubst den Schwachsinn doch nicht, oder?“

Mist, jetzt habe ich doch zu sehr auf den Putz gehauen. Ich hätte es besser wissen müssen. Wir sind wieder gleichauf.

„He, beruhig dich mal“, lenke ich ein. „Ich bin nicht so der Planetenexperte. Ich dachte, du willst unsere Fledermäuse bewundern ...“ Ich ducke mich unter Mamas Praxisfenster hinweg und düse voran in unser Haus und die steile Treppe hinauf bis unter das Dach. Jonas bleibt nichts anders übrig, als mir hinterherzuhecheln.

Obwohl es draußen noch taghell ist, herrscht unter dem warmen Dach bereits eine vorabendliche Stimmung.

„Ahh!“, ruft Jonas überrascht, als er zusammen mit mir auf den Dachboden tritt. „Das ist ja schön hier!“ Er hat wirklich Recht. Kassias Dachboden-Sternwarte sieht aus wie eine Mischung aus Sterntaler und Star Trek.

An die alten Holzbalken hat sie jede Menge Leuchtsterne gepappt, die bereits ein wenig gelbes Licht abgeben, und auf einem verschnörkelten alten Tischchen, das noch unserer Großmutter gehört hat, steht ein riesiger Sternenglobus. Schnell knipse ich den Schalter an. Der Globus leuchtet hellorange und die Planeten darauf beginnen wie kleine Glühwürmchen zu blinken. Ich freue mich so sehr über Jonas' erstauntes Gesicht, als ob ich das Dachzimmer selbst eingerichtet hätte.

An der schrägen Wand gegenüber dem runden Dachfenster steht ein schmales Bett. Kassia hat aus Pappe kunstvoll ein Raumschiff drum herum gebaut und es mit Silberfolie beklebt. Wenn es eine Sternschnuppen-Nacht gibt, guckt sie ewig lange mit ihrem Fernrohr in den Himmel und legt sich erst im Morgengrauen in ihre Raumschiff-Kabine zum Schlafen, um auch ja nichts zu verpassen.

„Das Raumschiff ist obercool!", sagt Jonas beeindruckt. „Irgendwie total echt. Man hat Lust, sofort damit loszudüsen."

Ich nicke zufrieden. „Sag ich doch die ganze Zeit." Die Bemerkung, dass Kassia, wenn sie groß ist, mit einem echten Raumschiff zu den Aliens fliegen möchte, verkneife ich mir aber lieber.

Jonas guckt sich aufmerksam jede einzelne Himmelskarte an, die Kassia an die Wände gepinnt hat. Direkt über ihrem Fernrohr hängt das Schwarz-Weiß-Foto eines besonders beeindruckenden Planeten.

„Und wie heißt dieser Stern?", fragt Jonas neugierig. „Der sieht toll aus."

Ich antworte nicht, weil ich plötzlich Angst habe, dass Jonas mich auslacht.

„Weißt du wohl nicht, oder?" Er grinst. „Du kennst dich besser mit Hamstern und Schlappohren aus."

Der Pfefferjunge wird ja schon wieder unverschämt. „Der hat keinen Namen", antworte ich ruppig, und obwohl ich ihm das gar nicht auf die Nase binden wollte, rede ich einfach weiter. „Das ist der neue Planet von unserem Papa. Kassia hat ihn entdeckt und sie ist sicher, dass er jetzt dort oben wohnt.

Er leuchtet nämlich direkt auf unser Haus. Tag und Nacht.“ Wenn Jonas jetzt irgendeine Silbe Doofes sagt, werde ich so wütend, wie ich es noch nie war.

Aber komischerweise macht er keinen Pieps, sondern starrt nur eine halbe Ewigkeit auf dieses Foto.

„Da habt ihr wirklich Glück“, sagt er schließlich ziemlich leise.

„Hä?“

„Na, dass euer Papastern jetzt auf euch aufpasst“, erklärt er ernst und ganz ohne Spott in der Stimme. „Und dass Kassia ihn in dem ganzen Sternengewimmel überhaupt gefunden hat.“

Ich könnte schwören, dass es in seinen Augen plötzlich feucht glitzert, aber da mir albernerweise eine eigene Träne dazwischenkommt, kann ich nicht so genau gucken.

„Wo sind denn nun die Fledermäuse?“, fragt Jonas in normaler Lautstärke. „Oder hast du bloß angegeben?“

Ich könnte schon wieder fast explodieren.

„Guck einfach richtig“, zicke ich los. „Augen sind nämlich zum Sehen und nicht zum Schlafen da. Direkt über dir, wo die zwei dicken Balken zusammenstoßen, ratzt ein Pärchen. Es ist ja noch nicht Nacht, die müssen Energie tanken, bevor sie loslegen. Du weißt schon, womit."

Ich kichere, weil Jonas so zusammenzuckt.

„Die haben ja riesige Köpfe", sagt er respektvoll.

„Und ganz spitze Zähne!", ergänze ich zuckersüß. „Aber putzig sehen sie schon aus, oder?"

Jonas nickt. „Stimmt. Aber Willi und Cäsar sind mir einfach sympathischer." Er macht sicherheitshalber ein paar Schritte von den Balken weg. „Glaubst du, ich darf irgendwann mal durch das Fernrohr gucken, wenn es dunkel ist?", fragt er nachdenklich. „Eigentlich schade, dass man damit nur in den Himmel und nicht über den Ozean, zum Beispiel nach Amerika, sehen kann. Ich wüsste wirklich gerne, was meine Mutter in diesem Augenblick macht."

Er räuspert sich, weil seine Stimme plötzlich ganz heiser geworden ist.

Ich schaue verlegen auf meine Armbanduhr. „Kann sein, dass sie noch schläft", sage ich schnell. „Vielleicht ist sie auch gerade aufgestanden und kocht sich Kaffee oder duscht. In Amerika ist es jetzt doch noch viel früher." Ich grinse etwas überlegen.

Jonas haut sich gegen die Stirn. „Stimmt ja schon wieder", erwidert er und grinst zurück. „Du kriegst auf jeden Fall die Besserwisser-Medaille in Gold."

Er setzt sich probeweise auf Kassias Raumschiff-Bettkante und guckt mich erwartungsvoll an. „Also. Womit legen wir los? Nicht mit den Fledermäusen, oder? Die beißen uns doch bestimmt, wenn wir sie einfangen wollen. Mein Vater hat Berge Kuchen und so winzige Schokotörtchen mit Cremefüllung eingekauft und tütenweise Kaffee. Er will sich morgen in der Schule bei seinen neuen Kollegen damit einschleimen, schätze ich mal. Vielleicht könnte man da ja ein bisschen nachhelfen …“ Er spricht nicht weiter und setzt ein möglichst harmloses Gesicht auf.

Juchuhhh! Für diese gute Nachricht könnte ich den Pfefferjungen abknutschen. Was ich natürlich nicht tue, igittigitt! Warum rückt er denn erst jetzt damit heraus?

Jungs! Jungs! Und noch mal Jungs! Die sind wirklich zum Aus-der-Haut-fahren.

Präparieren ist meine Spezialität. Ich habe mir von meinem Taschengeld vor ewigen Zeiten mal einen Spaß-Baukasten gekauft. Also, für Kindergeburtstage mit Wasserpistolen Senf in Törtchen spritzen und grobes Salz mit Zucker verreiben oder leckeren Zimt mit feinem braunen Pfeffer vermischen und Sahnespender mit Seifenwasser füllen, dass nur jede

Menge Blubberblasen herauskommen – kein Problem für Maxie Buntschuh!

Leider waren das so Streiche, die meine Mutter gar nicht toll fand. Denn erstens spielt man nicht mit Lebensmitteln – hat sie Recht – und zweitens fand sie es nicht besonders nett, auf seiner eigenen Geburtstagsparty die Gäste zu veräppeln, von denen man zuerst tolle Geschenke abkassiert hat. Genauso wahr. Deshalb nahm sie mir den Kasten ab und warf ihn in den Müll. Gar nicht nett. Zum Glück hatte ich mir die Anleitung schon vorher genau durchgelesen und eine Spritze unter meiner Matratze versteckt. Nun kann ich mein Wissen endlich in die Tat umsetzen!

Ich schnappe Jonas an der Hand und ziehe ihn hinunter in Richtung Küche. Auf dem Weg dorthin erkläre ich ihm in ein paar Stichworten, worum es geht. Wir müssen auf der Stelle ein paar Zutaten vorbereiten, damit er heute Nacht den Rest erledigen kann.

Echt super! Ich komme mir vor wie James Bond.

In der Küche erwartet uns allerdings eine Überraschung. Meine Schwester Jule! Sie löffelt mit Leichenbittermiene eine riesige Schüssel Erdbeereis.

„Was machst du denn hier?“, frage ich nicht gerade begeistert. „Du übernachtest doch heute bei Rosanna!“

Jule schüttelt stumm den Kopf und mampft weiter ihr Eis.

„Wieso denn auf einmal nicht mehr?“, bohre ich gereizt weiter. „Du störst hier nämlich, wir haben was Wichtiges zu erledigen.“

Jule schluchzt plötzlich laut auf und lässt die Eisschüssel einfach auf den Fußboden fallen. „Wir haben uns gestritten. Ganz doll.“ Sie schlägt die Hände vor das Gesicht und weint los.

„Oje, komm mal her, Kleine!“ Ich stürze mich auf sie und drücke sie ganz fest an mich. Im Nu bin ich pitschnass. „Weshalb denn?“

Jule schüttelt heftig den Kopf. „Sag ich nicht.“ Sie zieht den Rotz laut hoch und wischt sich mit dem Handrücken über die Nase. Ihr ganzes Gesicht ist tränenverschmiert.

„Hier haste ein Taschentuch“, sagt Jonas und gibt ihr ein zerknülltes, das er aus seiner Hosentasche gefischt hat. „Ihr vertragt euch bestimmt bald wieder. Ich hab mich früher jeden Tag mit meinem Freund gestritten, das hat aber nie lange gedauert. Jetzt hab ich ja leider keinen mehr.“

Er bückt sich und hebt die Eisschüssel auf. Zum Glück ist sie nicht kaputt. Mit einem zweiten Taschentuch wischt er den Boden sauber.

Jule hört erstaunt auf zu weinen und trompetet lautstark in das Taschentuch hinein.

„Habt ihr euch denn noch nie gestritten?", fragt Jonas weiter.

Jule schüttelt den Kopf.

Jonas grinst sie so nett an, wie ich es noch nie an ihm gesehen habe. „Dann wurde es aber echt Zeit", sagt er. „Es muss doch auch mal knallen. Ganz bestimmt seid ihr morgen noch viel bessere Freundinnen als heute. So war das jedenfalls mit *meinem* besten Freund."

Auf einmal strahlt Jule wieder. „Glaubst du wirklich? Wie heißt dein Freund denn?"

Jonas' Gesicht verdüstert sich schlagartig. „Elias. Aber er ist nicht mehr mein Freund. Wir sehen uns nämlich gar nicht mehr. Und einen eigenen Computer zum E-Mail-Schreiben habe ich bei meinem Vater ja nicht."

Jetzt guckt Jule erstaunt. „Wieso rufst du ihn denn nicht einfach an?"

Jonas schüttelt den Kopf. „Er geht seit diesem Sommer auf ein Sportinternat", sagt er geknickt. „Irgendwie klappt das mit dem Telefonieren nie, weil er immer gerade was anderes zu tun hat, wenn ich anrufe, oder er ist völlig fertig vom Training."

So langsam wird mir die Ansammlung an Trauerklößen zu viel.

„He, Kumpel“, mische ich mich ein und boxe ihn kräftig in die Seite. „Schon mal was von Briefe schreiben gehört? Mache ich mit meiner besten Freundin Paula in London. Die hat auch nie Zeit. Aber Briefe funktionieren prima, ganz ohne Gedankensalat. Und wenn Elias darauf auch nicht abfährt, schießt du die treulose Tomate halt in den Wind.“

Jonas guckt mich freudig überrascht an, ein bisschen so, als hätte ich ihm die Lösungen für die nächste Mathearbeit verraten oder so.

„Gar nicht so doof“, sagt er schließlich und ich kann richtig hören, wie es in seinem Oberstübchen rattert.

„Was habt ihr eigentlich so Wichtiges vor, wobei ich störe?“, fragt Jule plötzlich.

Jonas legt warnend den Zeigefinger auf die Lippen, aber ich schüttle beruhigend den Kopf. Ich habe nämlich gerade eine glänzende Idee.

„Pass auf, meine Süße“, fange ich an. „Das ist aber super-, super-, supergeheim, wenn du das Mama oder sonst jemandem verrätst, erzähle ich alle deine Geheimnisse, die ich kenne, überall in der Schule rum, o.k.?“

Jule nickt eifrig. „Ich sag nichts. Ehrenwort“, schwört sie und zappelt dabei so, dass es aussieht, als würde sie gleich in ihre Hosen pinkeln vor Aufregung.

Ich erzähle Jule in Lichtgeschwindigkeit unseren Plan.

„Das ist ja cool“, sagt Jule ehrfürchtig. „Ein super Plan. Hast du dir den ausgedacht, Maxie? Du bist noch schlauer als Kassi.“

Hach! Ich liebe meine Winzlings-Schwester! Sie hat mit neun Jahren schon total den Durchblick.

„Klar ist das auf meinem Mist gewachsen, was denkst du denn?“, sage ich eilig, bevor Jonas auf eine andere Idee kommt. In Wirklichkeit steuert er ja nur die Information bei, dass sein Vater einen Umtrunk in der Schule macht.

Dann legen wir los.

Nach wenigen Minuten sieht die Küche aus, als würden wir eine großartige Geburtstagsparty vorbereiten. Dabei erfinden wir zu dritt nur ein paar raffinierte und dabei recht gewöhnungsbedürftige Füllungen, die sich gut bei Bienenstich, Schokoladenkuchen und Frankfurter Kranz untermogeln lassen.

„Wenn wir den Senf einfach unverdünnt in den Frankfurter Kranz spritzen, sieht man das aber“, merke ich kritisch an.

ENF
Zimt

Jule kichert. „Aber nicht, wenn wir ihn mit Schlagsahne vermischen. Das habe ich bei deinem letzten Geburtstag gemacht. Kannst du dich noch erinnern?“

Mir geht ein Licht auf. Deshalb hat mein Stück Frankfurter Kranz so komisch geschmeckt. Weil ihn Mama aber selbst gebacken hatte und superstolz darauf war, wollte ich lieber nichts sagen.

Jule kriegt sich gar nicht mehr ein vor Lachen. „Maxie hat dann gar nichts mehr von dem Frankfurter Kranz probiert und deshalb musste ich ihn mit Kassia ganz alleine aufessen“, erzählt sie Jonas glückstrahlend.

Boah! Wie gemein ist das denn?

Ich schnappe mir das Geschirrtuch und verpasse Jule einen harmlosen Klaps damit.

Da zielt diese freche Kröte einfach mit der Spritze auf mich und drückt ab! Volltreffer. Schon habe ich eine Ladung der Sahne-Senfmischung mitten im Gesicht. Unwillkürlich lecke ich mir einen Klecks mit der Zunge ab. Ihhhhh! Schmeckt das eklig!

Jule kreischt los. „Jetzt weißt du wenigstens, wie der Kuchen den Lehrern morgen schmeckt. Ist alles sehr, sehr lecker. Hoffentlich lädt Herr Pfeffer unsere Lehrer auch ein und die Mathestunde fällt aus. Das wäre echt super. Wir schreiben nämlich einen ganz schlimmen Test."

Als Nächstes vermischt sie Mamas gute Pfeffermischung mit einem Löffel Zimt. „Ein Häufchen davon streust du mit diesem feinen Sieb über den Schokokuchen, aber nur ganz wenig. Nicht dass dein Vater schon vorher niesen muss."

Ich bin total begeistert. Meine kleine Schwester ist wirklich toll!

Doch auf einmal hört sie mit dem Mixen auf und macht ein ganz ernstes Gesicht. „Halt. Ich glaube, das können wir gar nicht machen." Sie schaut Jonas besorgt an. „Dein Vater wird doch bestimmt dahinterkommen, dass du das alles reingemixt hast. Und dann kriegst du bis an dein Lebensende Hausarrest." Sie lässt die Senfspritze schockiert auf den Küchentisch fallen.

Jonas grinst. „Klar. Aber darum geht es doch, kapierst du nicht? Ich will, dass mein Vater so sauer auf mich wird, dass er mich nicht mehr haben will und zu meiner Mutter zurückschickt. Wenn ich ihn vor seinen neuen Kollegen so blamiere, dann wird er bestimmt sofort meine Koffer packen. Er kann es nicht leiden, wenn man ihn veräppelt. Eure Mutter vielleicht?"

Ich schüttle den Kopf. „Nee, natürlich nicht. Wegschicken würde Mami uns sicher nicht, aber vielleicht hundert Jahre nicht mehr mit uns reden. Keine Ahnung." Ich bekomme richtig Gänsehaut.

„Ich hätte auch doll Angst", flüstert Jule. Sie wird ganz bleich.

Ich streichle ihr über die Haare und hole tief Luft, damit ich mich wieder besser fühle. „Bist du sicher, dass du das machen willst?", frage ich Jonas.

Der Pfefferjunge nickt entschlossen. „Hundertprozentig. Ich will zu meiner Mama."

Jetzt weiß ich, dass Jonas es ernst meint. Denn ich kann mich nicht erinnern, dass er bereits vorher *Mama* gesagt hat. Er vermisst sie wirklich doll. Plötzlich tut er mir furchtbar leid.

„Ich finde es schade, wenn du wieder wegziehst, irgendwie bist du lustig", sagt Jule aus heiterem Himmel.

Weder Jonas noch ich geben eine Antwort darauf.

„Und wie kriegen wir die anderen Pfeffers aus der Villa raus und uns rein?", fragt Jule weiter.

Auch wenn sie der Familien-Winzling ist – sie will immer alles ganz genau wissen.

„Als Nächstes denke ich mir was aus, das Herrn Pfeffer die Villa unsympathisch macht. Ein paar krabbelnde Käferlein

unter der Bettdecke wie bei Max und Moritz zum Beispiel." Ich kichere. „Oder total liebe schwarze Nacktschnecken, die über seinen Flügel und an seiner Wohnzimmertapete rauf- und runterkriechen. Und natürlich Cäsar und seine Kumpels. Die machen schön stinkendes Pipi in alle Ecken."

Jule klatscht begeistert in die Hände. „Juchuhhhh! Darf ich mithelfen?"

Hihi. Ich sage es ja. Auf meine Familie kann man sich unbedingt verlassen. Das ist echt super!

Auf einmal fällt mir auf, dass es draußen schon dämmert, und ich kriege einen riesigen Schrecken.

Wir müssen uns sputen, Mama kann jederzeit aus der Praxis kommen und dann sind wir aufgeflogen, bevor wir richtig losgelegt haben.

Eilig packen wir die Cremes, die Pfeffermischung und ein paar andere kleine Leckerbissen, die Jule noch schnell dazuerfunden hat, in einen Karton; zusammen mit dem Werkzeug natürlich, das Jonas braucht, um die Kuchen und den Kaffee für die Lehrer-Runde zu präparieren.

Zuletzt bekommt Jonas von Jule noch mal einen kleinen Vortrag zu hören, wie er unsere Erfindungen unauffällig verarbeiten kann.

„Am liebsten würde ich das ja selbst machen",

klagt sie wie eine erfahrene Hausfrau. „Nicht dass du alles durcheinanderbringst und den Spaß verdirbst."

Ich könnte mich totlachen. Jule verzieht die Stirn vor Sorge zu so dicken Runzeln wie ein alter Dackel, der seine Kinder zum ersten Mal alleine auf Weltreise schickt.

„Jule, du wirst mal eine berühmte Fernsehköchin", sagt Jonas feierlich. „Tausend Dank. Du kannst super Rezepte erfinden. Später will bestimmt mal jeder ein Autogramm von dir."

In diesem Moment klingelt das Telefon Sturm und die Haustür fällt quietschend ins Schloss.

„Jule? Bist du etwa zu Hause? Rosanna ist am Telefon. Sie möchte dich dringend sprechen", erklingt Mamas erstaunte Stimme.

Meine Schwester Jule kriegt vor Schreck einen puterroten Kopf.

„Siehste", sagt Jonas freundlich. „Was habe ich dir gesagt?"

Jule rennt los.

Jonas schnappt sich den Karton. „Ich hau dann mal schnell ab, bevor sich deine Mutter wundert", sagt er ziemlich verlegen. „Und dir auch danke."

Er macht mit seinen Fingern ein V-Zeichen zum

Abschied. Das kommt von Victory und heißt so viel wie: Ich krieg das schon hin.

„Wird schon schiefgehen", murmle ich und versuche nicht zu zeigen, dass sich mein Bauch gerade extrem komisch anfühlt.

Hoffentlich ist das kein schlechtes Zeichen, denn unser Plan ist wirklich gut. Unsere Mutter darf trotzdem nichts davon mitkriegen. Ich bin mir nämlich nicht sicher, ob sie genauso begeistert davon wäre wie Jule, Jonas und ich. Schließlich ist sie schon älter, und den Erwachsenen gehen manchmal einfach die guten Ideen aus oder sie verstehen sie erst gar nicht.

Wieso habe ich mir heute Nacht nur eine Sekunde Gedanken gemacht, dass etwas schiefgehen könnte? Ich bin um Mitternacht aufgewacht und habe mich schließlich mit Cäsar zu Kassia ins Bett geflüchtet, weil ich solche Albträume hatte. Von riesigen Pfeffermühlen, die wie Fledermäuse durch mein Zimmer flogen. Das war echt fies.

Als Mama beim Frühstück herumfragte, wo der ganze Zimt geblieben sei, weil sie Hunger auf Pfannkuchen mit Apfel und Zimtzucker hatte, blieb mir fast das Brötchen im Hals stecken und Jule musste mir ewig lange auf dem Rücken herumtrommeln.

Aber seit Jonas nach dem dritten Gong atemlos in die Klasse gesaust ist, weil sein Fahrrad schon wieder keine Luft hatte, bin ich total sicher, dass alles super klappt. Jedenfalls habe ich Jonas noch nie so gut gelaunt erlebt.

Ich kann es gar nicht erwarten, dass er mir *alles* erzählt, und will unbedingt wissen, ob das Präparieren reibungslos funktioniert hat. Aber leider können wir uns erst in der kleinen Pause unterhalten, weil Frau Glöckner uns seit den verkorksten Aufsätzen total scharf beäugt. Jeden Satz, den wir uns zuflüstern, kriegt sie mit. Sie scheint zu glauben, dass wir irgendwie gemeinsam unter einer Decke stecken, und sie hat damit ja sogar Recht. Nur nicht so, wie *sie* denkt. Wir haben unsere Aufsätze ehrlich nicht voneinander abgeschrieben, aber die Texte sind sich so ähnlich, dass man das wirklich denken könnte. Selbst Frau Rabe, der sie die Hefte zur Kontrolle zu lesen gegeben hat, glaubt uns nicht. Das nervt unheimlich. Schließlich brauche ich Frau Rabe dringend als Verbündete für den Band-Wettbewerb. Ich hoffe doch so sehr, dass sie mit Sebastian Pfeffer über mich und meinen genialen Plan, mit Herrn Schiller zu rappen, redet. Alleine traue ich mich das einfach nicht.

Endlich gongt es. Ich habe schon gedacht, die Stunde vergeht nie.

„Vor der großen Pause hat mein Vater eine Freistunde. Da baut er das Kuchenbüfett auf“, sprudelt Jonas direkt los. Er achtet gar nicht darauf, ob ihn jemand hört, so aufgeregt ist er. Eilig ziehe ich ihn hinaus auf den Gang, damit nicht im letzten Moment ein neugieriger Lehrer etwas aufschnappt.

„Hat total Spaß gemacht!“, jubelt er. „Die Idee mit der Senfsahne war echt spitze. Der Frankfurter Kranz sieht jetzt leckerer aus als vorher. Nur Luki hatte ein wenig Pech.“ Er grinst. „Er hat aus der Dose mit dem Pfefferzimt genascht, weil ich die auf meinem Schreibtisch stehen hatte. Als ich im Badezimmer zum Zähneputzen war, musste er plötzlich ganz doll niesen und schubste mich vom Waschbecken weg, um sich den Mund auszuspülen. Er hat aber zum Glück nichts gepetzt. Na, wenigstens klaut er mir in der nächsten Zeit nicht mehr die Schokolade aus der Schublade.“

Mir plumpst ein ganzer Steinhaufen vom Herzen. Irgendwie hatte ich befürchtet, dass Jonas im letzten Augenblick kneifen würde. Aber im Gegenteil. Unser Plan beginnt ihm offensichtlich immer mehr Spaß zu machen.

„Aber du weißt schon, dass du nach der Schule Stress mit deinem Vater kriegen wirst?“, hake ich noch mal nach. „Dann bin aber sowieso erst mal ich dran. Jule will mir ja helfen. Ich glaube, wir sammeln ein paar dicke Stinkkäfer im Garten. Die schleusen wir dann bei euch ein. Natürlich nur in das Zimmer von deinem Papa.“

Jonas nickt eilig. „Ja, das hört sich super an. Käfer und Spinnen mag er gar nicht und natürlich auch keine Mäuse. Wenn du willst, kann ich mich am Nachmittag um die Nacktschnecken kümmern. Ich habe total dicke Dinger in dem verwilderten Kräuterbeet entdeckt."

Nach der Deutschstunde haben wir Sport bei unserem Direktor, Herrn Beller.

Wir spielen Basketball. Darin ist Jonas richtig gut, weil er so hoch springen kann. Herr Beller hört gar nicht mehr auf, ihn zu loben, bis Jonas einen ganz roten Kopf vor Freude hat.

„Wir wollen bald eine Schulmannschaft gründen", sagt Herr Beller nach dem Abpfiff. „Da bist du auf jeden Fall dabei, Jonas."

Gemeinsam laufen wir quer über den Schulhof. „Wenn Herr Beller wüsste." Ich kichere. „Bevor die Schulmannschaft ihr erstes Match gespielt hat, bist du doch schon längst über den großen Ozean davongeflogen."

Jonas antwortet mir nicht. Vielleicht hat er mir ja nicht zugehört. Er guckt so, als wäre er mit seinen Gedanken ganz weit weg.

Ich stelle mir vor, wie Herr Beller gleich genüsslich

in ein Schokotörtchen beißt oder ein Stück Frankfurter Kranz probiert. Und dann einen Schluck Pfefferkaffee dazu. Mhhhhmmm. Wirklich sehr lecker.

„Schon komisch“, sagt Jonas plötzlich. „In meiner alten Schule meinte unsere Sportlehrerin immer, ich wäre für Ballspiele nicht geeignet. Und Herr Beller denkt genau das Gegenteil.“

Ich zucke mit den Achseln. „Glaubst du immer alles, was deine Lehrer über dich sagen? Niemand von ihnen weiß, warum ich so ein Buchstabendurcheinander in meinem Kopf habe, jedenfalls wenn es um Noten geht. Aber als ich Paula vor Kurzem einen ewig langen Brief geschrieben habe, war jeder Buchstabe dort, wo er hingehörte.“

Auf die nächste Stunde, Textiles Gestalten, freue ich mich richtig doll. Meistens langweile ich mich dabei zu Tode, denn stricken oder sonstiges Handarbeiten mag ich gar nicht. Aber seit einiger Zeit basteln wir Masken und das macht mir riesigen Spaß. Meine Maske sieht aus wie eine Mischung aus Eule und Krähe, mit einem riesigen Haken als Schnabel, in knallbunten Farben.

„Sieht ja schwer gefährlich aus“, sagt Jonas beeindruckt. „Wen willst du denn damit in die Flucht jagen? Kassias Aliens?“

Ich kichere wie wild los. „Super Idee! Ich kann die Maske ja auf dem Dachboden aufhängen. Dann kann Kassia sie schnell aufsetzen, wenn ein paar ungemütliche Außerirdische auftauchen."

Den Unterricht leitet alle paar Wochen ein anderer Lehrer. Denn wie in Musik sind die Lehrer in diesem Fach knapp. Gerade hilft Frau Rabe aus. Sie hat mir auch geholfen, die Maske zu entwerfen. Bestimmt, weil sie Herrn Schiller mag. „Du kannst die Maske zusammen mit mir fertig bemalen", schlage ich Jonas vor. „Nächste Woche fangen wir was Neues an", ich flüstere den zweiten Satz leiser weiter, damit Frau Rabe nicht mithören kann, „da bist du sowieso schon weg."

Jonas taucht einen breiten Pinsel ein und trägt schwarze Farbe auf die Borsten auf. Meine Bemerkung übergeht er einfach. „Es fehlt der Maske noch so was richtig Gefährliches, ein schwarzer Punkt oder Strich. Soll ich einen C-Schlüssel auf die Stirn zeichnen? Das fände ich echt gut."

Was hat dieser Junge nur für komische Ideen? „Mach einfach mal", sage ich. „Ich kann ihn ja gleich wieder übertuschen."

Der C-Schlüssel ist der Hit. Frau Rabe ist total entzückt und macht gleich mehrere Fotos mit der kleinen Digitalkamera, die sie immer in ihrer Tasche hat. Schließlich setzen Jonas und ich die Maske abwechselnd auf und Frau Rabe schießt noch mehr Bilder.

„Die Maske ist wirklich etwas ganz Besonderes, Maxie“, lobt sie mich. „Du kriegst auf jeden Fall eine Eins. Und der C-Schlüssel ist das Tüpfelchen auf dem i. Eigentlich kannst du sie auf der Bühne tragen, wenn du mit Herrn Schiller auftrittst und rappst. Damit gewinnst du den Wettbewerb mit Sicherheit. Das kann niemand außer dir.“

Ihre Worte bauen mich wieder auf. Seit ich weiß, dass Herr Pfeffer entscheidet, wer auftreten darf, bin ich ganz durcheinander.

„Jonas kann auch rappen, sogar aus dem Stegreif“, sage ich plötzlich. „Er hat ein ganz tolles Gedicht über Herrn Schiller gemacht.“

Frau Rabe guckt überrascht. „Na so was. Gut, dass du jetzt in Maxies Klasse gehst, Jonas. Vielleicht könnt ihr es mal zusammen versuchen.“

Ich schaue Frau Rabe erschrocken an. So habe ich das nicht gemeint. Das macht auch gar keinen Sinn, wenn Jonas nach Amerika auswandert. Aber das kann Frau Rabe ja nicht wissen. Wir müssen uns anstrengen, dass der Plan auf keinen Fall schiefgeht.

Auf jeden Fall darf ich die fertige Maske heute mit nach Hause nehmen. Ich freue mich schon auf die verdatterten Gesichter von Kassia, Jule und Mami. Herr Schiller findet seinen Seelenverwandten mit dem C-Schlüssel auf der Stirn sicher cool.

Da es bereits zur großen Pause gegongt hat und alle Schüler auf den Schulhof stürmen, behalte ich die Maske bei mir. Jonas und ich machen uns einen Riesenspaß, indem wir uns auf die Kinderschaukel setzen und die Erst- und Zweitklässler erschrecken. Manche kreischen los wie verrückt. Sind halt noch richtige Kleinkinder. Zum Glück bin ich schon älter. Mich haut so schnell nichts um.

„Gemein! Ihr seid gemein!“ Jule rennt uns fast über den Haufen und verpasst der Maske eine Beule, weil sie nicht mehr abbremsen kann.

„He, pass auf“, meckere ich sie an. „Ich brauche die Maske für meinen Auftritt.“

Jule schüttelt aufgeregt den Kopf. „Setz sofort das gruselige Ding ab. Ein Mädchen ist vor Angst ganz nach oben auf das Klettergerüst gestiegen und traut sich jetzt nicht mehr runter. Sie heult ganz doll.“

Das tut mir zwar ein bisschen leid, aber trotzdem muss ich zufrieden lachen. „Dann kann ich das Publikum bestimmt auch bei meinem Auftritt schocken, ist doch eins a", widerspreche ich meiner kleinen Schwester. „Du kannst die Kleine ja trösten gehen."

Im gleichen Moment tönt ein schriller Pfiff quer über den Schulhof. Er kommt von Sebastian Pfeffer! Für diesen ohrenbetäubenden Krach hat er keine Trillerpfeife benutzt, sondern nur seine zwei Finger. Ich bin sofort total neidisch. Auf den Fingern pfeifen schaffe ich gar nicht.

Er guckt ziemlich sauer, deutlich gesprochen: stinksauer. Mit ellenlangen Schritten stürmt er auf uns zu.

Die Schüler, die kreuz und quer auf dem Hof herumstehen, formen eilig eine Gasse und lassen Herrn Pfeffer durch. Er trägt einen Kuchenteller wie einen Blumenstrauß vor sich her. Darauf sind ziemlich leckere Sorten Süßkram aufgetürmt: ein Stück Frankfurter Kranz, ein Schokoladentörtchen und ein saftiger Bienenstich.

„Oje!", murmelt Jule.

„Oje!", stöhne ich und klammere mich, ohne dass ich es wirklich bemerke, an Jonas' Arm fest.

„Ist schon o.k.", sagt Jonas. Aber mir entgeht nicht, dass seine Stimme eine Winzigkeit zittert. Er macht sich aus meinem Griff los und geht einen Schritt auf seinen Vater zu.

Herr Pfeffer bleibt direkt vor Jonas stehen. Sie gucken sich beide tief in die Augen, ohne zu blinzeln. So verharren sie eine ganze Weile regungslos.

Nach und nach ist es auf dem Schulhof mucksmäuschenstill geworden.

„Das Spiel kenne ich“, ruft Jule und hüpft nervös von einem Fuß auf den anderen. „Wer als Erster wegguckt, ist der Dummi. Wollen wir auch mal, Maxie?“

„Pscht!“, fauche ich Jule an.

„Ich mach aber auch mit!“, tönt die Stimme von Lukas in die Stille. „Habt ihr schon um was gewettet?“

Jonas’ kleiner Bruder hat gerade noch gefehlt.

„Pscht!“, zischt Jule. „Erst sind die Großen dran. Die Kleinen kommen später.“

Schließlich bricht Herr Pfeffer als Erster das Schweigen. „Hast du Appetit, mein Sohn?“, fragt er so beherrscht wie möglich. Aber auch seine Stimme zittert. „Wir haben dir noch was übrig gelassen.“

Ich merke, dass ich schon die ganze Zeit die Luft anhalte. Gleich platze ich wahrscheinlich wie ein zu doll aufgepusteter Luftballon.

„Danke, Papa!“, sagt Jonas und nimmt den Teller in die Hand. Er beißt seelenruhig in das Schokotörtchen hinein.

P

Herr Pfeffer zaubert eine Kuchengabel aus seiner Hemdtasche, aber Jonas schüttelt den Kopf.

„Ich esse Kuchen lieber mit den Fingern", antwortet er und hüstelt ein wenig.

Mir wird kochend heiß. Da ist bestimmt die Pfeffer-Zimtmischung dran.

Jetzt macht er sich über den Frankfurter Kranz her. Schon alleine bei der Vorstellung wird mir übel. Ich habe Jules Sahne-Senfmischung ja schon mal gegessen. Und womit hat sie noch mal den Bienenstich verschlimmbessert? Ich denke krampfhaft nach. Ach ja, mit einer Salztunke über den Honigmandeln.

Guten Appetit! Ich schließe die Augen, weil mir plötzlich extrem schummrig wird.

„Satt!", höre ich Jonas zuckersüß sagen. „Pappsatt. Danke, Papa."

Ich blinzle vorsichtig mit den Augen. Jonas scheint die Kuchenattacke überlebt zu haben, auch wenn er ziemlich grün im Gesicht ist.

„Wieso hab ich denn nichts von Papas Kuchen abgekriegt?", protestiert Lukas plötzlich laut.

Herr Pfeffer und Jonas gucken Lukas gleichermaßen verwirrt an, ohne zu antworten.

„Mecker doch nicht die ganze Zeit, Luki", mischt sich Jule ein. „Du darfst nach der Schule mit mir zusammen Eddy füttern. Und meine Mutter hat noch frischen Marmorkuchen zu Hause. o.k.?"

Lukas nickt zufrieden.

Jonas drückt seinem Vater den Blümchenteller in die Hand.

„Wir sprechen uns zu Hause", sagt Herr Pfeffer. Er dreht sich um und geht in die Schule zurück.

Schlagartig fangen alle an, durcheinanderzureden.

„Und was sollte das Spektakel jetzt?", fragt Jana schulterzuckend in die Runde. „Ich verstehe nur Bahnhof."

Ein Mädchen aus der Oberstufe, das gerade erst angekommen ist, flüstert ihr aufgeregt etwas ins Ohr.

„Was?", kreischt Jana los. „Eeeeehrlich?" Sie wirft Jonas einen ehrfürchtigen Blick zu und bricht in lautes Lachen aus. Flüsternd gibt sie die sensationelle Nachricht an Tim weiter.

Alle sind so mit ihrer stillen Post beschäftigt, dass niemandem auffällt, wie ich eilig hinter Jonas herlaufe, der Richtung Sporttoiletten verschwindet.

Die Botschaft, dass Jonas für einen ziemlich verdorbenen Einstand des neuen Musiklehrers verantwortlich ist, verbreitet sich in der ganzen Schule wie ein Lauffeuer, während Jonas auf der Toilette kreidebleich literweise Wasser säuft.

„Wovon hast du denn eigentlich am meisten Durst?“, frage ich ratlos. „Vom Salz, dem Senf oder dem Pfeffer?“

Jonas zuckt die Achseln. „Mir total egal. Schlecht ist mir von allen drei Zutaten.“ Er grinst angeschlagen, aber siegesgewiss. „Aber mein Vater war echt verblüfft, oder? Meinst du, wir kriegen ihn klein?“

Ich nicke überzeugt. „Klar, was denkst du denn? Die Stinkkäfer von unserem Lindenbaum werden ihm hundertprozentig seine Nachtruhe rauben!“

Und dann wird Jonas doch noch richtig übel. Er tut mir deshalb total leid. Krass, was er auf sich nimmt, damit er und seine Mama endlich wieder zusammen sein können.

Mal ehrlich: Ich finde wirklich, er ist der tapferste Junge, der mir seit langer Zeit über den Weg gelaufen ist. Hätte ich ihm anfangs gar nicht zugetraut.

Sebastian Pfeffer kriegt sein Fett noch weg, schwöre ich mir selbst. Wir angeln uns die tolle Villa und Jonas bekommt seine Mama zurück. Ist doch super. Zum Schluss werden alle zufrieden aus der Wäsche gucken. Daran glaube ich ganz fest.

Als ich nach der Schule mit meinen Schwestern nach Hause trödle, geistert mir Jonas' Kuchen-Heldentat immer noch im Kopf herum. Er hat den restlichen Vormittag ziemlich angeknackst neben mir gesessen und wollte nicht einmal von meinem leckeren Frühstücksbrot abbeißen. Aber gegrinst hat er trotzdem die ganze Zeit.

„Der Pfeffer-Junge ist echt nicht ganz richtig im Kopf“, sagt Kassia aus heiterem Himmel. „Wollte er wirklich die Lehrer vergiften? Ich hab leider keine Details mitbekommen, weil ich in der großen Pause im Physikraum geblieben bin und den Sternenhimmel für mein Referat an die Tafel gemalt habe.“

Ich bleibe abrupt stehen. „Was?“, rufe ich laut. „Wer erzählt denn so einen Mist herum?“

Kassia schlurft gelassen weiter. „Kai aus der Oberstufe“, antwortet sie. „Der ist immer bestens informiert. Er hat es von Rebecca.“

„Na klar, die war ja auch die ganze Zeit dabei“,

entgegne ich gereizt. „Warum glaubst du diesem Kai? Nur weil er eine Eins in Physik hat? Da bin ich wie Mama. Klatsch geht mir total auf den Senkel."

„Unsinn. Werde nicht unsachlich, Maxie. Aber wer war es dann?", fragt Kassia, überraschend neugierig. „Hast du bessere Informationen?"

Jule fängt mit lauter Stimme an zu singen. „Die M-a-a-a-xie, M-a-a-a-xie, die Maxie wei-ei-ei-ei-ß noch me-e-e-h-r."

Ich schubse Jule unsanft. „Halt doch den Mund."

Aber Jule ist nicht mehr zu bremsen. „Wir waren es alle drei", sprudelt sie los. „Jonas, Maxie, ich. Das war total cool, und am besten war, dass Jonas den ganzen schrecklichen Kuchen gemampft hat. Total cool", wiederholt sie.

„Wieso das denn?", kreischt Kassia laut. Das ist sonst gar nicht ihre Art. „Was habt ihr angestellt? Womöglich kriegt ihr einen Schulverweis!"

Oh Mann. So hysterisch habe ich meine Schwester selten erlebt. Es dauert den ganzen Weg nach Hause, bis sie kapiert hat, was es mit unserem Plan auf sich hat und wieso Jonas dabei mitmacht. Aber dann findet sie die Idee gar nicht schlecht. Ich bin echt froh. Kassia wäre es auch zuzutrauen, dass sie zu Mama latscht und ihr alles auf die Nase bindet, weil sie denkt, dass wir was Schlimmes gemacht haben und sie uns retten muss.

Aber zum Glück passt es ihr selbst nicht, dass sich Mama von Herrn Pfeffer so auf die Palme bringen lässt, dass sie Kopfweh kriegt. Und außerdem würde auf dem Dachboden der Villa bestimmt ein viel größeres Fernrohr Platz haben als in unserem winzigen Haus.

Als wir endlich unsere Haustür aufschließen, erwartet uns schon wieder eine Überraschung. Mama begrüßt uns schwungvoll und mit dicken Lockenwicklern in ihren Haaren.

„Wieso bist du nicht in der Praxis, Mama?", fragt Kassia. „Ist was passiert?"

Mama schüttelt ihre Wickler. „Nö, ich mache heute mal einen halben Tag frei. Ich habe nur morgens Sprechstunde gehabt. Herr Pfeffer kommt nämlich am Nachmittag vorbei und dann wollen wir die Sache mit der Mauer noch einmal genau besprechen. Er will sie ja unbedingt selbst wieder aufbauen, dabei hat der Mann doch schon genug um die Ohren mit der Schule und so weiter. Na, wir werden ja sehen."

Ich betrachte Mama genauer. „Hast du ein neues Kleid an?", frage ich überrascht. Es ist blau-weiß gepunktet und sieht supersüß aus. Die Farbe passt perfekt zu ihren blauen Sandalen. Meistens rennt Mama ja in ihrem praktischen Arztkittel und den Gesundheitslatschen herum.

Mama nickt. „Ja, ich dachte, ich gönn mir was Schönes." Sie bekommt aus unerfindlichen Gründen rote Wangen und saust in die Küche.

„Deshalb bin ich auch noch gar nicht mit dem Kochen fertig", ruft sie uns zu. „Seid ihr mit Milchreis zufrieden? Aber der Zucker ist leider so gut wie aufgebraucht und schmeckt komischerweise ein bisschen nach Pfeffer."

Jetzt kriege ich auf einmal heiße Ohren. In dem Zuckerpott habe ich Salz mit Zucker und Pfeffer angemischt, fällt mir wieder siedend heiß ein. Ausgewaschen habe ich das Gefäß aber nicht.

„Wirklich komisch", fährt Mama fort und stellt die Schüssel mit dem Milchreis auf den Küchentisch. „Irgendwie ist hier im Küchenschrank alles durcheinandergeraten. Ich muss dringend ausmisten. Ihr könnt ja selbst mal testen." Sie steckt ihren Finger erneut in den Zuckerpott hinein und probiert kopfschüttelnd.

„Ich esse Milchreis eigentlich am liebsten ohne Zimt und ganz ohne Zucker", unterbreche ich eilig ihre Überlegungen.

„Ich auch", rufen Kassia und Jule im Chor.

Eine Minute später schaufeln wir tödlich langweiligen Milchreis in uns hinein.

Ohne Zimtzucker schmeckt er nicht halb so gut.

„Wann kommt Herr Pfeffer denn?“, frage ich Mama. Das ist nämlich eine fantastische Gelegenheit, die Stinkkäfer in sein Zimmer einzuschmuggeln.

„Am frühen Nachmittag, zum Kaffee“, antwortet Mama. „Ich will eigentlich noch schnell einen Kuchen backen, vielleicht finde ich ein Rezept mit Honig.“

Haha. Keine so gute Idee, von Kuchen hat Herr Pfeffer bestimmt erst mal genug. Aber ich sage nichts. Herr Pfeffer soll sich ja auf keinen Fall bei uns wohlfühlen.

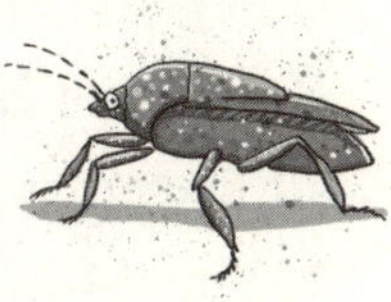

Ich sause mit knurrendem Magen in den Garten zu der großen Linde und beginne, die Stinkkäfer von der Rinde und den Blättern herunterzuklauben. Von dem Häufchen Milchreis, das ich hinuntergewürgt habe, bin ich echt nicht satt geworden.

„Pfui, sind die eklig anzufassen“, beklagt sich Jule, die mir hilft. „Die kleben ja so und meine Finger stinken schon ganz schrecklich.“ Sie schnuppert angewidert an ihren Händen.

Ich klettere in den Baum und suche weiter. „Was glaubst du denn, warum die so heißen? Wenn die

Angst kriegen, weil man sie anfasst oder ein Vogel sie fressen will, fangen sie an zu stinken. Wie Menschen, die vor Angst pupsen oder in die Hose machen, wenn sie in großer Gefahr sind."

Jule schreit auf. „Waaaas? Macht der Käfer in meine Hand oder was?" Sie lässt ihre gesammelten Käfer ins Gras fallen.

Ich packe noch einige langbeinige Baumspinnen ein und lasse eine Großfamilie Ameisen in meine Papiertüte hineinlaufen. Hoffentlich vertragen sich die Viecher untereinander.

„Du kannst noch ein paar Nacktschnecken einsammeln", ordne ich an. „Die können wir auf die Tapeten setzen oder auf den Klavierhocker, damit sie alles schön einschleimen."

Eine Minute später kommt Herr Pfeffer mit seinem Auto angefahren. Ich klettere aus dem Baum und beginne, die Zwergkaninchen zu füttern und Eddys Heuhaufen mit der Forke umzugraben. Eddy wiehert fröhlich und schnuppert neugierig an meiner Papiertüte. Wie gesagt, bei Papier wird Eddy einfach schwach.

„Lass das, Eddy", flüstere ich und ziehe ihm den Papierschnipsel wieder aus dem Maul. „Da ist eine Überraschung für Herrn Pfeffer drinnen."

Herr Pfeffer hat Lukas aus der Schule mitgebracht.

Als er uns entdeckt, schmeißt er seine Schultasche einfach auf die Wiese und rennt zu uns herüber. „He, Jule, ihr füttert Eddy ja ohne mich!“, ruft er aufgebracht. „Ich will aber auch noch.“

Mist. Solange der Mini-Pfeffer hier herumwuselt, kann ich keine weiteren Nacktschnecken einsammeln.

„Ihhh, da sind ganz viele schwarze Schnecken auf einem Schneckenberg“, brüllt er und kickt eine mit seinem Turnschuh weg.

„He, Kleiner, lass das“, sage ich streng. „Man tritt keine Tiere, ist das klar?“

Ich halte ihm ein Büschel frische Gartenmöhren hin. „Hier, für Eddy. Aber immer schön eine nach der anderen.“

Herr Pfeffer hat inzwischen Lukas' Schultasche geschnappt und ist in der Villa verschwunden. Ich ahne schon, was gleich passiert. Zwischen Sebastian und Jonas Pfeffer gibt es Krach. Obwohl das Zimmerfenster von Jonas geschlossen ist, hört man die beiden heftig miteinander zanken.

Zum Glück gibt es solche Streitereien bei uns nicht. Ich bin froh, dass kurze Zeit später wieder Ruhe herrscht. Von Streit bekomme ich nämlich immer automatisch Bauchweh. Auch wenn ich gar nicht mitstreite.

Jule und Lukas haben von dem Zank nichts mitbekommen. Sie sind völlig mit Eddy beschäftigt. Er genießt es, dass sie mit ihm um die Wette schmusen. Das mögen Esel furchtbar gerne. Schließlich geht es darum, wer als Erster mit ihm ausreiten darf. Eigentlich meckert Jule ja immer darüber, dass Eddy zu lahm für sie ist. Aber jetzt will sie doch.

„Können wir nicht einfach zusammen auf ihm reiten?“, bettelt Lukas.

Jule schüttelt heftig den Kopf. „Das ist nicht gesund für einen Esel. Mama hat gesagt, da dürfen höchstens fünfunddreißig Kilo drauf. Weißt du, wie schwer du bist?“ Lukas zuckt mit den Schultern.

„Siehste. Deshalb reiten wir lieber einzeln. Ich fang an, weil Eddy mir gehört. Wenn er dann noch Lust hat, kommst du dran.“

Hihi. Meine kleine Schwester ist schon so wie ich. Sie will bei Jungs immer bestimmen. Finde ich aber gut.

Gerade als ich den Käfern in meiner Tüte etwas zu knabbern geben will und den Spinnen ein paar tote Mücken, damit sie nicht ungeduldig werden, kommt Herr Pfeffer wieder aus der Villa und steuert auf unsere Haustür zu. Ich hoffe bloß, Kassia bleibt in der Küche und hält ein Auge auf die beiden. Bestimmt will sie den Alien-Test mit ihm machen, wie mit jedem fremden Mann, der mit Mama Kaffee trinkt.

Plötzlich geht bei Jonas ein Fensterflügel auf und er gibt das Zeichen, dass die Luft rein ist. Ich sammle eilig noch eine Handvoll Nacktschnecken ein und verschwinde unbemerkt in der Villa.

„War es sehr schlimm?“, frage ich mitfühlend. „Schickt er dich jetzt zu deiner Mama nach Amerika?“

Jonas zuckt mit den Schultern. „Weiß nicht“, antwortet er. „Auf jeden Fall will er Mama erzählen, was ich angestellt habe. Erst hat er superdoll geschimpft. Danach hat er dann gefragt, warum ich das gemacht habe. Und ich habe geantwortet: ‚Wegen Mama. Weil ich für immer bei ihr bleiben will.‘“

Ich sage es ja: Der Junge ist echt mutig. „Und davon ist er dann erst richtig wütend geworden, oder?“, frage ich mitleidig.

Jonas schüttelt den Kopf. „Nö, das war ulkig. Ab dann hat er gar nichts mehr gesagt. Auch nicht gemeckert. Vorher hat er noch gesagt, ich habe Hausarrest. Aber das war ja klar.“

Ich nicke. „Habe ich mir gedacht. Guck mal, eure neuen Untermieter!“ Ich lasse ihn grinsend in die Tüte gucken.

Jonas schüttelt sich. „Mir krabbelt’s gleich überall. Ich mag auch keine Käfer. Und die stinken echt schrecklich."

Wir sausen hinauf in Herrn Pfeffers Zimmer und verstauen die Käfer unter seiner Bettdecke. Sie laufen aufgeregt hin und her und bekrabbeln neugierig ihr neues Zuhause. Einige verschwinden gleich in die Bettritze.

„Und was machen wir mit den Nacktschnecken?" Ich gucke mich suchend um.

Drei von ihnen setze ich auf die Tapete. Sie beginnen sofort zu wandern und ziehen dabei eine klebrige Schleimspur hinter sich her. Die letzten zwei quartiere ich auf einem Stapel Notenblätter ein, die Herr Pfeffer überall herumliegen hat.

„Vielleicht sind das ja musikalische Schnecken und sie komponieren ein neues Stück." Jonas grinst. „Mein Vater hat mal von einem Komponisten erzählt, der hat aus Fliegendreck einen Song gemacht, der war Nummer eins in den Charts."

Ich klatsche begeistert in die Hände. So etwas finde ich megatoll.

„Das schaffen wir mit unserem *Crap Rap* auch", rufe ich begeistert. Ich schaue mich um, ob noch irgendwo Instrumente herumliegen. Diese Fingerzimbeln würde ich wahnsinnig gerne einmal ausprobieren.

Wieder einmal kann Jonas Gedanken lesen. Er wühlt in einer offenen Kiste und wirft mir ein nagelneues Paar zu.

„Wie cool ist das denn!“, rufe ich und lege einfach damit los.

Herr Schiller ist total verrückt,
trotzdem bin ich jetzt voll entzückt.
Ein schwarzer Vogel rappt,
und mit dem Schnabel clappt.
He Leute, das ist oberscharf,
dass ich so was erleben darf,
in diesem allerletzten Kaff!
Yeah! Yeah! Yeah!

… rappe ich zum Rhythmus der Fingerzimbeln.

„He, mach doch mit“, rufe ich zu Jonas rüber.

Der ist nämlich aufgestanden und hat sich ein paar Klangstäbe geschnappt. Damit macht er einen verrückten Takt dazu. Der geht ganz anders als mein eigener Gesang und passt trotzdem super. Als ob man mit den Fahrrädern in entgegengesetzte Richtungen fährt und dann plötzlich wieder zusammenkommt. Ich weiß nicht, wie ich das anders erklären kann.

He Leute, das ist oberscharf,
dass ich so was erleben darf,
in diesem allerletzten Kaff!
Yeah! Yeah! Yeah!

… wiederholt Jonas den Refrain. Ich finde, der Junge hat eine richtig tolle Stimme. Ich könnte ein ganzes Lied alleine von ihm hören.

Dass ich so was erleben darf,
in diesem allerletzten Kaff!

Er kann die Klangstäbe so superschnell aufeinanderwirbeln lassen, dass man sie gar nicht mehr einzeln sehen kann.

„Das ist bis jetzt der beste Song“, sage ich neidlos. „Und den hast du dir in zwei Minuten ausgedacht? Echt der Wahnsinn! Spielst du ein Instrument?“

Jonas zögert mit der Antwort. „Früher hab ich mal Flöte gespielt, so ’ne doofe C-Flöte, die quietscht ganz erbärmlich. Dann kam Querflöte, aber das war mir zu schwer. Meine Mutter kann Klarinette, damit habe ich auch angefangen.“

Er sucht in einer weiteren Kiste herum. „Da ist ja die von meiner Mutter. Wieso hat mein Vater die eingepackt?“ In Windeseile packt er das Instrument aus und schraubt es zusammen. Er setzt das Mundstück an, schließt die Augen und beginnt zu spielen. Erst normal und dann im Rap-Rhythmus.

„He, cool!“ Ich springe begeistert auf.

He Leute, das ist oberscharf,
dass ich so was erleben darf,
in diesem allerletzten Kaff!
Yeah! Yeah! Yeah!

Ich muss plötzlich wie verrückt lachen und kriege mich gar nicht mehr ein.

Jonas hört auf zu spielen, weil er vor lauter Lachen bereits nur noch in das Mundstück spuckt. Er legt die Klarinette vorsichtig zur Seite.

„Du bist … echt … cool, so verdammt … cool“, stammle ich.

Schade, dass ich Jonas nicht schon früher kennengelernt habe. Der hat es echt drauf. Und noch mal schade, dass sein Vater der nervigste Typ auf der ganzen Welt ist.

Pechschwarze Krähenkacke irgendwie.

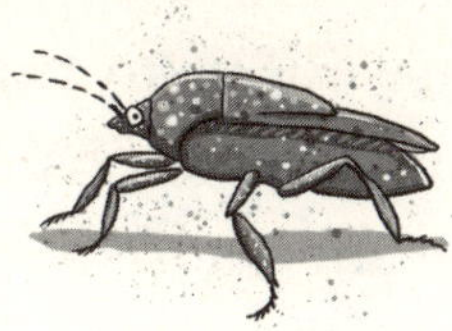

Ich schaffe es gerade noch rechtzeitig, aus der Villa und vor allem aus dem verbotenen Zimmer zu verschwinden, bevor Herr Pfeffer vom Kaffeetrinken zurückkommt. Hoffentlich hat Mama ihm ordentlich die Hölle heißgemacht. Das ist schon fast ein Stoßgebet.

Jonas bringt mich bis zur Haustür. „Viel Glück!" Er lächelt. „War echt lustig mit dir." Er wird ein bisschen rot, oder ist das nur die Abendsonne, die plötzlich hinter den Wolken hervorlugt?

„Die Käfer werden schon ganze Arbeit leisten", beruhige ich ihn. Ich gönne Herrn Pfeffer den Heidenschrecken, wenn er ahnungslos ins Bett steigt.

An der Gartenpforte laufe ich direkt in ihn hinein. Er hat Lukas im Schlepptau. Anscheinend war er die ganze Zeit mit Eddy und Jule im Garten. Super, so hat meine Schwester uns den Knirps vom Leib gehalten.

„Aha! Damenbesuch!" Herr Pfeffer grinst aufgeräumt. „Diese nette Abwechslung war in deiner Hausarreststrafe allerdings nicht inbegriffen, mein Sohn."

Sofort ist meine megagute Laune verschwunden und mir wird ganz heiß vor Wut. *Mein Sohn!* Wie hört sich das denn an?

„Wenn Sie Ihren älteren Sohn *Jonas* meinen, Herr Pfeffer!“, antworte ich kühl. „Dem habe ich nur das Hausaufgabenheft gebracht. Er hat es auf unserem Platz in der Schule liegen lassen. Adieu.“ Ich düse ab und versuche dabei möglichst hochnäsig zu gucken.

Herr Pfeffer schaut mir verblüfft hinterher. „Die hat aber Haare auf den Zähnen“, höre ich ihn sagen, als er mit Jonas und Lukas in der Villa verschwindet.

Also ehrlich, so etwas Freches hat noch kein Vater über mich gesagt. Und vor allem keiner, der gleichzeitig Lehrer ist.

Mal hören, was Mama meint, wenn ich ihr das erzähle. Wollte sie Herrn Pfeffer nicht wegen Beleidigung verklagen? Dann kann das gleich mit auf ihre Liste.

Leider ist Mama nach Herrn Pfeffers Besuch schrecklich gut gelaunt und hat ihre Rache-Absichten anscheinend vollkommen über den Haufen geworfen.

Jedenfalls höre ich das aus ihrem Wasserfall-Monolog heraus. Sie redet ohne Punkt und Komma, als ob ich nicht Maxie, sondern das Mikrofon eines Tonbandgeräts wäre, in das man hineinspricht.

„Dieser Herr Pfeffer besteht einfach darauf, die Mauer mit eigenen Händen wieder aufzubauen“, erzählt sie begeistert. „Weil er ja auch dumm genug gewesen sei, sie umzufahren. Wie unvernünftig von ihm! Seine Versicherung zahlt doch die Handwerker. Aber nein, ich konnte ihn nicht davon abbringen. Er verglich die Sache mit einer Strafarbeit in der Schule. Und dabei hat er es gerade so schwer mit seinem großen Sohn. Ist mir kürzlich gar nicht aufgefallen, dass dieser Jonas so pampig ist. Ein Glück hatte ich doch noch Kirschkuchen gebacken. Zufällig ist das Herrn Pfeffers Lieblingskuchen. Und sogar den Honig darin mochte er. Aber eine Sache war total lustig – er hat sich erst gar nicht getraut, in meinen Kuchen hineinzubeißen. Erst hat er daran gerochen, dann hat er so vorsichtig einen Krümel probiert, als ob er vergiftet wäre.“ Sie lacht belustigt. „Ich scheine ihm wirklich einen gehörigen Schrecken eingejagt zu haben. Aber dann hat er sich darüber hergemacht, als wäre er vollkommen ausgehungert. Ich musste ihm das Stück für Kassia fast aus der Hand reißen.“

Ich muss mich zusammennehmen, dass ich nicht laut losbrülle. Stattdessen schneide ich Kassia und Jule wilde Grimassen. Die beiden schneiden eindeutige Grimassen zurück.

Ich kann mir lebhaft vorstellen, wovor sich Herr Pfeffer gefürchtet hat.

Mama schüttelt verständnislos den Kopf. „Was ist denn mit euch schon wieder los? Manchmal seid ihr wirklich seltsam. Ich muss Herrn Pfeffer dringend fragen, ob das mit Jungs genauso ist."

In diesem Augenblick läutet das Telefon und Mama läuft hinaus in den Flur.

Wir hören sie aufgeregt telefonieren. „Was? Wie schrecklich. Das ist doch gar nicht möglich. So viele? Da muss man vielleicht doch einen Kammerjäger ... ja, ich kenne da eine sehr zuverlässige Person. Keine Panik! Ich bin sofort bei Ihnen." Sie beendet das Gespräch abrupt.

Plötzlich ahne ich nichts Gutes.

„Der arme Mann!" Mama stürmt mit einem Gesichtsausdruck herein, als ob etwas ganz Grauenhaftes vorgefallen wäre. „Die Villa ist komplett mit Käfern übersät, die überall urinieren, und die Wände sind voller Nacktschnecken. Ich denke, ich muss sofort den Bürgermeister informieren und das Gesundheitsamt und einen Kammerjäger. Und die Kinder samt Herrn Pfeffer müssen natürlich evakuiert werden. Nein, so eine Pechsträhne ..."

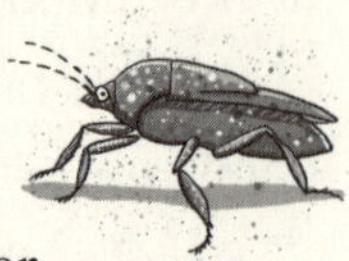

Sie schnappt sich das Telefonbuch und beginnt hektisch, darin herumzublättern.

„So viele Käfer sind in der Wohnung von dem Herrn Pfeffer?“, fragt Jule und starrt mich mit offenem Mund an. Wahrscheinlich fragt sie sich gerade, wie ich die alle in der kurzen Zeit hinübergeschafft habe.

Ich habe das Gefühl, dass ich gleich durchdrehe. Fünf Nacktschnecken, vier harmlose Spinnen und zwei Dutzend Baumwanzen, die, wie ich fairerweise zugeben muss, stinken wie ein ungeputztes Klo. Herr Pfeffer scheint wirklich eine ausgeprägte Krabbeltier-Phobie zu haben, oder warum übertreibt er gerade so maßlos, dass Mama ausflippt?

Ich zeige Kassia hinter Mamas Rücken einen Vogel. Der gilt natürlich Herrn Pfeffer und nicht unserer Mama. Die hat eigentlich schon genug um die Ohren. Muss sie jetzt auch noch Babysitter für Sebastian Pfeffer spielen? So wie der sich aufführt, hat er bestimmt auch Angst im Dunkeln.

Kassia kapiert zum Glück sofort, wie ich das mit dem Vogel meine.

„Mama, vielleicht ist es ja nicht ganz so schlimm. Ich glaube, Herr Pfeffer ist das Landleben nicht so gewohnt. Vielleicht guckst du erst mal selbst und telefonierst dann mit dem Gesundheitsamt?", sagt sie in ihrer vernünftigen Art.

Mama denkt kurz nach. „Du hast mal wieder Recht, Kassia", sagt sie. „Zuerst muss ich mich ohnehin um Herrn Pfeffer kümmern. Anscheinend steht er unter Schock und mit so etwas ist nicht zu spaßen. Der Arme hat es gerade richtig schwer." Mit diesen Worten verschwindet sie aus der Küche.

Ich lasse mich schockiert auf einen Stuhl fallen. „Hast du den Alien-Test mit ihm gemacht?", frage ich hoffnungsvoll. „Der Typ kann echt kein Irdischer sein."

Kassia wackelt traurig mit dem Kopf. „Ich muss dich leider enttäuschen, liebes Schwesterherz. Herr Pfeffer ist ein stinknormaler Mensch. Nur leider ein besonders anstrengender." Für einen Moment ist es totenstill.

„Ich will die Käfer aber auch sehen und wie sich die Pfefferbacke erschreckt!", sagt Jule schließlich.

Ich springe entschlossen auf. „Natürlich, du hast völlig Recht. Wir können Mami doch nicht mit der Pfefferbande alleine lassen." Wir stürmen zu dritt hinter unserer Mutter her.

Zum Glück kenne ich mich in der Pfeffervilla bereits bestens aus.

„Da steht ja der weiße Flügel!", ruft Jule entzückt und rennt neugierig durch die geöffnete Doppeltür auf den Flügel zu. „Sieht der schön aus."

Sie streicht zärtlich über den weißen Lack und tippt vorsichtig eine Taste an.

„Ob ich mal darauf herumklimpern darf?"

Ich schnappe Jules Hand und ziehe sie hinter mir her Richtung Treppe. „Jetzt aber nicht. Wir sind wegen Mama hier." Ich gucke mich suchend nach Jonas um.

„Die lieben Tierchen sind oben in Herrn Pfeffers Zimmer", kläre ich Kassia auf. „Und die Pfefferbande und Mama bestimmt auch. Ich verstehe nicht, dass man wegen einer Handvoll Käfer so einen Alarm schlagen muss."

Ich habe Recht. Alle sind in Herrn Pfeffers Zimmer versammelt. Bei seinem Anblick verschlägt es mir die Sprache. Er sitzt inmitten von Notenblättern auf seinem Schreibtisch und stiert mit glasigen Augen geradeaus, als hätte ihn eine Kobra hypnotisiert. Auf seiner Stirn stehen riesige Schweißperlen.

Jonas hat sich in die hinterste Ecke verkrümelt, während Lukas unserer Mama hilft, die Nacktschnecken in ein Wasserglas zu verfrachten.

„Die sind aber schleimig", sagt er und schüttelt sich. „Sie kleben ganz doll aneinander." Er hält triumphierend seine Beute hoch.

Die armen Schnecken. Vor Angst ziehen sie sich ganz klein zusammen.

„Hallo, Leute", sage ich in die Runde. „Wir wollten nur mal gucken, ob wir irgendwie helfen können." Ich winke Jonas möglichst unbefangen zu.

„Nö", ruft Lukas fröhlich. „Frau Buntschuh und ich schaffen das schon alleine."

Ich schaue unauffällig Richtung Bett. Die Bettdecke ist halb aufgeschlagen. Deshalb hat Herr Pfeffer die Viecher also so früh entdeckt. Vielleicht wollte er ein kleines Nickerchen machen. Ein bisschen Pech ist das schon. Hätte er sich im Dunkeln auf sie gelegt, wäre der Krabbeleffekt noch viel doller gewesen.

Aber, na ja. Anscheinend hat er sich auch so ordentlich erschrocken.

„Und wo ist die Käferhorde nun?“, bohre ich nach. Seltsamerweise kann ich nämlich keinen einzigen entdecken.

„Ein Käfer ist tot. Er stinkt wie die gammelige Maus in unserer alten Wohnung. Die anderen sind geflüchtet.“ Lukas zeigt mit der Fußspitze auf einen dunklen Klecks auf dem Fußboden.

„Ihhh, hat dein Vater den Käfer zerquetscht? Das darf man aber nicht“, mischt sich Jule ein. „Das sind alles Lebewesen mit einer Seele“, setzt sie altklug nach. „Stimmt's, Mama?“

Unsere Mutter nickt. „Du hast natürlich Recht, Jule. Aber manchmal hat man vor etwas so große Angst, dass man nicht nachdenkt.“

Herr Pfeffer schüttelt heftig den Kopf. „Das war Notwehr, reine Notwehr. Diese Biester haben mich angegriffen und eines hat zugebissen.“

Mama lächelt milde. „… und manchmal ist die Panik so riesig, dass man sogar harmlose Käfer für gefährliche Monster hält. Erinnerst du dich, Jule, als sich die kleine Blindschleiche in deinen Puppenwagen verirrt hatte? Du hast im Kindergarten erzählt, dass wir eine Würgeschlange im Haus gefunden haben, und deshalb hat die Kindergärtnerin sogar die Polizei zu uns geschickt. So ähnlich ist das auch, wenn man sich vor Käfern und Spinnen fürchtet. Manche Menschen flüchten sogar vor Schmetterlingen. Herr Pfeffer kann nichts für seine Angst."

Sie drückt Lukas das mit Nacktschnecken gefüllte Wasserglas in die Hand. „Such ihnen ein schattiges Plätzchen draußen im Garten."

Lukas stürmt eifrig los. „Mach ich, Frau Buntschuh!"

Jule düst ihm hinterher.

Mama wirft Herrn Pfeffer einen aufmunternden Blick zu. „Sie können jetzt ruhig wieder vom Tisch herunterklettern", sagt sie. „Ist doch ungemütlich. Ich habe hier alles im Griff."

Herr Pfeffer stößt einen heiseren Laut aus. „Nichts haben wir im Griff, liebe Frau Buntschuh, gar nichts. Bevor der Kammerjäger nicht hier ist und diese Invasion ausgeräuchert hat, komme ich nicht runter." Er wischt sich den Schweiß von der Stirn.

Jetzt hat unsere Mutter den gleichen Gesichtsausdruck, wie wenn sie winselnde Welpen beruhigt. So viel Trost hat der Pfeffermann echt nicht verdient.

„Herr Pfeffer, das ist ein Altbau. Da gibt es immer mal ein paar Spinnen unter den Betten. Und die unglücklichen Baumwanzen haben sich vermutlich durch das offene Fenster hereinverirrt."

Irgendwie haben Jonas und ich Pech. Ohne Mamas Einsatz hätte Herr Pfeffer bestimmt schon die Umzugsfirma angerufen.

Ich muss dringend mit Jonas alleine konferieren. Sehr viel mehr *Untiere* braucht es nicht mehr, dann ist Herr Pfeffer so weich gekocht wie Kartoffelbrei mit Spiegelei.

„Kann ich mal aufs Klo?", frage ich und gucke Jonas beschwörend an.

Er kapiert meine Bitte sofort. „Klar, ich zeig dir das Badezimmer", sagt er eilig und kommt aus seiner Ecke raus.

Ich gebe Kassia ein Zeichen, dass sie Mama und Herrn Pfeffer im Auge behalten soll. Sicher ist sicher.

Wir rasen gemeinsam die Treppe hinunter.

„Das war einsame Spitze", gluckst Jonas. „Papa hat vor Angst gebrüllt wie ein Affe im Dschungel." Er führt einen wilden Indianertanz auf vor Freude.

„Kann ich mir vorstellen." Ich grinse. „Leider spielt meine Mutter gerade einmal wieder Supernanny. Wir müssen also so schnell wie möglich nachlegen, bevor er sich wieder beruhigt. Hast du die Mausefallen vernichtet?"

Jonas nickt eifrig. „Klar, schon gestern. Sind bereits alle entschärft."

Ich denke angestrengt nach. „Dann müssen jetzt Mamas dressierte Springmäuse ran. Habt ihr Waffen im Haus? Nicht, dass dein Papa auf sie schießt."

Jonas schüttelt energisch den Kopf. „Quatsch. So etwas findet mein Vater doof. Er wollte Luki sogar seine Dinosaurier-Wasserpistole abnehmen. Hast du schon einen Plan, wo wir die Mäuse einschleusen?"

Ich lächle ihn zufrieden an. Finde ich gut, dass er mich als Chefin sieht. Nur dumm, dass ich momentan keine zündende Idee parat habe.

„Schlag du doch auch mal was vor", sage ich, um Zeit zu gewinnen. „Ich will ja nicht immer alles alleine bestimmen."

Jonas grinst. „Ich wüsste schon was Gutes …" Er kriegt einen ganz roten Kopf vor Aufregung.

„Na, los. Spuck es aus", fordere ich ihn ungeduldig auf. „Wir haben nicht ewig Zeit. Irgendwann wird meine Mutter es schaffen, deinen Vater vom Tisch herunterzulocken. Sie ist enorm hartnäckig."

Jonas strahlt siegesgewiss. „Wir quartieren die Mäuse im Flügel ein. Entweder direkt im Resonanzkasten oder vorne bei den Tasten. Oder beides. Direkt vor dem Schlafengehen spielt mein Vater immer. Damit er keine Albträume kriegt, sagt er. Macht er heute bestimmt auch, nach dem ganzen Käferstress."

Donnerwetter. Auf diese tolle Idee wäre ich niemals alleine gekommen.

„Nicht schlecht", sage ich so cool wie möglich. „Dafür, dass du keine Erfahrung hast mit so was." Ich versuche, meine Begeisterung über diesen abgefahrenen Plan nicht zu auffällig zu zeigen. „Kriegen die denn darin auch genug Luft?", frage ich fürsorglich.

Jonas nickt eifrig. „Klar. Ist doch kein Plastik, sondern Holz."

Ich nicke und strecke den Daumen nach oben. „Idee angenommen. Jetzt müssen wir die Springmäuse nur noch unauffällig an ihren Einsatzort bringen."

In diesem Moment taucht Mama oben an der Treppe auf. Ich zucke gehörig zusammen, denn ich habe kurz die irre Vision, dass sie uns belauscht hat.

Aber meine Mutter hat offensichtlich gerade ganz andere Sorgen. „Jonas, ich kann deinen armen Vater einfach nicht überreden, den Tisch zu verlassen", sagt sie betrübt. „Willst du nicht mit ihm sprechen?"

Jonas schüttelt heftig den Kopf. „Kein guter Vorschlag, Frau Buntschuh", sagt er. „Papa ist wegen eines kleinen Streiches gerade total sauer auf mich."

Mama seufzt. „Ach, Kinder. Was macht ihr denn immer für Sachen? Wir Erwachsenen meinen es doch nur gut mit euch. Versteht ihr das denn nicht?"

Sie denkt mit gerunzelter Stirn nach. „Ich sollte ihm vielleicht einen Kamillentee kochen. Aber irgendwie will ich ihn nicht alleine lassen. Er schwitzt vor Angst immer noch ganz doll. Wenn ein weiterer Käfer auftaucht, kann ich für nichts garantieren."

Ja, ja, ja! Danke, Schicksal.

Das ist die Gelegenheit, unsere Springmäuse einzuschleusen.

„Aber Mami, das können doch Jonas und ich machen", rufe ich scheinheilig. „Wir haben noch die selbst gepflückten Kamillen aus dem Garten, die sind bestimmt viel wirksamer."

Mama guckt mich dankbar an. „Du bist wirklich ein liebes Kind, Maxie. Vielen Dank. Und nimm ruhig eine ganze Handvoll Blüten."

In Höchstgeschwindigkeit sausen Jonas und ich hinüber in unsere Küche.

Jule und Lukas spielen schon wieder mit Eddy. Zur Abwechslung versucht Lukas, Chili auf Eddys Rücken reiten zu lassen. Aber Chili hat ihren eigenen Kopf und verpasst ihm ein paar kräftige Kratzer. Wehleidig fängt Lukas an zu heulen. Selbst schuld! Mit eigensinnigen Buntschuhs sollte man sich eben nicht anlegen. Ob Tier oder Mensch.

Ich setze eilig den Wasserkessel auf und stürme in Mamas Praxis. Dort stehen die Transportkisten für Nagetiere. Ich schnappe mir eine und sause wieder zurück.

„Das muss jetzt alles ratzfatz gehen“, rufe ich Jonas atemlos zu.

Schnell übergieße ich die Blüten mit heißem Wasser. Während der Kamillentee in der Kanne zieht, verpacken wir die Mäuse. Willi schläft natürlich wieder mal. Er öffnet nur kurz gelangweilt die Augen.

„Ich glaube, ich lasse Willi doch lieber hier“, sage ich nach kurzem Nachdenken. „Womöglich kriegt er doch noch einen Herzinfarkt.“

Jonas nickt zustimmend. „Finde ich auch besser“, sagt er. Er guckt direkt erleichtert. Anscheinend hat er sich gemerkt, was ich ihm über Mamas älteste Springmaus erzählt habe. Alle Achtung.

Cäsar dagegen ist superaufgeregt und kackt vor Begeisterung direkt ins frische Heu.

„Der glaubt, wir fahren Auto“, erkläre ich Jonas kichernd. „Das mag er nämlich besonders gerne. Sogar Motorräder findet er gut.“

„Hoffentlich ist die Aktion nicht zu viel für Cäsar“, sagt Jonas.

„Nö, auf keinen Fall“, zerstreue ich seine Zweifel.

„Cäsar ist ein echter Abenteurer. Der steht auf Action. Wenn ich in die Dressurpfeife puste, kommt er sofort angedackelt. Egal, wo er gerade pennt." Mensch, die Dressurpfeife. Fast hätte ich sie vergessen. Man kann das Lockgeräusch zwar auch machen, indem man Luft durch die Vorderzähne pustet. Aber das kann nur Mama.

„Angedackelt! Eine Maus!" Jonas bekommt so einen Lachanfall, dass er sich an seiner eigenen Spucke verschluckt. Als er sich wieder eingekriegt hat, seufzt er tief. „Ach, ich hätte so gerne auch ein Tier. Von mir aus sogar so einen albernen Fisch. Den würde ich dann Zeus nennen."

Ich drücke Jonas die Teekanne und einen Becher in die Hand. *Mamas Liebling* steht darauf. Passt perfekt. Herr Pfeffer benimmt sich wie eine Mischung aus Windelpupser und Hundebaby. Aber das haben Jonas und ich mit unserem Sebastian-Pfeffer-Vertreibungsplan ja beabsichtigt. Ich selbst trage die Kiste.

„Bring du den Tee zu Mama hinauf, ich kümmere mich inzwischen um unsere *Kleinen*", befehle ich, als wir in Rekordzeit zurück in der Villa sind.

Ich verfrachte Cäsar auf die weißen Tasten e und f. Da hat er schön viel Platz, weil ihn keine schwarzen Tasten stören.

Als Belohnung lege ich ihm noch ein Stück Vollmilchschokolade hin. Cäsar verschlingt es mit einem Happs und fängt an zu dösen.

Die anderen Springmäuse packe ich in den Resonanzkasten. Sie sind darauf trainiert, aus Kartons herauszuspringen. Bestimmt klappt das auch mit einem Klavier. Ich hoffe, dass sie nicht alle gleichzeitig loshüpfen, sondern eine nach der anderen, so wie sie das gelernt haben. Ihnen gebe ich aber keine Schokolade. Sonst sind sie zu faul für das Kunststückchen.

„Traratraratrara! Die Vorstellung kann beginnen!", juble ich in mich hinein.

Ich schließe den Deckel gerade rechtzeitig und verziehe mich, bevor Mama mit Kassia, Jonas, der die Teekanne trägt, und Herrn Pfeffer auf dem Treppenabsatz auftaucht. Mit wackeligen Beinen und immer noch kreidebleich wankt Herr Pfeffer die Stufen herunter. Wie einen Schwerkranken führt Mama ihn ins Wohnzimmer. Dort plumpst er erleichtert in einen riesigen Sessel.

„Sie sind eine echte Heldin, Klementine!", sagt er. Er schnappt sich Mamas Hand und lässt sie gar nicht mehr los.

Hoppla! Langsam geht der Spaß zu weit. Und beim Vornamen sind die beiden auch schon. Wird höchste Zeit, dass der Pfefferkopf wieder aus unserem Leben verschwindet. Kassia und ich tauschen einen alarmierten Blick aus.

Auch Jonas starrt verwundert auf seinen Händchen haltenden Vater.

„Soll ich dir noch mal die Deutsch-Hausaufgabe erklären, Jonas?“, unterbreche ich die idyllische Stimmung mit lauter Stimme.

„Ja, das wäre super!“, ruft Jonas erleichtert. „Vielen Dank für Ihre Hilfe, Frau Buntschuh“, sagt er höflich und hält Mama den Kamillentee hin.

Mama lässt Herrn Pfeffers Hand los und greift nach der Kanne. „Bitte, gern geschehen“, sagt sie überrascht. Vermutlich denkt sie gerade, dass Jonas gar nicht so ungezogen ist.

Hach. Sehr schlau!

„Bin gleich wieder da!“, rufe ich und verziehe mich mit Jonas hinaus in den Garten. Wir verstecken uns hinter dem Kaninchenstall, damit uns niemand aus der Villa beobachten kann. Ich erkläre ihm haargenau, wie die Mäusepfeife funktioniert. Für einen Trainingsdurchlauf haben wir ja leider keine Zeit mehr. Hoffentlich merkt Jonas sich in der Aufregung alles, was ich ihm sage.

„Wichtig ist, dass du die Mäuse sofort wieder in

die Transportkiste setzt, nachdem sie aus dem Klavier rausgesprungen sind. Dafür musst du *dreimal kurz dreimal lang dreimal kurz* in die Pfeife hineinpusten. Wie das SOS-Zeichen beim Morsealphabet. Kapiert? Dann schleichst du raus und bringst die Kiste hierher zu den Kaninchen. Danach gehst du in dein Zimmer und gibst mir Lichtzeichen. Am besten wieder SOS. So weiß ich Bescheid und schnappe mir unsere Mäuse."

Ich sehe ihn erwartungsvoll an. „Na? Alles klar?"

Jonas nickt. Er ist ganz bleich vor Aufregung. „Alles kapiert. Maxie, du bist echt genial." Seine braunen Knopfaugen strahlen mich vertrauensvoll an.

„Keine große Sache", sage ich verlegen. „Einem Freund hilft man doch gerne aus der Patsche. Auch wenn du nur ein Junge bist."

Ich kann immer noch nicht fassen, dass der Mäuseangriffsplan schieflief und die Sache aufflog. Dabei war das eine der besten Ideen, die ich je hatte. Denn anstatt dass Sebastian Pfeffer bibbernd auf dem Sofa liegt und zehn Makler gleichzeitig anruft, die ihm eine schicke, garantiert mäusefreie Neubauwohnung besorgen, hockt er in unserer Küche herum und hält mit Mama Jüngstes Gericht über uns.

Dumm gelaufen. Aber echt.

Jonas kann ich keinen Vorwurf machen. Er ist der einzige richtige Held hier.

Er behauptet nämlich seit einer Stunde hartnäckig, dass das alles ganz alleine seine Idee war und dass er uns die Wüstenspringmäuse nur geklaut hat, um seinen Papa damit zu ärgern. Wegen seiner Mama und Amerika und so weiter.

Absoluter Quatsch. Das glaubt ihm nicht einmal sein wütender Vater.

Vielleicht waren die anderen Springmäuse ja verwirrt, weil Sebastian Pfeffer den Klavierdeckel mit solcher Wucht zuwarf, als er Cäsar erblickte, dass er ihm die linke Hinterpfote quetschte.

Mäuse können ganz schön laut piepen, wenn man ihnen wehtut. Und genau das tat Cäsar. Wenigstens hat Jonas mir das so erzählt.

Danach wollten die anderen Mäuse Cäsar vor Sebastian Pfeffer retten und sind eine nach der anderen an seiner Jeans hochgeklettert, anstatt in ihre Kiste zu düsen, obwohl Jonas sie mit dem SOS-Pfiff anlockte. So oder so ähnlich muss es gewesen sein. Auch Mäuse haben anscheinend Familiensinn.

Supersüß finde ich, wie tapfer Jonas sich sogleich auf seinen Vater gestürzt hat, um unsere Springmäuse vor ihm zu retten. Es hätte ja wirklich leicht sein können, dass Herr Pfeffer die armen Tierchen aus Panik zerquetscht, wie er das bereits mit dem Stinkkäfer gemacht hat. Und deshalb war es auch keine Springmaus, die Herrn Pfeffer in den Finger gebissen hat, sondern Jonas.

Die Tetanus-Spritze, die unsere tatkräftige Mutter Herrn Pfeffer in den Po jagte, war also ganz überflüssig. Auch wenn Menschenbisse nicht immer ungefährlich sind.

„Was habt ihr euch nur dabei gedacht?“, sagt

Mama mit vor Zorn heiserer Stimme. „Ich weiß ja gar nicht, ob ich euch noch vertrauen kann."

Sie ist erst gar nicht in die Praxis gegangen, sondern hat einfach den Küchentisch zu einem Mini-Operationstisch umfunktioniert. So können wir besser drum herum sitzen und Kamillentee gegen die Aufregung trinken.

Der arme Cäsar hat eine Narkose bekommen, damit er nicht so zappelt, während ihm Mama das gequetschte Bein schient.

„Gebrochen ist zum Glück nichts", murmelt sie. „Und die Herztöne sind auch normal. Der kleine Kerl hat gleich mehrere Schutzengel auf einmal gehabt. Dieser unselige Ausflug hätte ebenso gut schiefgehen können."

Ich traue mich nicht, Mama anzugucken. Stattdessen starre ich Löcher in den Fußboden. Sie hat ja so Recht mit allem.

Ein Stück von mir entfernt, an der Tischkante direkt vor Sebastian Pfeffer, kauert Willi und starrt Cäsar aus riesigen Knopfaugen an. Ich wundere mich total, dass Herr Pfeffer nicht panisch den Platz gewechselt hat.

Ich habe Willi aus seiner Kiste zu uns in die Küche geholt, weil er plötzlich so irre laut anfing zu piepen.

Das hörte sich fast so schlimm an, als würde er heulen. Direkt gruselig. Bestimmt haben Mäuse so eine Art innere Antennen und ahnen, wenn es ihren Artgenossen nicht gut geht.

Jetzt nimmt Herr Pfeffer sogar eine Haselnuss und legt sie vor Willi hin. „Dein Kumpel wird schon wieder, Kollege", brummt er. Willi hebt das Köpfchen, als hätte er genau verstanden, was Herr Pfeffer gesagt hat, und schnappt sich die Haselnuss mit den Vorderpfoten. Nervös fängt er an zu nagen.

Jonas macht ein Gesicht, als würden ihm jeden Moment die Augen aus dem Kopf fallen.

„So, jetzt muss er sich gesund schlafen", sagt Mama schließlich und bettet Cäsar in einen hübschen Geschenkkarton, den Jule mit weichem Gras ausgepolstert hat.

Sie wirft uns einen funkelnden Blick zu. „Ich hoffe, es ist klar, dass die Mäuse alle, und ich betone: *alle* bis auf Weiteres in meinem Zimmer bleiben. Kapiert? Auch von Krankenbesuchen bitte ich abzusehen. Ansonsten muss ich mir erst noch durch den Kopf gehen lassen, welche Strafe ich euch dafür aufbrumme. Ich bin jedenfalls sehr enttäuscht. Ich habe gedacht, ihr wisst, dass Tiere keine Puppen sind, sondern lebendige Wesen, die man mit Respekt zu behandeln hat."

Jonas holt tief Luft. „Frau Buntschuh, es ist wirklich alles meine Schuld. Maxie und die Mädchen haben nichts damit zu tun."

Mama schüttelt unwillig den Kopf. „Langsam ist es gut, Jonas. Du lügst wirklich ganz miserabel. Da kann dir Maxie noch einiges beibringen. Meine Töchter scheinen ja einige Talente zu haben, die ich noch nicht kenne."

Aus heiterem Himmel schießen mir sintflutartig Tränen aus den Augen.

„Ich wollte doch nie, dass jemand verletzt wird, Mami", heule ich laut los. „Schon gar nicht der arme Cäsar. Aber du hast doch selbst gesagt, dass es doof ist, dass Herr Pfeffer in der riesigen Villa wohnt, wo wir den Platz für uns viel besser brauchen könnten, und dass sogar der Bürgermeister deshalb gelogen hat. Und dann hast du dieses dolle Kopfweh gekriegt, weil Herr Pfeffer die ganze Zeit herumgemeckert hat, sodass es nicht mal mehr Mittagessen für uns gab." Ich schnäuze mich in das Taschentuch, das mir Kassia hinhält. „Ich musste Jonas einfach helfen, weil er so wahnsinnig traurig darüber ist, dass er seine Mama nicht sehen darf. Warum erlaubt ihm Herr Pfeffer denn nicht, bei ihr in Amerika zu wohnen, wenn er das so gerne möchte? Er nörgelt eh immer nur an

Jonas herum, egal, was der macht. Und dass Jonas beim Aufsatzschreiben Buchstabendurcheinander im Kopf hat, daran ist er doch nicht schuld. Vielleicht hat Herr Pfeffer Jonas gar nicht so lieb wie Lukas. Unser Papa war nie so fies, das weiß ich ganz genau, auch wenn er schon lange tot ist. Und dass ich so viel gelogen habe, finde ich selbst ganz, ganz schlimm!“ Ich haue voller Ärger mit der Hand auf den Tisch.

Willi macht einen erschrockenen Satz und landet auf Herrn Pfeffers Schulter. Verwirrt beginnt er, an Herrn Pfeffers Ohrläppchen zu knabbern. Wenn gerade nicht alles so schrecklich traurig wäre, müsste ich laut loslachen. Das Kunststück ist nämlich eigentlich genial. Ich wusste gar nicht, dass der alte Kerl noch so viel Power hat.

Herr Pfeffer ist plötzlich kreidebleich. Aber das hat offenbar nichts mit Willi zu tun. Denn er fasst die Springmaus ganz behutsam an und setzt sie wieder vor sich auf den Tisch.

„Tja“, sagt er und räuspert sich. „Tja.“ Er schweigt und schaut hilflos zu Mama rüber.

Sie guckt ganz merkwürdig zurück und kaut wortlos auf ihrer Lippe herum.

„Tja“, nimmt Herr Pfeffer erneut Anlauf. „Da habe ich Ihnen wohl einen Haufen Ärger bereitet, von dem ich gar nichts wusste. Das tut mir wirklich leid, Klementine.“ Er reibt sich die Augen und sieht dabei unendlich müde aus. Dann steht er plötzlich auf. „Schon irgendwie dumm. Freunde kann man sich aussuchen. Eltern leider nicht. Du bist wirklich eine sehr gute Freundin, Maxie. Und ich glaube dir, dass du einen wirklich tollen Papa hattest. So einen Typ kann ich Jonas leider nicht bieten. Aber ich habe ihn trotzdem sehr, sehr lieb. Auch wenn es gerade nicht so aussieht.“ Er seufzt.

„Tut mir leid“, wiederholt er. „Tut mir wirklich leid, dass ich so ein Chaos angerichtet habe. Das habe ich nicht gewollt. Ich glaube, wir sollten jetzt alle ins Bett gehen und eine Nacht über alles schlafen.“ Er gibt Jonas und Lukas einen stummen Wink.

Keiner von uns sagt ein Wort, auch als die Haustür längst ins Schloss gefallen ist. Aber als ich traurig in mein Zimmer schleiche, sitzt Mama immer noch wie angewurzelt da und starrt verwundert vor sich hin.

Das Allererste, was ich denke, als ich aufwache, ist *CÄSAR!* Ich stürze barfuß los in Mamas Zimmer. Besuchsverbot hin oder her.

Mama steckt Cäsar gerade winzige Apfelstückchen in seine süßen Hängebacken, als ich hereinstürme. Meine Schwestern hocken bereits in ihren Schlafanzügen auf dem Teppich und gucken gespannt beim Füttern zu.

„Es geht ihm besser“, sagt Mama lächelnd. „Ich glaube, er ist bald wieder ganz der Alte.“

Jule klatscht so begeistert in die Hände, dass Cäsar erschrocken piept.

„Pscht!“ Mama legt warnend den Finger auf die Lippen und scheucht uns mit einer eindeutigen Handbewegung aus ihrem Zimmer.

Wir warten wortlos in der Küche. Anscheinend hat sie heute Nacht noch aufgeräumt, denn es ist alles blitzblank. Auf dem gedeckten Küchentisch stehen duftende Quarkbrötchen und eine volle Kanne Kakao.

„So“, sagt Mama, als sie endlich auftaucht, und wäscht sich gründlich die Hände. „Cäsar ist wirklich ein zäher Bursche.“ Sie guckt uns erstaunt an. „Nanu? Habt ihr noch nicht angefangen? Die Schule geht doch gleich los.“

Kassia nimmt die Kakaokanne und gießt die Becher mit Kakao voll. Mamas Becher zuerst.

„Wir wollten lieber auf dich warten, Mami“, sagt sie mit ungewohnt kleinlauter Stimme und schmiert ihr ein Brötchen mit Frischkäse. „Soll ich dir dazu Erdbeermarmelade aus dem Keller holen?“

Mama prustet ihren Kakao quer über den Tisch. „Dass ich das noch erlebe“, wiehert sie los. „Fehlt nur noch, dass ihr ein Morgengedicht aufsagt und nach dem Frühstück die Küche ausfegt. So ein schlechtes Gewissen ist eine recht unangenehme Sache, oder? Raubt jede Menge Schlaf und Energie.

Wie wäre es mit drei Sonntage hintereinander Praxis putzen und zwei Wochen mit meinen kranken Patienten Gassi gehen? Wenn ihr mein Angebot annehmt, sage ich Schwamm drüber.

Ach so: und dann natürlich eine Entschuldigung bei Herrn Pfeffer mit allem Drum und Dran. Wie ihr das anstellt, überlasse ich euch. Und danke, Kassia – aber meine Marmelade kann ich mir selbst besorgen.

Ich bin noch ganz gut zu Fuß.“ Sie beißt herzhaft in ihr Brötchen und spült mit Kakao nach.

„Danke, Mamilein!“ Wir fallen unserer Mutter alle drei gleichzeitig um den Hals und schlabbern sie so glücklich ab wie Hundewelpen.

Mir plumpsen eine Million Steine gleichzeitig vom Herzen, sodass ich direkt Angst bekomme, dass sie durch den Fußboden bis hinunter in den Keller donnern.

„Mama ist echt cool“, sagt Kassia, als wir im Dauerlauf zur Schule hetzen, um vor dem letzten Gong anzukommen. Wir sind schon total spät dran und noch mehr Stress halte ich einfach nicht mehr aus.

Jonas sitzt bereits auf seinem Platz, als ich an unseren Tisch hechle. Er lächelt mich erleichtert an. Vielleicht hat er befürchtet, dass unsere Mutter Hackfleisch aus mir macht, aber da kennt er Frau Doktor Klementine Buntschuh schlecht. Wir haben nun mal die allerbeste Mama auf der ganzen Welt. Da hat Kassia ausnahmsweise Recht.

Erst auf den zweiten Blick bemerke ich, dass Jonas' Augen so rot sind wie die eines Albinokaninchens. Besorgt schreibe ich ein großes Fragezeichen in mein Matheheft und schiebe es zu ihm hinüber, aber er schüttelt bloß den Kopf und guckt die ganze Mathedoppelstunde unentwegt zum Fenster raus.

„Was ist los? Hat dein Vater dir doll die Hölle heißgemacht?“, frage ich besorgt, noch während es zur großen Pause klingelt. „Ist schon klar, wann du zu deiner Mama nach Amerika fliegen darfst? Na los, zeig mir schon dein Flugticket!“ Denn dass Sebastian Pfeffer nach meiner flammenden Rede gestern endlich kapiert hat, was Sache ist, und Jonas zurück zu seiner Mama schickt, ist meiner Meinung nach so klar wie Kloßbrühe.

Jonas schüttelt den Kopf. „Aus meinem Abflug wird nichts“, sagt er mit kratziger Stimme. „Meine Eltern möchten beide, dass ich hierbleibe. Das heißt, meine Mutter will es eigentlich. Sie hat einen neuen Freund in Amerika und den möchte sie erst selbst richtig kennenlernen, bevor er mich kennenlernt. Mein Vater hat das schon eine Weile gewusst, aber nichts gesagt.“

Mir bleibt die Spucke weg. „Das hat sich dein Vater doch bestimmt nur ausgedacht“, sage ich.

Jonas schüttelt den Kopf. „Nee, hat er nicht. Ich habe heute Nacht ganz lange mit meiner Mama telefoniert. Es tut ihr leid, dass sie es mir nicht schon früher gesagt hat, aber sie wusste nicht genau wie.“

Boah. Ich habe wieder einmal das Gefühl, dass ich jeden Augenblick platze.

„Deine Eltern haben dich also beide angelogen?", sage ich und trete zornig mit dem Fuß gegen das Tischbein. „Aua!" Leider haue ich mir dabei das Knie an. Eine Weile sehe ich nur lila Sterne.

In diesem Augenblick beschließe ich, dass ich mich auf keinen Fall bei Herrn Pfeffer entschuldige. Außer er entschuldigt sich auch bei mir. Und bei Jonas. Und bei dem armen Cäsar. Ach, und bei Mama sowieso. Und bestimmt gibt es noch eine Menge mehr Leute, bei denen er sich eigentlich auch entschuldigen müsste. Da bin ich mir ganz sicher.

„Ich muss mal dringend an die frische Luft", sage ich zu Jonas und zerre ihn mit mir auf den Schulhof. Schon wieder keine gute Idee. Ausgerechnet Herr Pfeffer hat nämlich Pausenaufsicht. Ich will gerade mit Jonas auf das Klettergerüst der Grundschule flüchten, da entdeckt sein Vater uns.

„Maxie, kommst du bitte einen Augenblick zu mir!"

Ich seufze tief und bremse resigniert ab. Flucht vor Lehrern ist leider ausgeschlossen.

„Maxie!", wiederholt Herr Pfeffer meinen Namen, als ich im Schneckentempo auf ihn zuschleiche. Richtig, das ist mein Name, Herr Pfefferkopf.

„Guten Morgen, Herr Pfeffer!“, sage ich und versuche ihn möglichst entspannt anzugucken. Ich lasse mir doch von einem Kinderbelüger keine Angst einjagen.

Er hat die gleichen Augen wie Jonas, stelle ich überrascht fest. Überhaupt sehen sich die beiden ziemlich ähnlich. Komisch, dass Jonas so nett ist und Herr Pfeffer gar nicht.

„Maxie“, sagt Herr Pfeffer zum dritten Mal und räuspert sich. Irgendwie sitzen zurzeit wohl eine Menge Frösche in seinem Hals.

„Ich muss mich bei dir entschuldigen. Ich habe da wirklich eine Menge Durcheinander angestellt. Vielleicht kannst du das auch Kassia und Jule ausrichten? Und vor allem natürlich deiner Mutter, aber der sage ich das noch selbst. Wie geht es Cäsar? Ist er wieder auf dem Damm? Ach, Mensch. Ich bin wohl einem Haufen Leute auf die Zehen getreten. Ich weiß gar nicht, bei wem ich mich zuerst entschuldigen soll. Bei Jonas habe ich das schon. Aber er ist wohl noch eine ganze Weile sauer auf mich. Wäre ich an seiner Stelle auch.“

Ich starre Herrn Pfeffer mit offenem Mund an. Nee. Das gibt es echt nicht. Ich werde jeden Augenblick verrückt. Dieser Mann kann meine Gedanken lesen. Das merke ich heute ja nicht zum ersten Mal.

„Maxie? Hallo? Alles klar?“ Herr Pfeffer wedelt scheibenwischerartig mit einer Hand vor meinem Gesicht herum.

Kassia! Sie muss dringend ihren Alien-Test überarbeiten. Dieser Mann ist hundertprozentig ein Außerirdischer. Oder ich fresse auf der Stelle einen Besen.

„Maxie?“, fragt jetzt auch Jonas besorgt. „Sie hat bestimmt Angst vor dir, Pa“, sagt er vorwurfsvoll zu seinem Vater.

So ein Quatsch!, denke ich und schüttle heftig den Kopf.

„So ein Quatsch!“, ruft Herr Pfeffer lachend. „Ich bin so harmlos wie ein Marsmännchen.“ Er macht ein paar alberne Hüpf- und Flatterbewegungen.

Ein paar Mädchen aus der ersten Klasse kichern und klatschen Beifall.

In diesem Moment taucht Frau Rabe auf. „Herr Pfeffer!“, ruft sie belustigt. „Üben Sie mit Ihren Schülern für den Musik-Wettbewerb? Wie ein Rap sieht das aber nicht aus, das kann unsere Maxie besser. Hat Maxies Krähe, Herr Schiller, schon bei Ihnen vorgesungen?“

Zu meiner Riesenüberraschung nickt Herr Pfeffer. „Mein Sohn hat mir von Maxies Bandplänen berichtet. Unter anderem. Herrn Schiller habe ich leider noch nicht kennengelernt. Wir hatten in der letzten Zeit einige Turbulenzen und sind etwas übernächtigt."

Frau Rabe lächelt verständnisvoll. „Na klar. Aber lassen Sie sich das nicht entgehen. Maxie hat das Zeug zur Siegerin! Herr Schiller ist ein Riesentalent."

Herr Pfeffer nickt. „Habe ich auch schon gehört. Ich bin sehr gespannt."

Manchmal wünsche ich mir solche Erdspalten wie in Märchenfilmen.

Die öffnen sich in den peinlichsten Momenten und verschlingen entweder die verzauberte Prinzessin oder Rumpelstilzchen. Ein ganz normales Mauseloch würde gerade auch reichen oder ein altmodischer Zauberstab. Nur leider ist der Erdboden auf unserem Schulhof ziemlich stabil und keine Fee weit und breit im Anflug.

Stattdessen klingelt es zum erlösenden Pausenende. Jonas und ich werden mit den anderen ins Schulgebäude gedrängt und voneinander getrennt, bevor ich herauskriege, was um Himmels willen er seinem Vater über mich und Herrn Schiller erzählt hat.

Die nächste Stunde ist ausgerechnet Deutsch. Frau Glöckner lässt uns keine Sekunde die Möglichkeit zu tuscheln, ohne dass sie dazwischengeht. Total nervig.

„Was hast du deinem Vater über mich gesagt?“, flüstere ich und riskiere damit einen Eintrag ins Klassenbuch. Wir sollen nämlich eine Erzählung in Ich-Form umschreiben. Jeder für sich alleine.

„Nichts Besonderes, nur die Wahrheit“, flüstert Jonas grinsend zurück.

„Und die Wahrheit ist?“, frage ich alarmiert.

Frau Glöckner hebt den Kopf und schaut in unsere Richtung. „Was gibt es da? Maxie! Jonas! Eine allerletzte Warnung“, ruft sie mit scharfer Stimme.

„Dass du eine verdammt coole Socke bist“, flüstert Jonas so laut und deutlich, dass es alle um uns herum verstehen können.

Die halbe Klasse fängt an zu lachen und ich werde knallrot.

Frau Glöckner trägt unsere Namen wütend mit roter Tinte in das Klassenbuch ein. Aber, ganz ehrlich: Das ist mir jetzt auch schon schnurzegal. Mich kann heute nichts mehr schocken. Dieser Junge hat den totalen Knall.

Aber irgendwie finde ich ihn trotzdem ziemlich o.k.

In den nächsten Tagen geht alles drunter und drüber. Schuld daran ist nur Jonas. Ich muss nämlich zusammen mit Herrn Schiller in der großen Aula bei einem echten Casting vorsingen, ob ich will oder nicht. Überrascht stelle ich fest, dass mich Herr Pfeffer überhaupt nicht in Grund und Boden stampft. Im Gegenteil. Ich darf seine Fingerzimbeln ausleihen und was ich sonst von den ganzen Instrumenten gebrauchen kann. Das peppt meine Songs ungeheuer auf.

Er und Herr Schiller verstehen sich von der ersten Minute so gut wie uralte Freunde. Nachdem ich mein ganzes Pulver verschossen habe und alle Schüler klatschen, fliegt Herr Schiller im Sturzflug durch die Reihen und hinterlässt dabei vor Aufregung eine beachtliche Kotspur. Schließlich landet er auf Herrn Pfeffers Schulter und macht ein kurzes Nickerchen.

Jana schießt geistesgegenwärtig ganz viele Fotos für unsere Schülerzeitung.

„Ich finde, Maxie ist die Richtige für den Wettbewerb", sagt Herr Pfeffer in das Publikum. „Sie wird unsere Schule sicher würdig vertreten und zusammen mit Herrn Schiller ihre Konkurrenten ganz schön aufmischen." Er lächelt richtig nett.

Ich glaube, ich träume. Mir wird ganz schwindlig vor Freude und ich muss mich zusammenreißen, dass ich Herrn Pfeffer nicht um den Hals falle.

„Wir sollten aber gemeinsam über den Song abstimmen", schlägt Herr Pfeffer vor. Das finde ich fair.

Am besten kommt der letzte Rap an. Da ist mir natürlich sofort klar, was ich machen muss. Denn es ist der, den sich Jonas ausgedacht hat. Das weiß Herr Pfeffer natürlich gar nicht.

Herr Schiller ist total verrückt,
trotzdem bin ich jetzt voll entzückt.
Ein schwarzer Vogel rappt,
und mit dem Schnabel clappt.
He Leute, das ist oberscharf,
dass ich so was erleben darf,
in diesem allerletzten Kaff!
Yeah! Yeah! Yeah!

„Der Rap ist von Jonas!", rufe ich laut in den Saal. „Dann muss er auch mit mir zusammen auftreten.

Jonas hat nämlich eine tolle Stimme.“ Nun wird zur Abwechslung mal Jonas so verlegen, dass er am liebsten im Erdboden versinken würde. Ich sehe es ihm an, als er mit knallrotem Gesicht zu mir nach vorne auf die Bühne kommt.

„He, Kumpel“, sage ich und haue ihm gönnerhaft auf die Schulter. „Leg los!“

Die coolen Socken zum Quadrat,
der Wettbewerb wird richtig hart.
Herr Schiller ist total verrückt,
trotzdem bin ich jetzt voll entzückt.
Ein schwarzer Vogel rappt,
und mit dem Schnabel clappt.
He Leute, das ist oberscharf,
dass ich so was erleben darf,
in diesem allerletzten Kaff!
Unser Rap ist schon ein Hit,
drum rappen ihn jetzt alle mit!
Yeah! Yeah! Yeah!

… dichte ich den Text aus dem Stegreif um. Herr Schiller wacht spontan auf und krächzt begeistert mit. Ich gebe Jonas einen aufmunternden Schubs als Einsatz und wir legen gemeinsam mit unserem Rap los.

Danach kriege ich einen Lachkrampf und alle anderen in der Aula auch. Es herrscht so eine ausgelassene Stimmung, dass unser Direktor, Herr Beller, ganz aufgeregt aus seinem Büro gelaufen kommt, um nachzuschauen, ob etwas Schlimmes passiert ist.

Aber Herr Pfeffer kann ihn ganz und gar beruhigen und wir müssen den Song vor unserem Direktor gleich noch ein zweites Mal zum Besten geben.

Klar haben wir den Sieg noch nicht in der Tasche, aber zusammen mit Jonas und Herrn Schiller wird der Wettbewerb ein Riesenspaß.

Für alle, die es unbedingt wissen wollen:

Wir haben den Band-Wettbewerb nicht gewonnen. So ein paar Mädchen in rosa Klamotten und albernen Puscheln auf dem Kopf und hinten am Po haben den ersten Platz geholt. Sie konnten alle ganz hoch singen.

Jule meinte, die Mädchen sahen superniedlich aus, wie süße Zwergpudel. Sie will jetzt unbedingt auch so ein Kostüm für den nächsten Fasching haben und hat sich ein Foto mit Autogrammen der Mädels über ihr Bett gehängt.

Na, ist eben alles irgendwie Geschmackssache.

Aber wir sind Zweite geworden. Und das ist eigentlich noch viel cooler.

Yeah, Yeah, Yeah
KUNDE

In unserer Schule gab es eine Fast-Sieger-Party mit einem Minifeuerwerk auf dem Schulhof, das hat Herr Pfeffer spendiert. Und der Herr Direktor überreichte uns eine Fast-Sieger-Urkunde, mit einem total schönen Foto von Herrn Schiller vorne drauf. Frau Rabe brachte eine gigantische Fast-Sieger-Torte in Form eines Raubvogels mit. Sie war ganz aus Marzipan und hatte einen Schokoladenguss. Fast noch leckerer als Mamas Schwarzwälder Kirschtorte. Die kriegten wir nämlich auch.

Ich weiß gar nicht, ob ich überhaupt noch gewinnen will. Als Sieger wird man bestimmt nicht so doll gefeiert. Aber nächstes Jahr treten wir auf jeden Fall wieder an.

Heute sind Mama, meine Schwestern und ich bei Herrn Pfeffer zum Abendessen eingeladen. Er kann nämlich kochen. Das glaube ich aber erst, wenn ich den ersten Bissen probiert habe.

Angeblich hat er eine supergeheime Überraschung für Mama oder uns, oder für uns alle zusammen.

Lukas hat es Jule verraten und die hat es natürlich sofort an Kassia weitergequatscht, die mich deswegen mitten in der Nacht geweckt hat, als ich eigentlich schon stundenlang schlief. Es geht um unser Haus und seine Villa. Herr Pfeffer hat eine Idee, wie

Mama ihre Tierklinik doch noch eröffnen kann. Na, ich bin gespannt, was der Pfefferkopf sich da ausgedacht hat. Die kaputte Gartenmauer hat er jedenfalls noch nicht fertig. Das liegt vielleicht daran, dass er nach jeder Reihe erst mal eine Kanne Tee mit Mama trinkt. Ich würde ihm erst eine Tasse anbieten, wenn er mit der Mauer fertig wäre. Aber das muss Mama natürlich selbst wissen.

Ich habe auch eine Überraschung, aber die ist nur für Jonas alleine und sonst niemanden. Es ist ein total süßer grüner Fisch und er heißt Zeus. Ich habe extra ein Namensschild machen lassen, das habe ich an sein Glas geklebt. Denn so wie es aussieht, fährt Jonas erst mal nicht zu seiner Mama nach Amerika, sondern bleibt hier in unserem Kaff.

Hoffentlich freut sich Jonas über sein allererstes Haustier. Aber Fische sind ja ziemlich pflegeleicht und verlieren keine Haare auf dem Sofa. Und auf Noten pieseln sie auch nicht. Wenn Zeus mal Schnupfen hat oder Bauchweh, dann braucht Jonas nur meiner Mama Bescheid sagen. Also alles total perfekt.

Vorhin hat unser Briefträger übrigens Post von Paula aus London gebracht. Sie hat die perfekten Ideen, wie man die Pfefferjungs im Handumdrehen vergraulen könnte. Ich wusste doch, auf Paula ist Verlass.

Aber irgendwie bin ich fast froh, dass Briefe über das Meer länger brauchen als andere Nachrichten. Die Pfeffers können nämlich ruhig noch eine Weile in der Villa bleiben. Ich habe mich richtig an die Pappnasen gewöhnt.

Mäxie
... und ein Hund mit Herzklopfen
Ravensburger

Arrrrrgh! Kennt jemand dieses Gefühl? Dass man gleich platzt vor Freude und man weiß gar nicht mehr wohin mit sich? So geht es mir gerade.

Und deshalb laufe ich seit einer geschlagenen Stunde die vielen Treppen unseres winzigen, aber hohen Hexenhauses rauf bis zum Dachboden und wieder runter und mache nur mal einen kurzen Zwischenstopp in der Küche, um einen Schluck Apfelsaftschorle zu trinken. Ich bin nämlich außerdem kurz davor zu verdursten – vor Aufregung!

Meine zwei Schwestern dagegen sind richtige Spaßbremsen. Sie verziehen keine Miene und tun so, als würde sie die Sache gar nichts angehen. Dabei freuen sie sich genauso wie ich, das spüre ich einfach.

Kassia, meine elfjährige Schwester, auch Superhirn genannt, findet es einfach zu banal, sich offen zu begeistern. Ich weiß aber genau, dass sie es auch kaum erwarten kann. Ich kann schließlich eins und eins zusammenzählen.

Sie hat freiwillig (!) ihr Zimmer aufgeräumt und sogar die Dachstube, in der ihr riesiges Teleskop steht. Damit guckt sie jeden Abend nach, ob ihr endlich mal ein paar Aliens zuwinken. War aber bis jetzt Fehlanzeige. Die Einzigen, die ab und zu müde ihre Flügel schwenken, sind die Fledermäuse, die bei uns unter dem Dach hängen.

Apropos Dach: Meine liebe Schwester hat keinen Dachschaden, sie ist nur etwas – kompliziert. Das meint jedenfalls unsere Mutter. Ich persönlich finde sie eher nervig. Jedenfalls manchmal. Aber ich hätte es schlimmer treffen können.

Auch Schwester Nummer zwei ist ziemlich okay. Jule geht noch in die Grundschule. Obwohl sie eine absolute Plaudertasche ist, gibt sie ausgerechnet heute, an diesem besonderen Tag, keinen Mucks von sich.

Aber auch bei ihr weiß ich, dass diese Gelassenheit nur ein Beleg für ihre schauspielerischen Fähigkeiten ist. Ich war heimlich in ihrem Zimmer, als sie Mama heute Vormittag beim Tierefüttern geholfen hat, und habe ein wenig in ihren Sachen herumgeschnüffelt. Sie hat zur Begrüßung ein echt süßes und knallbuntes Bild mit ihren neuen Wasserfarben gemalt. Darauf ist sie selbst zu sehen, wie sie auf Eddy sitzt.

Eddy ist unser größtes Haustier, ein total entspann-

ter Esel. Seit die Pfefferbande – also Familie Pfeffer, bestehend aus Jonas und Lukas und ihrem etwas gewöhnungsbedürftigen Vater Sebastian – nebenan wohnt, lässt er es sogar zu, dass man auf ihm die Straße entlangreitet. Lukas Pfeffer ist nämlich so etwas wie ein Eselflüsterer, auch wenn unsere Mutter steif und fest behauptet, dass es solche Menschen nicht gibt. Sie besteht lächerlicherweise darauf, dass sie bei allen Dingen, die Tiere betreffen, die Weisheit mit Löffeln gefressen hat. Schließlich sei sie Tierärztin. Und so sagt sie einfach, Esel seien unbelehrbar und Eselflüsterer gebe es nicht.

Gibt es wohl!

Obwohl Lukas noch nie eigene Tiere hatte, weil sein Vater gegen alle möglichen Tierhaare allergisch ist, hat er Eddy in null Komma nichts dazu gebracht, nach seiner Pfeife zu tanzen. Jule fand das zunächst alles andere als toll. Schließlich ist Eddy *ihr* Esel, den man eigentlich nur mit ihrer Erlaubnis füttern darf und den niemand sonst so gerne hat wie sie. Mittlerweile hat sie sich jedoch damit abgefunden. Ziemlich gut für jemanden, der erst neun Jahre alt und damit also noch fast ein Kleinkind ist, oder? Seit Kurzem sitzt Lukas in der Schule sogar neben ihr, weil ihre beste Freundin Rosanna gerade zu einer Zicke mutiert.

Was Rosanna betrifft, hat Kassia noch eine andere Vermutung. Sie wollte unbedingt den Alien-Test mit ihr machen. Aber das hat Jule ihr verboten. Den Alien-Test macht Kassia mit jedem, der sich nicht dagegen wehrt. Sie hofft, dass sie auf diese Weise irgendwann einen echten Außerirdischen kennenlernt.

Aber bei Rosanna liegt sie mit Sicherheit schief. Die ist nicht außerirdisch, die benimmt sich unterirdisch. Und zwar gegenüber meiner süßen kleinen Schwester. Das finde ich gar nicht witzig.

Vielleicht sollte Lukas demnächst versuchen, sein Talent an Rosanna weiterzuentwickeln. Zwischen einem störrischen Esel und einer Zicke gibt es ja nicht allzu große Unterschiede …

Aber zurück zu dem Wasserfarbenbild: Das Coolste darauf ist nicht Jule mit Eddy, sondern die schicke Fahne, die Jule über ihrem gemalten Kopf schwenkt.

Darauf steht:

Herzlich willkommen im Hexenhaus, Paula!

Und genau das ist der Grund, warum ich so schrecklich aufgeregt bin und mich freue wie eine Schneekö-

Herzlich Willkommen
im Hexenhaus
PAULA!

nigin: Meine allerbeste Freundin Paula aus London kommt zu Besuch!

Es ist verdammt lange her, dass wir uns das letzte Mal getroffen haben – fast ein ganzes Jahr. Ich habe keinen blassen Schimmer, wo ich mit dem Erzählen anfangen werde.

Bei Herrn Schiller, meinem crazy Vogel, der rappen kann? Oder sollte ich mich besser über Jonas auslassen? Der war nämlich erst gar nicht nett und dann doch. Er wollte erst überhaupt nicht in der Villa nebenan wohnen bleiben und jetzt hängt er dort immer noch herum.

Klar, ich habe natürlich versucht, Paula per Post auf dem Laufenden zu halten. Aber bei uns ist in der letzten Zeit so viel passiert, dass ich einen ganzen Roman hätte schreiben müssen, um ihr alles zu berichten.

Die Attacken auf Herrn Pfeffer habe ich zum Beispiel komplett weggelassen: Springmäuse im Klavier, Senfkuchen für seine lieben Kollegen an der Schule und Stinkekäfer als Bettgenossen …

Nach diesen Aktionen hätten viele Mütter Paulas Besuch bestimmt ganz einfach abgeblasen. So nach dem Motto: Strafe muss sein! Aber unsere Mama ist einfach die netteste Mutter, die man sich vorstellen kann, und würde so etwas nie im Leben machen.

Manchmal ist es wirklich wie verhext! Ausgerechnet heute Früh bekam unsere Mutter einen echt verzweifelten Anruf eines Bauern aus der Nachbarschaft, dessen junge Kuh kalbte.

Leider scherte sich das Kälbchen, das auf die Welt drängte, gar nicht darum, dass Paula Punkt zwölf mit dem Zug ankommen soll.

Ein Glück sind ja gerade Ferien. Deshalb hatte ich die geniale Idee, Mama vorzuschlagen, dass sie mich auf den Bauernhof mitnimmt, sozusagen als ihre Assistentin. Wenn alles glattgelaufen wäre, hätten wir direkt weiter zum Bahnhof fahren und Paula einsammeln können.

Dummerweise wollten Kassia und Jule aber auch mitkommen.

„Alle auf einmal geht nicht!“, sagte unsere Mutter energisch. „Mit drei von eurer Sorte bei einer schwierigen Geburt werde ich garantiert verrückt!“

Und dabei blieb es. Wir mussten zu Hause bleiben.

Deshalb laufe ich immer noch wie auf glühenden Kohlen von der Küche bis ganz nach oben unters Dach und wieder zurück.

Warum gibt es eigentlich keinen Treppen-Marathon als olympische Disziplin? Den würde ich bestimmt gewinnen.

Alle zehn Minuten schaue ich auf die Küchenuhr. Seltsamerweise sind dann erst höchstens zwei Minuten vergangen. Irgendetwas stimmt da nicht.

„Hast du was mit der Uhr angestellt, Kassi?", frage ich bei meinem nächsten Boxenstopp.

Kassia schmiert sich gerade in aller Seelenruhe fingerdick Erdbeermarmelade auf ein Butterbrot, sodass kaum mehr was im Glas übrig bleibt. Das macht sie nur, weil unsere Mutter nicht da ist. Die meckert nämlich immer mit uns, wenn wir nicht ordentlich teilen.

„Häh?", fragt Kassia verständnislos und leckt das Messer ab.

Unsere Mutter sagt, dass Kassia noch *frühreifer* sei als ich und deshalb mache sie so nervige Sachen wie das mit der Uhr.

Frühreif. Ulkiges Wort. Heißt das, man fällt anschließend wie ein Apfel vom Ast und wird matschig? Wie eklig ist das denn? Eltern legen es oft wirklich darauf an, sich mit ihren Kindern zu streiten. Oder warum sagen sie sonst so seltsame Sachen über sie?

„Hast du die Uhr langsamer gestellt?“, wiederhole ich meine Frage genervt. „Es kommt mir so vor, als ob wir hier schon seit Ewigkeiten warten.“

Kassia setzt diesen gefährlich überlegenen Blick auf, bei dem ich nie weiß, ob ich in der nächsten (echten) Sekunde wie eine Rakete in die Luft gehen oder ihr um den Hals fallen und sie vor Freude abknutschen werde.

„Das ist ein tolles Beispiel für das …“, sie macht eine bescheuerte Kunstpause, um mich länger zappeln zu lassen, „… was Albert Einstein herausgefunden hat.“ Sie strahlt mich an. „Nämlich, dass Zeit relativ ist. Dem einen kommen fünf Minuten wie fünf Sekunden vor, dem anderen wie fünf Jahre. Die Uhr ist total okay. Das ist nämlich eine Funkuhr. Die stimmt immer. Kapiert, Schwesterchen?“

Es ist mir ein absolutes Rätsel, wie man so dermaßen eingebildet gucken kann. Kurz bevor meine Wut-Rakete mit mir abhebt, mischt sich Jule ein.

„Stimmt gar nicht, stimmt gar nicht, stimmt gar nicht! Kassi ist dumm, Kassi ist dumm, Kassi ist oberoberdumm“, trällert sie in einem Kindergarten-Singsang, der signalisiert, dass sie Lust auf Streit hat.

„Und wieso stimmt das nicht, du Zwerg?“, entgegnet Kassia gelangweilt. „Jetzt bin ich ja echt mal gespannt auf deine Weisheiten.“

Jule dreht eine fröhliche Pirouette. „Wenn jetzt fünf Minuten vergangen wären, die in Wirklichkeit fünf Jahre waren, dann könnte ich noch heute mit meinem Mofaführerschein anfangen und mir von dem Geld in meinem Sparschwein ein Mofa kaufen. Der Bruder von Rosanna hat gerade eines gekriegt, kanarienvogelgelb. Sieht superschön aus. Ich würde mir aber noch Blümchen draufkleben. Wenn ich das später Mama sage, sagt sie bestimmt, ich rede Quatsch. Also erzählt Kassi auch Quatsch.“

Irgendwie finde ich meine kleine Schwester megacool. Ich weiß zwar, dass sie gerade totalen Blödsinn redet, aber Kassia scheint sie damit auf die Palme zu bringen. Und das gefällt mir in diesem Moment richtig gut.

Kassia schüttelt unwillig ihren Kopf. „*Du* redest Quatsch, völligen Quatsch. Wie immer verdrehst du alles.“

Jule tanzt übermütig weiter. „Ich hab ’nen Drehwurm, ich hab ’nen Drehwurm, ich hab ’nen Drehwurm. Fünf Sekunden, fünf Minuten, fünfzig Stunden …“

Ich kann es mir nicht verkneifen, wie verrückt loszukreischen.

Durch meine Lachtränen sehe ich an Kassias wütendem Blick, dass sie gerade dabei ist, *ihre* Rakete zu starten und in den Orbit zu düsen. Na, da oben findet sie bestimmt jede Menge Material für ihren Alien-Test.

„… fünfhundert Tage, fünftausend Jahre …“, nervt Jule immer weiter und tanzt um uns herum.

Kassia schnauft wie eine Dampflok. Sie ist strikt gegen Gewalt. Aber im Augenblick würde sie Jule bestimmt gerne eine runterhauen.

„Alle Passagiere bitte anschnallen“, sage ich kichernd. „Käpt'n Kassia bereit machen für die Umlaufbahn …“

Plötzlich schnappt sich Kassia mein Glas mit der Apfelschorle und kippt den Inhalt direkt vor meine Füße. „Ihr seid total blöde Gänse!“, schreit sie mit Tränen in den Augen. „Ich will ins Internat und zwar sofort. Mit euch will ich keine Sekunde länger unter einem Dach wohnen.“ Sie stampft wie ein Rhinozeros auf dem Küchenfußboden herum.

Ich erkenne deutlich, dass Jule und ich den Bogen überspannt haben. Kassia hasst es, wenn man sie auslacht. Aber manchmal kann ich einfach nicht anders.

Kassia mal aus ihrer schlauen Haut fahren zu sehen, finde ich ungemein entspannend.

Gerade als Kassia anfängt, wahllos auf Jule und mich einzuboxen, dreht sich der Schlüssel im Schloss der Haustür. Gleichzeitig klingelt jemand Sturm.

„Hallooooo!“, ruft unsere Mutter in ziemlicher Lautstärke. „Keiner da? Habt ihr mein Hupen nicht gehört? Besu-u-uch ist da!“

Im selben Augenblick ertönt merkwürdigerweise Hundegebell.

„Paula!“, kreische ich so höllisch laut los, dass sich meine Stimme dabei überschlägt. „Paula! Paula ist gekommen!“

Ich poltere in Lichtgeschwindigkeit die Treppe hinunter, falle der Länge nach über ein schwarz-weiß gesprenkeltes wie verrückt bellendes Etwas und schieße mit dem Kopf voran in Mamas Schuhschrank, der neben dem Eingang steht.

Unsere Mutter liebt Schuhe. Gerade purzeln sie mir dutzendweise auf den Kopf. Der Kläffer, der meinen Unfall verursacht hat, schnappt sich eine grün-rote Sandale, die ich noch gar nicht an Mamas Fuß gesehen habe, und kaut begeistert darauf herum.

„Oh nein. Die sind noch ganz neu. Gib sofort her!“, schreit Mama entgeistert. Sie greift energisch

in das sabbernde Hundemaul und versucht, die Sandale zurückzuerobern.

„Daisy! Stop! Stop! Daisy! Stop!“ Paula hat nicht mehr Erfolg als Mama.

„Vielleicht glaubt der Schnuffel, dein Schuh ist eine Tulpe, Mama“, mischt sich Jule ein. „In Sachkunde haben wir gelernt, dass manche Hunde gerne Pflanzen fressen.“

Unsere Mutter schüttelt ärgerlich den Kopf. „Was ist das denn schon wieder für ein Unsinn? Hunde sind Fleischfresser und damit basta. Blumen und Lederschuhe gehören nicht in den Hundenapf.“

Während Mama und der Daisy-Schnuffel weiter um die Sandale kämpfen, fallen Paula und ich uns in die Arme. Am liebsten würde ich vor Freude eine Runde weinen, aber das geht einfach nicht, wenn man schon fast dreizehn Jahre alt ist.

„Ich bin total erschossen“, stöhnt Paula. „Daisy hat die ganze Zeit gebellt. Ich hab mich so für sie geschämt. Sie hat sogar einem Mann das Käsebrot weggeschnappt. Aber da war auch ihr Lieblingskäse drauf.

Weil er echt sauer war und Daisy beim Schaffner verpetzen wollte, habe ich ihm meine leckere Schokolade geschenkt. Dabei war der eh schon so dick.“ Sie verdreht die Augen.

„Du kannst meine Schoki kriegen, ich habe noch einen ganzen Osterhasen in meinen Winterstiefeln versteckt!“, ruft Jule und umarmt Paula zutraulich. „Hast du Angst vor dem Mann gehabt?“

Paula schüttelt den Kopf. „Nö. Das war ja bloß ein Vielfraß. Der mampft keine Kinder. Nicht mal dich!“ Sie zwickt Jule in ihren kleinen Speckbauch.

Ich muss kichern, obwohl die Sache an sich gemein ist. Aber Paula ist einfach wie immer. Und darüber bin ich total froh.

Mal ehrlich: Ich finde Paula supermutig. Sie ist die ganze Strecke von London alleine mit dem Zug gefahren und musste sogar zweimal mit Koffer und Hund umsteigen, einmal davon in Frankreich. Ich gebe es zwar nicht gerne zu – aber das würde ich mich nicht trauen.

„Ist das dein Hund?“, frage ich überflüssigerweise. Auch wenn er nicht auf Paula hört – der Hund passt zu ihr. Und dass er ihr nicht folgt, ebenfalls.

„Ich habe Mama so lange bearbeitet, bis sie ihn mir erlaubt hat“, sagt Paula strahlend. „Sie ist ein Dalmatinermischling, ihr Papa ist ein Cockerspaniel. Ich habe sie Daisy genannt, weil das auf Englisch Gänseblümchen heißt.“

„So sieht sie auch aus“, ruft Jule aufgeregt dazwischen. „Die Tupfer auf ihrem Fell sehen aus wie eine Blumenwiese. Echt süß. So gesprenkelt will ich mein Mofa haben. Wie ein Dalmatiner mit Blümchen drauf."

Paula macht ein verdutztes Gesicht. „Darfst du schon Mofa fahren? Das ist doch erst ab vierzehn erlaubt, oder?"

Jule will zu einer Erklärung ansetzen, aber sie fängt gerade noch Kassias wilden Blick auf. „Was hast du denn?", fragt sie scheinheilig.

Ich mache mir einige Sekunden lang Sorgen, dass es zwischen den beiden wieder losgeht, aber zum Glück stößt Mama genau in diesem Moment einen wilden Schrei aus.

„Na also!" Sie rollt mit zerzaustem Haar und der Sandale in der Hand triumphierend durch den Flur.

Während sich Daisy enttäuscht nach einem neuen leckeren Lederstück umsieht, begutachtet unsere Mutter mit gerunzelter Stirn den entstandenen Schaden. Ein Riemchen ist abgerissen, ansonsten ist der Schuh einfach nur nass und klebrig. Aber das ist sie ja von ihren Patienten gewöhnt.

„Es tut mir so leid, Tante Klementine", sagt Paula zerknirscht. „Daisy ist bei Fremden immer so aufgeregt. Und dann stellt sie diese schlimmen Sachen an.

Zu Hause ist sie total lieb." Sie streicht Daisy zärtlich über den Kopf.

Weil unsere Eltern sich schon lange kannten, bevor wir geboren wurden, sagt Paula Tante zu unserer Mutter, obwohl wir eigentlich gar nicht miteinander verwandt sind. Ihre Mama nenne ich Tante Penny. Echt schön. Hoffentlich kriegt sich Daisy wieder ein. Ich habe keine Lust, meine beste Freundin zu teilen. Nicht mal mit einem wandelnden Gänseblümchenstrauß.

„Du kannst Jonas mit Daisy zum Gassigehen losschicken", schlage ich vor. „Der hätte ohnehin gerne einen eigenen Hund. Aber bis jetzt hat er nur einen grünen Fisch."

Paula grinst wissend. „Ach, ist das der Doofmann mit dem noch größeren Doofmann als Vater von nebenan?" Sie zwinkert verschwörerisch.

Mir steigt überraschend Hitze in den Kopf. „Na ja", sage ich zögernd. „Die Sache ist die …"

Ich überlege, wie ich Paula in möglichst wenigen Sätzen erklären soll, warum aus doof weniger doof bis gar nicht doof geworden ist.

„Sag mal, Maxie!", mischt sich Mama empört ein. „Hast du Sebastian und seine Kinder Doofmänner genannt? Das ist gar nicht nett und so was auch noch in einen Brief zu schreiben …"

Ist es ein Naturgesetz, dass Mütter immer dann zuhören, wenn sie weghören sollen und umgekehrt?

„Mama, das ist wie mit Rosanna", kommt mir Jule unerwartet zu Hilfe. „Nur andersherum. Erst war Rosanna keine Zicke, und jetzt ist sie eine. Erst war Herr Pfeffer ein Doofmann, jetzt nicht mehr ganz so."

Mama guckt nicht gerade überzeugt.

Plötzlich ertönt ein lautes Knurren. Und dieses Geräusch kommt nicht von Daisy. Die sabbert nämlich glücklich einen alten Hausschuh von Mama voll.

Paula gluckst los. „Das ist mein Bauch. Ich hab einen Riesenhunger!"

Mama klatscht in die Hände. „Na, dann nichts wie ab in die Küche. Ich wollte doch Pizza backen. Warum stehen wir eigentlich seit Stunden hier im Flur?"

Ich ziehe Paula eilig hinter mir her. Auf Pizza habe ich jetzt echt große Lust.

Als Erstes tritt Mama barfuß in die Apfelsaft-Pfütze auf dem Fußboden. Sie quietscht laut auf und verschwindet mit ihren klebrigen Füßen im Bad.

„Das war aber nicht Daisy!", ruft Paula.

Ich könnte schwören, dass sie „noch nicht" hinterhermurmelt. Daisy scheint wirklich sehr *speziell* zu sein. Na, dann passt sie wenigstens perfekt zu uns. Ich bin ja so-o-o gespannt!

Am nächsten Morgen schlafen wir ewig lange aus. Als ich als Erste die Augen aufmache, regnet es draußen in Strömen. Das darf doch nicht wahr sein – zum ersten Mal in diesem Sommer ist schlechtes Wetter! Unsere Tagesplanung fällt also wortwörtlich ins Wasser. Eigentlich hatten wir nämlich abends verabredet, an den See zu radeln. Dort gibt es seit Kurzem eine riesige Rutsche mit total glitschigen Kurven.

Paula und ich teilen uns ein Bett. Das machen wir immer so, wenn wir irgendwo zusammen übernachten. Daisy ist auf Paulas Füßen in eine Art Jahrhundertschlaf gefallen, sobald wir das Licht ausgemacht hatten, und wir zwei haben gequatscht, bis es schon fast hell wurde. Bei Paula gibt es nicht viel Neues. Sie schlägt sich immer noch mit diesen nervigen Kindermädchen herum. Am schlimmsten findet sie es, wenn sie mehrere Tage rund um die Uhr im Haus sind. Aber als Hubschrauberpilotin hat Tante Penny nun mal keine normalen Arbeitszeiten.

Mein Papa und Tante Penny sind zusammen zur Schule gegangen und haben sich dann für denselben Beruf entschieden. Nach Papas Unfall haben Paula und Tante Penny ganz lange bei uns gewohnt und gemeinsam mit Mama auf uns drei aufgepasst. Seither sind Mama und Penny beste Freundinnen, und Paula und ich sind beste Freundinnen. Richtig cool!

Mit einem Mal fängt Daisy ganz leise an zu wimmern. Wahrscheinlich muss sie sich mal die Pfoten vertreten.

„Paula?“, ich rüttle sanft an ihrer Schulter. Eigentlich wollte ich ihr heute als Überraschung Kakao und Mamas selbst gebackene Nusshörnchen ans Bett bringen, aber daraus wird jetzt wohl auch nichts.

„Hmmm“, stöhnt Paula schläfrig und zieht sich die Bettdecke über den Kopf.

„Daisy muss mal“, flüstere ich.

„Hmmm“, murmelt Paula, dreht sich auf den Bauch und fängt an zu schnarchen.

Daisy wimmert mittlerweile lauter. Ich habe echt keine Lust darauf, dass sie mir das Bett vollpieselt.

Mama kann ich unmöglich bitten, sie in den Garten zu lotsen, die horcht bestimmt gerade einem Hamster die Brust ab oder zieht einem Meerschweinchen seinen vereiterten Eckzahn.

Also stehe ich auf und lächle den Dalmatinermischling beruhigend an. „Komm, mein Daisylein, geh schön mit der Tante Maxie Gassi." Gut dass mich außer Daisy keiner hört. Ich quatsche wirklich gequirlten Blödsinn. Ob sie mich überhaupt versteht, wenn ich Deutsch spreche? Aber so früh am Morgen kriege ich kein Englisch raus. Na, sicher wächst sie in London zweisprachig auf.

Meine Turnschuhe ziehe ich lieber nicht an. Das dauert jetzt zu lange. Daisy hat bestimmt eine total volle Blase.

Daisy trabt folgsam hinter mir her. Kassia rumort oben auf dem Dachboden herum, Jule schläft entweder noch oder sie ist bereits bei Eddy. Jedenfalls ist nichts von ihr zu hören.

Ich öffne die Haustür und bedeute Daisy mit der Hand, mir zu folgen. „Komm, Daisy, wir gehen in den Garten."

Daisy lässt sich unter dem Vordach auf der Türschwelle nieder und rührt sich nicht mehr vom Fleck.

„Come on, Daisy", holpere ich nun doch auf Englisch los, „we go into the garden now."

Daisy macht keinen Mucks. Irgendwie erinnert sie mich in dieser Haltung an die Porzellanhunde, die manche Leute auf ihrem Bücherregal stehen haben.

Vielleicht hat Paula ihr beigebracht, dass sie nicht aus dem Haus rennen darf. Eigentlich ziemlich schlau. In London ist ja ein mörderischer Straßenverkehr.

„Come on, Daisy!" Ich kann ihr ja schlecht vormachen, warum ich sie in den Garten locken will. Und eigentlich müsste sie das wirklich wissen.

Im Schlafanzug und barfuß ist es ziemlich ungemütlich hier draußen. Der Regen wird auch nicht weniger, im Gegenteil.

Ha! Plötzlich habe ich einen Geistesblitz. Vielleicht ist Daisy wasserscheu. Das sei bei Hunden gar nicht so selten, sagt Mama.

Gerade als ich überlege, ob ich Daisy für eine Sekunde alleine lassen kann, um einen Schirm zu holen, öffnet Sebastian Pfeffer trotz des strömenden Regens die breiten Flügeltüren zur Veranda seines Hauses.

Er ist mein Musiklehrer und wohnt mit Lukas und Jonas in der riesigen Villa nebenan. In dieser Villa wollte unsere Mutter eigentlich eine Tierklinik einrichten, aber das hat leider nicht geklappt. Eine Weile war echt Krieg zwischen unseren Familien. Aber jetzt nicht mehr. Jule hat es richtig erklärt.

„Hallo, Maxie!"

Ich kann nicht glauben, dass er mir sogar zuwinkt. Scheint ja heute supergut gelaunt zu sein. Er hat genauso lange Ferien wie wir und Jonas ist deshalb schon total genervt. Sein Vater läuft nämlich ständig hinter ihm her und will sich mit ihm unterhalten oder etwas unternehmen. Bis vor Kurzem haben sich die beiden überhaupt nicht gut verstanden. Aber das soll ab jetzt anders werden, hat sich Sebastian Pfeffer vorgenommen.

Nur blöd, dass er damit ausgerechnet in den Ferien anfängt. Jonas und ich haben echt keine Lust, seinen Vater an den See mitzuschleppen und mit ihm gemeinsam die Wasserrutsche runterzusausen. So was ist doch megapeinlich!

In dem Wohnzimmer mit den Flügeltüren steht Sebastian Pfeffers weißer Flügel. Er übt jeden Tag ein neues Stück und das ist überhaupt nicht nervig. Im Gegenteil! Er spielt nämlich ziemlich gut. Auch Mama gefällt das, obwohl sie sonst mit klassischer Musik nichts am Hut hat. Sie hört lieber Pop. Jedes Mal wenn er in die Tasten haut, macht sie die Praxisfenster sperrangelweit auf.

Jetzt öffnet er den Flügel und wühlt in einem Stapel Noten herum. Er legt bestimmt gleich los. Eigentlich super, denn dann wachen Jonas und Lukas wenigstens auf. Paula muss Jonas auf jeden Fall noch heute kennenlernen. Auch wenn das Baden ins Wasser fällt.

Sebastian schlägt ein paar laute Akkorde auf dem Klavier an und saust mit seinen Fingern über die Tasten. Das sind quasi Übungen zum Warmwerden. Dann spielt er eine einfache Melodie.

Ich fass es nicht: Das Stück kenne ich! Es ist von Mozart und es klingt wunderschön.

Papa hatte einen alten Plattenspieler und dazu einen ganzen Stapel Platten. Da ist diese Platte mit Musik von Mozart dabei. Die Sachen stehen jetzt in Kassias Dachkammer. Manchmal kann ich nicht schlafen, weil ich Papa so sehr vermisse. Dann schleichen Kassia und ich uns mitten in der Nacht nach oben und hören Papas Platten. Wenn ich eine Weile dabei geheult habe, geht es mir wieder besser.

Plötzlich stößt Daisy einen tiefen jammernden Ton aus. Das Geräusch geht mir durch Mark und Bein. Eine Sekunde später dreht sie vollkommen durch. Sie rast quer durch den Garten, bricht sich einen Weg durch den provisorischen Zaun, den unsere Mutter erst vor einer Woche eigenhändig gezimmert hat, und stürzt hinüber auf die Veranda.

Mit einem Riesensatz, beinahe als ob sie fliegen könnte, segelt sie in das Wohnzimmer und landet zielsicher auf Sebastians Schoß. Dann haut sie ihre Pfoten links und rechts auf seine Schultern und leckt ihm euphorisch das Gesicht ab. Dabei heult sie die ganze Zeit wie ein kranker Werwolf.

Ohne dass ich was dagegen tun kann, fange ich vor Schreck am ganzen Körper an zu zittern. Ich möchte zu Sebastian hinüberlaufen und ihn retten, aber meine Beine fühlen sich an wie Pudding. Vollkommen hilflos sacke ich auf das nasse Gras.

Gleichzeitig schlägt über mir ein Fenster klirrend gegen die Außenwand und Paula ruft verzweifelt: „Daisy? Daisy!“

„Oh nein!“

Bevor ich mich wieder einkriegen kann, stürmt meine Mutter an mir vorbei. Im Laufen verliert sie eine Sandale, aber das bremst ihre Geschwindigkeit nicht, im Gegenteil. Sie hechtet wie eine Hürdenläuferin über den zerstörten Gartenzaun und stürmt über die Veranda der Pfeffer'schen Villa ins Wohnzimmer, um Sebastian Pfeffer vor dem sicheren Herztod zu retten.

Denn auch wenn sich mein neuer Musiklehrer anstrengt, nicht mehr allen so auf den Nerven herumzutanzen und vor allem unsere Mutter nicht ständig auf die Palme zu bringen: Vor Tieren, egal ob es sich um winzige Mäuse oder um Dinosaurier handelt, hat er Todesangst und ist deshalb unberechenbar.

„Sebastian!“, brüllt meine Mutter. „Ich komme.“

Gerade als sie ihn aus Daisys Umklammerung retten will, hebt Sebastian Pfeffer wie ein Verkehrspolizist die Hand und ruft: „Halt!“ Er beginnt zu strahlen, als hätte er gerade ein besonders schönes Geburtstagsgeschenk ausgepackt oder den Hauptgewinn in einer Lotterie gewonnen. „So ein musikalischer Hund", sagt er fast zärtlich. „Er mag Mozart." Er nimmt behutsam Daisys Pfoten und löst sich aus ihrem Würgegriff. Dann lässt er Daisy vorsichtig auf seine Füße plumpsen, während er versonnen weiterspielt und vor sich hin summt. Paulas Hund winselt leise dazu, mal hoch und mal tief – es klingt fast so, als hätte Daisy die zweite Stimme übernommen.

Mittlerweile hat sich Paula eilig angezogen und ist zu mir heruntergelaufen.

Ich schlüpfe hastig in herumliegende Gummistiefel. „Komm!" Ich nehme Paula an die Hand und wir düsen ebenfalls hinüber in die Villa.

Schon auf dieser kurzen Strecke werden wir pitschnass, so heftig schüttet es. Völlig durchweicht stellen wir uns neben meine Mutter, aus deren Haaren Regenwasser auf den schönen Holzfußboden tropft. Aber das kümmert im Moment anscheinend niemanden.

Sebastian spielt gerade den allerletzten Akkord und lauscht dem Klang nach. Dann schaut er meine Mutter an und atmet tief durch. „Guten Morgen, Klementine", sagt er. „Ist das heute nicht ein wunderschöner Tag?" Er lächelt glücklich.

„Das ist mein Hund Daisy, sie tut nichts und ist normalerweise total brav", platzt Paula heraus. „Sie ist ein Dalmatiner-Cockerspaniel-Mischling. Und ich bin Paula. Wir wohnen beide in London. Ich kenne Maxie schon ewig."

Sebastian Pfeffer nickt erfreut. „Willkommen! Du kannst deine Daisy gerne bei mir lassen, wenn du was mit Maxie unternehmen willst. Ihr beide habt euch bestimmt eine Menge zu erzählen. Ich muss noch ein anderes Stück von Mozart für meinen Unterricht einstudieren und bin gespannt, ob es Daisy genauso gut gefällt. Womöglich könnte ich es sogar wagen, ihr meine neueste Komposition vorzuspielen. Was meinst du, Klementine?" Er schaut meine Mutter erwartungsvoll an.

Meine Mutter ist ja normalerweise um keine Antwort verlegen. Das ist manchmal peinlich, manchmal zum Kichern und manchmal echt die Rettung – vor allem, wenn es um Schule geht und wieder einmal Beschwerden über uns Buntschuhs ins Haus flattern. Aber jetzt sagt meine liebe Mama keinen Pieps. Stattdessen starrt sie Sebastian mit diesem typischen Kassia-Blick an.

Der Kassia-Blick? Ach so, den muss ich wohl mal schnell erklären. Meine superschlaue Schwester Kassia, eines der nervigsten Wesen im gesamten Universum (manchmal jedenfalls), denkt ja, dass bei uns schon längst Aliens herumspazieren, ohne dass wir es wissen. Also nicht so etwas Albernes wie Vampire oder Untote, wie man sie überall in Filmen zu sehen bekommt. Nein, richtige Außerirdische von anderen Milchstraßen. Manchmal ist sie davon überzeugt, dass sie einen erkennt, und dann guckt sie so völlig ... entrückt. Und genau auf diese Weise schaut meine Mutter Sebastian Pfeffer an.

Ich kann mir denken, warum. Wenn jemand, der so eine wahnsinnige Panik vor Tieren hat, dass er sein Klavier am liebsten auf einen garantiert tierfreien Planeten verfrachten würde, plötzlich unversehens mit einem ziemlich großen Dalmatiner-Mischling kuschelt und sich sogar von diesem ablecken lässt, ohne direkt danach den Notarzt zu rufen, dann können nur Aliens die Hand im Spiel haben.

Schade, dass Kassia nicht da ist. Das ist typisch für meine schlaue Schwester. Wenn es einmal wirklich spannend für sie wäre, putzt sie gerade ihr Teleskop oder lernt ein Fachbuch über UFOs auswendig.

„Klementine? Alles in Ordnung mit dir?“ Sebastian schnipst mit zwei Fingern vor dem Gesicht meiner Mutter herum. „Hast du meine Frage nicht verstanden? Meinst du, Daisy ist bereit für eine meiner eigenen Kompositionen? Ich will ihr feines Gehör natürlich auf gar keinen Fall überstrapazieren, nicht wahr, Daisyschatz?“ Er beugt sich zu Daisy hinunter, die mit halb geschlossenen Augen auf seinen rechten Filzpantoffel sabbert, und zieht sie liebevoll am Ohr.

Hunde hassen es, wenn man sie an den Ohren zieht. Genauso wie Meerschweinchen, Giraffen und kleine Kinder. Ich warte darauf, dass Daisy jeden Augenblick nach Sebastian schnappt, stattdessen gibt sie ein Geräusch von sich, das sich beinahe wie Katzenschnurren anhört.

Kassia hat Recht. Die Aliens sind bereits unter uns. Ich muss mich so schnell wie möglich bei ihr entschuldigen. Allerdings habe ich mich getäuscht. Nicht Sebastian ist der Außerirdische, sondern Daisy. Oder warum verhält sie sich so seltsam? Vermutlich wird sie gleich wiehern wie ein Pony oder piepsen wie eine Maus. Ich habe das Gefühl, dass ich jeden Augenblick den Verstand verliere.

Plötzlich sagt meine Mutter: „Klarer Fall von Liebe auf den ersten Blick.“ Sie sieht erleichtert aus.

„Liebe?“ Jetzt schaut Sebastian meine Mutter merkwürdig an. Er räuspert sich. „Äh, was meinst du denn mit *Liebe*, Klementine?“ Er wird tatsächlich rot.

„Na, Daisy hat sich schlagartig in Mozart verliebt und du hast dich deshalb in Daisy verliebt, und jetzt ist Daisy auch in dich verliebt. Und das alles ziemlich plötzlich – präziser gesagt auf den ersten *Ton*."

Paula bekommt einen Lachanfall. „Tante Klementine, du hast vielleicht verrückte Ideen", prustet sie.

Sebastian Pfeffer zieht die rechte Augenbraue hoch. „Allerdings! Was für ein absurder Gedanke, um nicht zu sagen richtig peinlich, mir so etwas Aberwitziges zu unterstellen. Ich dachte, du als Tierärztin erkennst natürlich sofort das außergewöhnliche musikalische Talent dieses Hundes. Eine Begabung muss man fördern und sich nicht darüber lustig machen. Egal ob beim Menschen oder bei Tieren." Er beißt sich eingeschnappt auf die Unterlippe.

Meine Mutter kichert so unbefangen los wie sonst nur meine kleine Schwester Jule. „Ich finde es ziemlich lustig, wie du dich herausreden willst. Ein typisches Verhalten für jemanden, der bis über beide Ohren verliebt ist." Sie schaut ihn herausfordernd an. „Gestehen Sie, Herr Pfeffer!"

Ich könnte mich echt schlapplachen. Irgendwie macht es meiner Mutter total Spaß, Sebastian Pfeffer zu ärgern. Er kann doch nicht wirklich glauben, dass Mama ernsthaft denkt, dass Daisy und er ineinander verliebt sind ... Aber so pikiert, wie er guckt, tut er das tatsächlich! Na, dann kriegt Paula wenigstens gleich die richtige Ladung Sebastian Pfeffer quasi auf den Frühstücksteller serviert.

Apropos Frühstück – mein Magen knurrt auf einmal ganz schrecklich. Wir stehen uns hier ja auch schon die ganze Zeit die Beine in den Bauch, ohne einen Krümel gefrühstückt zu haben. Und das alles nur, weil Daisy Pipi musste.

Was sie immer noch nicht gemacht hat in der ganzen Aufregung. Oh nein! Wahrscheinlich passiert es auf dem Filzpantoffel oder so. Ich gebe Paula verstohlene Zeichen, dass wir möglichst schnell Land gewinnen sollten. Aber die ist vollkommen aus dem Häuschen darüber, dass Daisy sich so bei meinem Musiklehrer einschleimt, dass sie Herrn Pfeffer hingerissen anstrahlt und den Ernst der Lage nicht erfasst.

„Was ist denn hier für ein Krach? Hat man nicht mal in den Ferien seine Ruhe?“ Plötzlich steht Jonas im Pyjama in der Tür und reibt sich verschlafen die Augen.

Hihi – der sieht ja vielleicht witzig aus! Er trägt einen Schlafanzug, auf den jede Menge Hundebabys aufgedruckt sind, und zwar ausgerechnet Dalmatiner.

Ich an seiner Stelle würde vor Scham sofort tot

umfallen, so unangenehm wäre es mir, wenn mich ein fremdes Mädchen in Klamotten für Kleinkinder sehen würde. Schließlich wird Jonas bereits dreizehn. Entweder hat er sich diesen Schlafanzug selbst ausgesucht, weil er ja ganz verrückt nach Tieren ist, aber keine eigenen haben darf, oder er hat ihn von seiner Mama bekommen. Sebastian Pfeffer würde ihm vermutlich höchstens einen mit Noten darauf kaufen.

In diesem Augenblick macht Daisy durch herzhaftes Gähnen auf sich aufmerksam. Mit ihrem Dalmatinerfell sieht sie dem hundebetupften Jonas direkt ein bisschen ähnlich.

Ein hysterisches Kichern steigt in mir hoch. Paula scheint dasselbe zu denken, denn ihre Schultern zucken plötzlich recht bedenklich.

„Jonas!“, ruft Sebastian Pfeffer überschwänglich. „Guten Morgen, mein lieber Sohn! Stell dir vor, ich habe ganz unerwartet Besuch von einem überaus reizenden Hund bekommen. Daisy ist Engländerin und liebt Mozart, ist das nicht großartig?“

Er bückt sich hinunter und schaut Daisy tief in die Augen und für einen verrückten Augenblick glaube ich, dass er sie auf ihre Hundeschnauze küssen wird. Ihhhhhh, wie eklig ist das denn?

Jonas reißt den Mund auf und stammelt so etwas

Ähnliches wie: „Ahhhh…ggggrrrrr…“ Mehr kriegt er nicht heraus.

Ich kann ihm das echt gut nachfühlen. Es ist nicht schön zu beobachten, wenn Eltern den Verstand verlieren. Denn anders ist Herrn Pfeffers plötzliche Hundeliebe nicht zu erklären.

Bereits ein zweites Mal an diesem Morgen wünsche ich mir sehnlichst meine Schwester Kassia herbei. Überschlau wie sie ist, wüsste sie bestimmt, wie man Jonas nach so einem Schock wieder auf *normal* beamt.

Aber Kassia ist nicht da. Also sage ich so sachlich wie eine Nachrichtensprecherin im Fernsehen: „Es ist alles okay, Jonas. Paula ist gestern aus London gekommen und hat als Überraschung ihren Hund Daisy mitgebracht. Weil Daisy heute Früh mal musste, während Paula noch schlief, bin ich mit ihr Gassi gegangen und da hat dein Vater gerade Mozart auf dem Flügel gespielt. Das hat Daisy so gut gefallen, dass sie schnell mal gucken musste, wo die schöne Musik herkommt. Dein Papa hat sich gefreut, dass sogar Hunde sein Klavierspiel mögen. Nun sind die beiden ineinander verliebt …“

Ahhh! Der letzte Satz war eindeutig überflüssig. Ich könnte mir auf die Zunge beißen, aber er ist schon raus.

„Mein Vater ist in einen Hund verliebt?“, ächzt Jonas.

Ich gebe es ja zu: Das klingt ungefähr so unwahrscheinlich wie eine Eins in Deutsch auf meinem Halbjahreszeugnis. Momentan stehe ich mal wieder auf einer glatten Vier.

„Na ja, verliebt ist vielleicht etwas übertrieben“, kichert Paula. „Aber zumindest kann dein Papa meinen Hund supergut leiden. Ist er immer so tierlieb? Übrigens: cooler Schlafanzug.“ Sie lächelt Jonas zuckersüß an.

Jonas schaut Paula mit einem Blick an, den ich noch nie zuvor an ihm gesehen habe. Seit ich ihn kenne, guckt er meistens grimmig oder genervt, manchmal auch traurig. Nur als wir vor einiger Zeit die Käfer und Nacktschnecken im Bett seines Vaters versteckt haben, war er mal richtig ausgelassen. Dieser neue Blick an ihm ist irgendwie bewundernd und – wenn ich mich nicht ganz täusche – gleichzeitig ein wenig furchtsam.

Jonas sagt zögernd: „Bist du eine Zauberin oder was? Mein Vater kann Tiere normalerweise nicht ausstehen.“

Ich breche gleich zusammen. Jonas glaubt tatsächlich, meine Uralt-Freundin Paula ist eine Hexe!

Simsalabim. Ich verhexe mal eben deinen Vater.

„Meine Daisy ist ja auch nicht *irgendein* Hund“, sagt Paula etwas zu eingebildet für meinen Geschmack, ohne die Sache mit ihren Hexenkünsten aufzuklären. „Sie ist eben ein ganz *besonderer* Hund. Einer, den es kein zweites Mal gibt. Das sieht man doch auf den ersten Blick.“ Sie zwinkert Jonas zu.

Simsalabim.

Jonas nickt eifrig. „Ja, sie ist wirklich toll. Das habe ich natürlich sofort bemerkt. Und du findest meinen Schlafanzug nicht ein wenig zu albern?“ Er lächelt verklärt.

Simsalabim.

„Aber gar nicht. Total putzig!“ Sie strahlt ihn an.

Simsalabim.

Ich habe meine Freundin unterschätzt. Simsalabim. Jonas ist verhext. Oder warum schaut er Paula so bewundernd an? Ist das peinlich! Ich wäre gerade am liebsten auf dem Mars.

Im selben Augenblick macht der einzigartige Hund eine riesige Pfütze auf den Holzfußboden.

„Daisy!“, rufen meine Mutter und ich gleichzeitig. Und meine Mutter fügt empört hinzu: „Pfui! Bist du ein ungezogener Hund.“ Als Fachfrau ist sie immer besonders kritisch.

Sebastian Pfeffer lächelt milde. „Kein Grund zur Aufregung. Das wische ich im Nu weg. Wenigstens hat sie meine Filzpantoffeln verschont. Daisy ist eben wirklich ein schlauer Hund."

Mein Magen beginnt zu grummeln wie ein herannahendes Gewitter.

Meine Mutter nickt mir zu. „Nach dieser ganzen Aufregung brauche ich dringend einen Kaffee. Wie wäre es mit einem gemeinsamen zweiten Frühstück?" Sie schaut Sebastian Pfeffer fragend an.

Zu meiner Erleichterung schüttelt er den Kopf. „Vielen Dank, wirklich sehr nett. Aber dieser reizende Hund hat mich zu einer Komposition inspiriert, die ich sofort auf das Notenblatt bringen will, bevor ich sie wieder vergesse. Eine Hunde-Rhapsodie."

Er lässt seine Finger über die Tasten gleiten. Hört sich gut an, das muss ich zugeben. Ohne uns länger zu beachten, schnappt er sich einen Bleistift und beginnt eifrig, Noten auf Notenlinien zu kritzeln.

„Auch gut", sagt meine Mutter. Aber irgendwie klingt ihre Stimme ein wenig enttäuscht. Sie bleibt unentschlossen stehen und schaut zu, wie Sebastian summend weiter komponiert.

„Ich esse aber gerne mit", mischt sich Jonas ein. „Ich möchte von Paula so viel wie möglich über London erfahren. England ist mein absolutes Traumland. Ich will dort nächstes Jahr zum Schüleraustausch hin."

Das ist ja sehr interessant.

Bis jetzt war Jonas' Traumland nämlich Amerika, weil dort seine Mutter wohnt. Aber ich verkneife mir im letzten Moment eine spöttische Bemerkung. Ich fühle mich total ausgehungert und habe keine Energie zum Ärgern.

„Du kannst uns gerne besuchen", sagt Paula. „Ich bin sowieso die meiste Zeit mit irgendwelchen Kindermädchen alleine, weil meine Mama so viel arbeiten muss."

Jonas nickt begeistert. „Cool! Ich komme ganz bestimmt."

Meine Mutter macht dem schrecklichen Gesäusel ein Ende. „Bevor ihr weiter großartige Reisepläne schmiedet, schlage ich vor, dass wir erst mal Pfannkuchen mit Ahornsirup zum Frühstück backen, bevor meine nächsten Patienten antanzen. Ich bin heute zwar nur für den Notdienst eingeteilt, aber ich habe an diesem Vormittag schon drei Hundepfoten, ein Katzenohr und zwei Hamster mit Bauchweh verarztet. Ich habe Hunger und Durst." Sie geht entschlossen los.

Habe ich schon gesagt, dass meine Mama die Beste auf der ganzen Welt ist? Sie spricht mir gerade echt aus der Seele.

Eine gute Stunde später bin ich froh, dass unser gemeinsames Frühstück vorbei ist und dass ich mich mit den restlichen Pfannkuchen in Kassias Dachzimmer verziehen kann.

Und zwar *ohne* Jonas! Der verbringt nämlich mit seinem Vater und seinem Bruder Lukas den restlichen Ferientag in einem Vergnügungspark. Das gehört zu dem neuen Vater-Sohn-Programm, das sich Sebastian Pfeffer selbst verordnet hat.

Normalerweise wäre ich riesig gerne dabei gewesen. Die neue Geisterbahn, durch die man auf einer Art Luftmatratze hindurchdüsen kann, soll supershocking sein. Aber heute hat mich Jonas echt genervt.

Als der erste Pfannkuchen in Butter brutzelte, ist meine Schwester Kassia mit überall Spinnweben im Haar aufgetaucht. Vermutlich hat sie wieder an ihrem Weltraum-Teleskop herumgeschraubt und das steht nun mal zwischen den Holzbalken auf dem

Dachboden. Sie kann sich tagelang nur mit so einem Kram beschäftigen.

Das Einzige, was ihr wichtiger ist als ihre Milchstraßen-Forschung, ist irdische Nahrungsaufnahme. Der winzigste Essenduft lockt sie aus dem hintersten Winkel hervor und dann macht sie sich gnadenlos über alles her, was sie auf ihre Gabel gestapelt kriegt. Am besten man baut eine Schutzmauer um seinen eigenen Teller auf, damit sie einem nicht ständig die Leckerbissen klaut.

Aber selbst Kassia ist aufgefallen, dass Jonas gar nicht dazu kam, seine übliche Menge Pfannkuchen in sich hineinzuschaufeln. So sehr war er damit beschäftigt, sich mit Paula zu unterhalten.

Schließlich wollte Jonas sogar wissen, ob Paula schon mal bei der Queen zum Tee gewesen ist.

Wenn ich ihn nicht schon eine ganze Weile kennen würde, hätte ich spätestens dann geglaubt, der Junge hat einen Dachschaden.

Paula fand das jedoch eher witzig und prustete einen ganzen Mund voll Zimtzucker über unsere Teller. Darauf plumpste Daisy wie ein Mehlsack auf den Küchentisch und leckte gierig den Zucker auf.

Bis auf eine alte Schüssel ging zum Glück nichts zu Bruch, aber unsere Mutter hätte uns wahrscheinlich einen ewig langen Vortrag über ungezogene Hunde gehalten, wenn nicht ein vollkommen aufgelöster Mann mit seinem süßen Albino-Meerschweinchen Sturm geklingelt hätte. Das Tier war vom Balkon gefallen und hatte sich wahrscheinlich den Hinterlauf verstaucht oder sogar gebrochen. Sein Besitzer hatte vor Aufregung schrecklichen Schluckauf.

Unsere Mutter unterbrach ihren Vortrag mitten im Satz und stürmte in die Praxis, während Jule dem Mann ein Zuckerstückchen gegen den Schluckauf gab.

Ich war total erleichtert. Mama kann manchmal von einer Sekunde auf die andere furchtbar nervig werden. Besonders wenn es um Hunde-Erziehung geht.

Nachdem Paula und ich das Küchenchaos einigermaßen beseitigt hatten, lud uns Kassia gnädigerweise in ihr Dachzimmer ein. Vermutlich weil ich sie mit meiner Hunde-Alien-Geschichte neugierig gemacht hatte und nicht aus tiefer schwesterlicher Liebe.

Wir machen es uns also in ihrer tollen Kammer bequem. Es regnet immer noch wie aus Eimern. Aber direkt unter dem Dach klingt es ziemlich gemütlich, wenn die Regentropfen wie ein Trommelfeuer auf die Schindeln prasseln.

„Auf den ersten Blick ist nichts zu erkennen. Pupillengröße vollkommen normal." Kassia schaut Daisy mit einer Lupe in die Augen und schüttelt ratlos den Kopf.

Damit Daisy stillhält, habe ich aus der Tierarztpraxis unserer Mutter eine Tüte Hundekekse gemopst. Die kaut der Dalmatiner voller Begeisterung und lässt Kassias Alien-Test gutmütig über sich ergehen.

Da Daisy auf Kassias Fragen außer mit einem freudigen *Wuffwuff* für jeden Hundekeks nicht reagiert, kommt meine Schwester zu keinem endgültigen Ergebnis.

„Ich glaube nicht, dass Daisy ein Alien ist. Dazu ist sie viel zu süß. Vielleicht ist Daisy ja einfach ein Sprachtalent. Ich habe mal eine Sendung im Fernsehen gesehen, da konnte eine Katze das Wort *Mama* sagen“, mischt sich Jule ein.

„Na klar“, kreische ich. „Miaumma!“

Paula kriegt sich gar nicht mehr ein vor Lachen. Sie miaut lauthals los.

Selbst Kassia kann sich ein breites Grinsen nicht verkneifen.

Wir miauen zu dritt und zwar so echt, dass Daisy wütend zu bellen anfängt. Das hört sich wie ein ganz normaler Hund an, der Katzen am liebsten zum Frühstück verspeist.

Vielleicht ist das der Grund, warum sich Jules rot-

haariger Kater Chili nicht mehr blicken lässt. Er weiß wohl, dass schwere Zeiten für ihn angebrochen sind, seit wir einen unberechenbaren Hundegast im Haus haben.

Jedenfalls: Jule macht auf schwer beleidigt. Sie pflanzt sich mit vorgeschobener Unterlippe auf Kassias Matratzenlager, schnappt sich ein zerfleddertes Mickymausheft vom Bücherregal und tut so, als wären wir alle Luft für sie.

Paula interessiert sich neuerdings für Sternenforschung (auch wenn sich das eher auf Horoskope bezieht) und lässt sich von Kassia das Teleskop in allen Einzelheiten erklären.

Und Daisy macht noch einmal erschöpft *Wuff*, bevor sie sabbernd einschläft.

Mir ist das recht. So kann ich mich wenigstens um Herrn Schiller kümmern. Der Arme ist seit Paulas Ankunft extrem zu kurz gekommen. Herr Schiller ist mein bester Freund, seit ich ihn mit einem gebrochenen Flügel im Wald gefunden habe. Ohne Herrn Schiller, der supermusikalisch ist, wie ich bereits erzählt habe, hätten Jonas und ich uns nie angefreundet und nie den (fast) ersten Platz bei einem Bandwettbewerb gemacht.

Normalerweise schläft Herr Schiller in meinem

Zimmer. Morgens, wenn ich noch so richtig müde bin und die Augen einfach nicht aufkriege, zwickt mir diese total süße Krähe ganz sanft ins Ohrläppchen. Manchmal rappt er sogar ein paar Takte alleine vor sich hin. Ist das nicht verschärft?

Ohne Herrn Schiller würde es mir jeden Morgen total mies gehen, denn Schule ist einfach nicht mein Ding. Sofort wenn ich die Augen aufschlage zu wissen, dass ich jetzt wieder ein paar Stunden ruhig auf meinem Po sitzen und lernen muss, setzt mir oft ganz schön zu.

Aber wenn ich in die schwarzen Knopfaugen meiner Krähe sehe, fühle ich mich schon viel besser. Und manchmal fällt mir dann noch vor dem Frühstück ein cooler Song ein oder wenigstens der Text dazu. Da geht es mir genauso wie Sebastian Pfeffer. Ihm ist ja auch eine Melodie in den Sinn gekommen, als er Daisy angeguckt hat. Manchmal denke ich, die Texte stecken in Herrn Schillers Kopf und ich lese sie nur ab, wenn ich ihn anschaue. Total crazy, oder?

Momentan nächtigt er allerdings bei Kassia.

Warum? Na, ist doch klar. Hunde und Krähen in einem Zimmer – so prickelnd kommen diese Tierarten nicht miteinander aus. Daisy hat es fertiggebracht, Herrn Schiller direkt nach ihrer Ankunft eine blauschwarze Feder abzujagen. Deshalb hat Mama meine Krähe kurzerhand zu Kassia ausquartiert. Zu ihrer eigenen Sicherheit, wie sie sagt.

„Hey, komm runter mein Süßer!“, rufe ich ihm so leise zu, dass ich Daisy nicht aufwecke. „Ich hab dich heute Nacht vermisst.“

Herr Schiller sitzt schon, seit ich auf dem Dachboden aufgetaucht bin, auf dem höchsten Balken und beobachtet mich regungslos. Er sieht dabei ein bisschen wie der verzauberte Prinz aus einem furchtbar gruseligen Märchen aus.

Auf einmal habe ich eine spitzenmäßige Idee: Vielleicht sollte ich ihm für unseren nächsten Auftritt einen neuen Namen geben. „Prinz von Schiller!“, murmele ich vor mich hin. Das hört sich sehr edel an.

„Was sagst du dazu, Herr Schiller?“, frage ich ihn aufgeregt. „Begrüßen Sie unsere rappende Krähe, den einzigartigen und wunderbaren Prinzen von Schiller!“, ahme ich einen Bühnenmoderator nach.

„Krahkrahkrah!“

Herr Schiller segelt auf meine linke Schulter und pickt begeistert auf meinem Kopf herum. Ahhhh. Scheint ihm zu gefallen. Dann muss aber auf der Stelle auch ein neuer Song her.

Hey, Prinz von Schiller:
Du bist ein echter Thriller!
Mit Blaublut-Gefieder
rappst du die bösen Geister nieder.
Verwunschen von Hexen,
verfolgt von schwarzen Echsen,
kämpfst du mit jeder Schlangenbrut.
Dein Zorn, der tut uns allen gut!

Cool! Ich bin von mir selbst überrascht.

Ganz ehrlich – seit Jonas und ich mit Herrn Schiller bei diesem Bandwettbewerb *nur* den zweiten Platz gemacht haben (meistens sage ich ja *fast* Erster), habe ich keinen einzigen Song mehr geschrieben. Tief drinnen in meinem Herzen war ich wahrscheinlich doch enttäuscht. Auch wenn ich es niemandem gezeigt habe, nicht einmal Mama. Aber dieser Text könnte Jonas gefallen. Und vielleicht machen wir ja doch mit dem Rappen weiter, einfach aus Spaß, ohne dass wir unbedingt einen Preis gewinnen wollen.

Plötzlich finde ich es schade, dass Jonas nicht da ist. Eigentlich möchte ich ihm meinen Rap sofort vortragen. Mich beschleicht das doofe Gefühl, dass ich vorhin vielleicht einfach ein bisschen eifersüchtig war, weil er Paula so angehimmelt hat.

DU BIST EIN ECHTER THRIL

Halt! Nicht dass jetzt jemand auf die durchgeknallte Idee kommt, ich wäre in Jonas verliebt. Ich bin ja nicht von allen guten Geistern verlassen. Jonas ist Jonas und seit Kurzem mein bester Kumpel. Nicht mehr und nicht weniger.

Und Paula ist meine beste Freundin, das hat ja jetzt mittlerweile jeder kapiert.

Da ist es eigentlich das Allerbeste, was mir passieren konnte, dass meine beste Freundin meinen besten Kumpel mag und umgekehrt er sie auch. Oder? Verknallt muss man dafür gar nicht sein.

Ich schäme mich ein bisschen. Bis jetzt habe ich immer gedacht, ich bin nicht so zickig wie alle anderen Mädchen. Und jetzt denke ich haargenau den gleichen Mist. Aber das war hoffentlich nur ein Ausrutscher. Paula ist wohl einfach nur ein wenig aufgekratzt gewesen heute Früh und Jonas zufällig auch. Na und?

Erleichtert reibe ich meine Wange an Prinz von Schillers Köpfchen. Zum Glück habe ich ja noch gemerkt, wie doof ich mich aufführe.

An Liebe und den ganzen Kram will ich echt noch gar nicht denken. Mama macht das schließlich auch nicht. Seit unser Papa mit seinem Hubschrauber abgestürzt ist, hatte sie noch keinen neuen Freund. Sie hat ja uns drei und die vielen Tiere, die sie wieder gesund macht, sagt sie immer.

Finde ich gut. Ich sehe ja, was passiert, wenn man erst mal damit anfängt, sich zu verknallen. Jana und Tim aus meiner Klasse hängen nur noch zusammen ab. Als Tim vor den Ferien nicht in die Schule gehen durfte, weil er Scharlach hatte, wollte niemand mehr mit Jana in der Pause herumstehen, weil sie sich vorher so affig benommen hatte. Sie tat mir richtig leid. Aber als ich dann mit ihr geredet und ihr Fotos von unseren neuen Springmäusen gezeigt habe, hat sie gleich wieder nur von Tim angefangen.

Wie dumm ist das denn?

Ich weiß übrigens schon, welche Textzeilen Jonas am besten gefallen werden:

Mit Blaublut-Gefieder
rappst du die bösen Geister nieder.

Jonas ist sich nämlich sicher, dass Herr Schiller eine verwunschene Krähe ist. Allerdings kein verfluchter Prinz, sondern ein besonderer Zauberer, dem seine magischen Kräfte geraubt wurden. Und dass es kein Zufall war, dass ich ihn im Wald gefunden habe. Hm. Weiß nicht, was ich davon halte.

Jedenfalls kann er rappen. Ob er ein Zauberer ist oder nicht. Und das alleine ist bereits magisch.

Ich erfinde auf gut Glück eine Melodie und spreche den Text dazu.

Prinz von Schiller hüpft aufgeregt von meiner linken Schulter auf meine rechte und wieder zurück. Schließlich krallt er sich sogar in meinen Haaren fest. Dazu krächzt er in allen Tonlagen.

„Was ist denn mit Herrn Schiller los?“, fragt Kassia beunruhigt und schaut von ihrem Teleskop auf. „Hat er Bauchweh?“

Eines muss man ihr lassen: Seit unsere Mutter ihr Herrn Schiller anvertraut hat, fühlt sie sich auch wirklich für sein Wohl verantwortlich. Das finde ich echt gut. Es fällt mir schon so schwer, ihn nicht ständig um mich zu haben.

„Alles okay“, sage ich beruhigend. „Ich habe ihm nur einen nagelneuen Rap vorgesungen und ich glaube, er findet ihn gut. Deshalb krächzt er gerade so überdreht mit.“

Paula guckt neugierig. „Cool! Studierst du den gerade mit ihm ein? Vielleicht kann Herr Pfeffer mit Daisy auch einen Song einüben. Er hat doch gesagt, sie sei so musikalisch. Dann könnten wir mal alle zusammen auftreten. Du, Jonas, ich, Kassia, Jule,

Jonas' Bruder Lukas, unsere Haustiere und Herr Pfeffer am Klavier. Was glaubst du, wie die Leute gucken würden. Kann Tante Klementine auch ein Instrument spielen? Blockflöte würde gut dazu passen. Sie war doch mal im Chor!"

Komischerweise bin ich nicht ganz so begeistert wie Paula. Ich habe keine Lust auf die Wiedergeburt der Kelly Family. Das war so eine Großfamilie, die singend durch die Welt gezogen ist und schließlich megareich und berühmt wurde. Mama hat noch ein paar alte Platten von ihr.

„Das kannst du total vergessen", sage ich schnell. „Mama und Sebastian Pfeffer, das geht immer nur für ein paar Minuten gut oder wenn sie gerade mal wieder Waffenstillstand geschlossen haben und gemeinsam über uns Kinder herziehen. Wenn die was zusammen einstudieren müssten oder auf einer Bühne auftreten, würde das enden wie ein Ringkampf im alten Rom." Ich muss kichern, weil ich mir das ein wenig genauer vorstelle. Und zwar ungefähr so:

Sebastian Pfeffer steht in einem Lederlendenschurz und mit wildem Blick in der Arena, die geballten Fäuste zum Ringkampf bereit, und unsere Mama kommt gerade unter großem Jubel in das Stadion. Sie hat deutlich mehr Fans als Sebastian. Das liegt daran, dass sie superschön ist mit ihren blitzblauen Augen und einem langen geflochtenen Zopf, den sie als Waffe benutzt. Vor dem Kampf schmust sie noch mal schnell mit ihren Löwenbabys, die sie überallhin begleiten und denen sie das Leben gerettet hat, und dann legt sie los. Sie schleudert ihren Zopf wie ein Lasso in Sebastians Richtung, dieser wickelt sich um seine Beine und – zack – hat er keinen Boden mehr unter seinen Sandalen. Er liegt keuchend im Staub und bettelt um Gnade. Na ja, und so weiter. Mal gucken, ob mir dazu auch noch irgendwann ein Rap einfällt. Der würde dann ungefähr so klingen:

Klementine, die ist cool,
die liegt nicht nur an einem Pool.
Sie kämpft den Kampf mit bloßer Hand,
ist deshalb überall bekannt.
Sebastian, der Noten-Krieger,
dichtet zu Hause tolle Lieder.
Doch im Kampf ringt sie ihn nieder.
So eine Heldin gibt's nie wieder.

Ich fasse es nicht! Wochenlang fiel mir gar nichts ein und plötzlich gleich zwei Raps hintereinander. Paulas Gegenwart scheint mich zu beflügeln.

„Ach, du meinst, die beiden würden aufeinander losgehen wie in Gladiatorenfilmen", unterbricht Kassia meine Gedanken.

Ich nicke zustimmend. Wir sind uns ausnahmsweise mal einig und strecken die Daumen hoch. Sebastian Pfeffer und unsere Mutter benehmen sich wie Krieger im alten Rom. Aufgekratzt erzähle ich meine Schaukampf-Fantasie.

Kassia lacht sich schlapp. „Das mit dem Zopf finde ich besonders cool", sagt sie. „Mama könnte sich ja mal die Haare lang wachsen lassen. Für alle Fälle ..."

Paula hat schweigend zugehört. Anscheinend findet sie die Vorstellung nicht so lustig wie wir. Schließlich schüttelt sie sogar heftig den Kopf und springt auf. „Also, ich weiß echt nicht, an was für einem Quatsch ihr gerade herumspinnt!", ruft sie im Brustton der Überzeugung. „Von wegen Krieger und so. Tante Klementine und Sebastian Pfeffer sind bis über beide Ohren ineinander verknallt. Das sieht sogar ein Blinder!"

„Fragt doch einfach Jonas!“, wiederholt Paula stur. „Dem ist das bestimmt auch schon aufgefallen.“

Sie hat mit ihrer Behauptung, dass Mama und Sebastian Pfeffer ineinander verknallt sind, höchsten Alarm bei Kassia und mir ausgelöst. Ich schäme mich fast ein wenig für meine beste Freundin. Wie kann sie so einen gequirlten Quark daherreden? Schließlich hat sie unsere Mutter ein ganzes Jahr lang nicht gesehen und die Pfeffers hat sie erst vor einigen Stunden kennengelernt.

Ausgerechnet jetzt mischt sich Jule ein. Ich hatte sie ganz vergessen, so mucksmäuschenstill hing sie die ganze Zeit auf den Matratzen herum. Wenn sie einmal eingeschnappt ist, dann nämlich richtig.

„Glaubst du das in echt, Paula?“, fragt sie interessiert. „Wenn Mama und Herr Pfeffer verliebt sind, dann teilen sie doch bestimmt alles miteinander, oder? Ihre Kinder, die Praxis und Sebastians Klavierflügel“, zählt sie auf. „Dann müsste Sebastian Pfeffer

die halbe Praxis putzen, und ich dürfte auf dem Klavierflügel spielen, wann immer ich Lust darauf habe, weil er dann auch uns gehört. Das fände ich total cool. Aber Mama soll weiter mein Schulbrot schmieren. Das bekommt Sebastian bestimmt nicht so gut hin."

Mir fehlen die Worte. Meine kleine Schwester verschachert unsere Mutter an Sebastian Pfeffer, damit sie seinen Flügel kriegt. Hoffentlich hat sie mich nicht auch schon verplant.

Jule schmeißt das Mickymausheft achtlos in die Ecke. „Kassia, wie viele Tasten hat ein Klavier?", fragt sie mit roten Wangen.

„Achtundachtzig", antwortet Kassia wie aus der Pistole geschossen. „Zweiundfünfzig weiße und sechsunddreißig schwarze Tasten."

Sie ist wirklich ein wandelndes Superhirn, stelle ich bewundernd fest. Wie kann sie sich das alles nur so gut merken? Ich merke mir gerade mal, wann ich morgens zur Schule gehen muss.

„Danke, Kassi", sagt Jule eifrig. „Ich will nämlich ausrechnen, wie viele davon in Zukunft mir gehören. Maxie, willst du überhaupt Tasten abhaben? Du spielst doch gar nicht gerne Klavier. Und Kassia auch nicht. Ihr könntet mir euren Anteil überlassen, dann habe ich mehr. Dafür gebe ich euch was anders von Sebastian ab, ich weiß nur noch nicht genau, was."

Paula fängt schon wieder an zu kichern. „Du hast eine echte Vollmeise, Jule", sagt sie. „Wie stellst du dir das vor? Willst du den Flügel zersägen?"

Ich habe keine Lust, Jule auf so einen Blödsinn zu antworten, und Kassia anscheinend auch nicht. Sie schaut durch ihr Teleskop in den wolkenverhangenen Himmel, dann ist sie ohnehin nicht ansprechbar.

Das kapiert sogar Jule. Sie nimmt sich einen Block und fängt an, die Klaviertasten aufzuzeichnen. Dabei führt sie unentwegt Selbstgespräche. Total nervig. „Die drei weißen Tasten sind für Maxie, Kassia kriegt die schwarzen Tasten darüber und die ganze Reihe ist für mich."

Wenn ich meine kleine Schwester Jule nicht so gut kennen würde, müsste ich wirklich fürchten, dass sie nicht mehr alle Tassen im Schrank hat. Aber sie nimmt einfach immer alles sehr wörtlich und hat eine Menge Fantasie.

Irgendwie bin ich auf einmal ziemlich beunruhigt. Ich habe nicht einmal mehr Lust weiterzurappen. Auch wenn ich keine Silbe des Gerüchts glaube, das Paula in die Welt gesetzt hat.

Ich schaue aus dem Dachfenster. Es hat aufgehört

zu regnen. Aber an einen Ausflug an den See ist heute nicht zu denken. Echt schade. Ich habe keine Lust länger drinnen herumzuhängen und mir komische Sachen über meine Mutter und ihr Liebesleben anzuhören.

Hoffentlich kommt die Pfefferbande bald aus dem Vergnügungspark zurück. Ich möchte Jonas unbedingt fragen, ob er etwas Verdächtiges bemerkt hat. Aber am besten mache ich das, ohne dass Paula dabei ist. Sonst bildet sie sich noch etwas darauf ein, dass sie mich auf diesen Gedanken gebracht hat. Eigentlich ist das nämlich eine Sache, die nur Jonas und mich etwas angeht. Schließlich sind wir die ältesten Kinder unserer laut Paula verliebten Eltern.

Ich grüble, wie Paula auf so eine Idee kommt. Plötzlich habe ich die Lösung. Vielleicht hat ihr Verdacht ja etwas mit ihrem eigenen Leben zu tun. „Hat deine Mama eigentlich einen neuen Freund?“, frage ich sie rundheraus.

Paulas Mutter Penny ist geschieden und hatte wohl ganz schön viel Stress mit Paulas Vater. Seit einiger Zeit ist er wieder neu verheiratet und hat einen kleinen Sohn. Er heißt Ronnie und ist logischerweise Paulas Halbbruder. Aber sie kennt den Kleinen gar nicht richtig. Auch ihren Vater sieht sie megaselten.

Nicht weil er weit weg wohnt so wie Jonas' Mutter, sondern weil er nie Zeit hat und lieber etwas mit seiner neuen Familie unternimmt. Ganz schön traurig.

„Wie kommst du denn auf den Unsinn? Mama sitzt doch rund um die Uhr in ihrem Hubschrauber und rettet Leute", antwortet Paula mir empört. „Wenn sie einen Freund hätte, würde sie mir das als Erstes erzählen. Aber sie sagt immer, dass sie von Männern die Nase voll hat."

Ich grinse. Es beruhigt mich, dass Paula sich genauso aufregt wie ich mich selbst vor ein paar Minuten. Manchmal tut sie nämlich so, als hätte sie die Weisheit mit Löffeln gefressen, und das nervt mich. Weil ich gerade so schön in Fahrt bin, stichle ich gleich noch ein wenig weiter. „Findest du selbst denn einen Jungen cool?" Ich beobachte sie bei meinem nächsten Satz genau. „Jonas und du, ihr wart ja gleich dicke Freunde vorhin beim Frühstück. Das war richtig auffällig." So, jetzt ist es raus. Und ich muss zugeben, dass ich mich gleich besser fühle.

Paula wird knallrot. „Bist du bescheuert?", kreischt sie hysterisch los. „Nur weil ich mit Jonas über London gequatscht und ihn eingeladen habe? Behalt deinen süßen Jonas doch selbst, ich will ihn echt nicht geschenkt

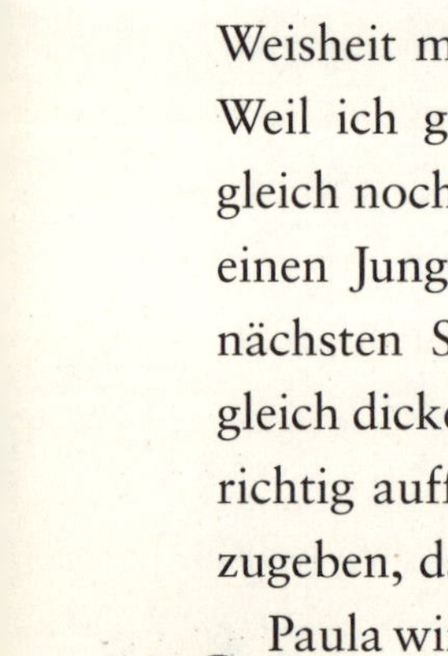

haben. Jungs sind eh alle bescheuert und küssen ist eklig." Sie stürmt aus der Dachkammer und knallt die Holztür hinter sich zu.

„Was ist denn mit der los?", frage ich verblüfft.

Kassia schnaubt überlegen. „Weißt du das wirklich nicht?", fragt sie. Sie gluckst wie eine Lachtaube. „Ich würde sagen, du hast einen Volltreffer gelandet, Schwesterherz."

Jule beginnt auf dem Matratzenlager auf und ab zu springen. „Die Paula ist verkna-a-a-llt, die Paula ist verkna-a-a-llt, die Paula ist in Jonas verkna-a-a-llt, Mama ist verkna-a-a-llt, Sebastian ist verkna-a-a-llt, die Mama ist in Sebastian verkna-a-a-llt!"

Daisy fängt an, wie verrückt zu bellen, und jagt quer über den Dachboden. Herr Schiller stimmt mit womöglich noch lauterem Gekrächze ein.

Ich halte mir die Ohren zu. „Leute, geht's noch?", schreie ich genervt. „Das ist ja der totale Affenstall hier. Komm, Herr Schiller, wir gehen spazieren. Ich brauche dringend frische Luft."

Herr Schiller oder, wie ich ihn in Zukunft nennen werde, Prinz von Schiller, krächzt zustimmend.

Ich schwebe hoheitsvoll mit ihm aus der Dachkammer und die vielen steilen Treppen hinunter.

Von Paula keine Spur.

Ich sehe durch das Praxisfenster, wie meine Mutter gerade einer Katze eine Halskrause umbindet. Gleichzeitig tröstet sie die aufgebrachte Besitzerin auf ihre nette Art. Nee, nee, nee. Meine Mutter hat wirklich keinen Kopf für die Liebe. Ein bisschen erleichtert wandere ich mit Herrn Schiller los. Beste Freundinnen sind das Beste, was einem passieren kann, aber manchmal können sie einem auch ganz schön auf den Senkel gehen!

Die frische Regenluft tut mir gut.

Ich habe einen ewig langen Spaziergang hinter mir, quer durch den Wald. Jetzt sehen meine Turnschuhe zwar aus, als wäre ich durch einen Sumpf gewatet, und Mama wird mit mir meckern, aber ich fühle mich besser.

Auch Herr Schiller findet Spaziergänge durch den Wald offensichtlich superschön, denn er klappert begeistert mit seinem Schnabel und stößt dabei Laute aus, die sich beinahe wie Kichern anhören. Manchmal fliegt er ein Stück von einem Ast zum anderen und wartet, bis ich hinterherkomme. Früher hatte ich Angst, dass er mir für immer davonfliegt. Aber das ist zum Glück nie passiert.

Ich habe schon eine Weile nicht mehr darüber nachgedacht, was wäre, wenn unsere Mutter wieder heiraten würde. Irgendwie fände ich das schockierend.

Vor einiger Zeit war der Bürgermeister in Mama

verliebt, aber sie glücklicherweise nicht in ihn. Der Typ ist nämlich total nervig.

Manchmal sind Leute so begeistert, dass Mama ihre Lieblinge wieder gesund gemacht hat, dass sie quer über die Straße rufen: „Frau Buntschuh, ich liebe Sie. Darf ich Sie küssen? Sie sind die Allerbeste!" Aber das ist ja nicht ernst gemeint.

Wenn unsere Mutter einen neuen Mann hätte, wo würde dieser Mensch dann überhaupt wohnen? Mamas eigenes Zimmer ist winzig und ihr Bett ist viel zu klein für zwei. Außerdem schlägt Mama beim Schlafen ziemlich um sich. Sogar mich schubst sie manchmal raus, wenn ich schlecht geträumt habe und nachts mit Sack und Pack zu ihr umgezogen bin.

Im Wohnzimmer haben es sich in den letzten Wochen die Springmäuse gemütlich gemacht und Eleonor hat in dem uralten Schlafsofa, das dort für Gäste steht, ein Nest gebaut. Die Babys müssen jeden Moment auf die Welt kommen, und ich kann mir nicht vorstellen, dass Mamas neuer Mann es gut fände, neben einer ganzen Mäusefamilie einzuschlafen.

Es bleibt also eigentlich nur noch Kassias Dachkammer. Denn Kassia teilt sich mit Jule das Zimmer, zumindest zum Schlafen. Aber diesen Ort, von dem aus man so gut den Himmel beobachten kann, würde

Kassia nie und nimmer freiwillig räumen. Womöglich würde der neue Mann fettige Fingerabdrücke auf der empfindlichen Linse ihres Teleskops hinterlassen. Ich wage gar nicht daran zu denken, was dann los wäre.

Aber mal weitergedacht: Wenn der neue Mann Sebastian Pfeffer wäre (was einfach nicht wahr sein kann), dann sollte er am allerbesten in seiner Villa drüben wohnen bleiben. So würde er uns nicht auf die Nerven gehen. Mama könnte eine Woche bei ihm und eine Woche bei uns wohnen. Und (fast) alles wäre wie immer.

Trotzdem: Toll fände ich das nicht. Und meine Mitschüler würden garantiert lästern, weil mein Musiklehrer gleichzeitig mein Stiefvater ist. Und Jonas mein Stiefbruder. Nein danke. Das ist mir einfach zu kompliziert. Schule ist auch ohne solche Konflikte anstrengend genug.

Herr Schiller bekommt allmählich Hunger. Das merke ich daran, dass er mir die ganze Zeit ins Ohr krächzt und an meinen Haaren zupft. Ich hätte daran denken sollen, die kleine Dose mit den Mehlwürmern einzustecken. Ich wühle in meiner Hosentasche und finde noch eine halbe Walnuss. Gierig schnappt Herr Schiller sie mir aus den Fingern.

Ich will nicht zurück ins Haus, bevor ich nicht mit

Jonas gesprochen habe. Aber die Pfefferbande lässt sich Zeit. Hoffentlich haben sie sich nicht in der Geisterbahn verirrt. Würde ich Sebastian Pfeffer direkt zutrauen. Schon alleine deshalb kann er unmöglich mein Stiefvater werden.

Mein Papa ist sogar bei einem Sandsturm durch eine Wüste geflogen und hatte nur seinen Kompass, um die richtige Route zu finden. Sebastian Pfeffer ist manchmal so in seine Gedanken vertieft, dass er sich in seinem eigenen Haus verirrt und anstatt im Bad bei Jonas im Zimmer landet. Mitten in der Nacht! In unserer Schule hat er sich sogar mal versehentlich selbst in den Musikraum eingesperrt. Er hat dann wie wild auf der Pauke herumgedonnert und der Hausmeister hat ihn schließlich gehört und befreit.

Das ist zwar ziemlich witzig, aber auch ziemlich doof. Jedenfalls für einen Stiefvater-Kandidaten. Und überhaupt: Eigentlich will ich gar keinen haben!

Ich setze mich auf unseren kaputten Gartenzaun und warte. Mir ist ganz schön langweilig ohne Paula, aber ich muss die Sache mit Jonas alleine klären. Paula würde womöglich wieder nur albern kichern. Darauf habe ich echt keine Lust.

Überrascht entdecke ich Jules Kater Chili. Er döst im Liegestuhl, der auf der Pfeffer-Veranda steht. Das gibt bestimmt so richtig Zoff. Der plötzliche Hundefreund Sebastian Pfeffer ist nämlich höchst allergisch gegen Katzenhaare.

Im gleichen Moment biegt sein Transporter hupend in unsere Straße ein und hält direkt vor mir. Herr Schiller fliegt krächzend hoch und landet mitten auf Jonas' Kopf. Seit unserem gemeinsamen Auftritt können sich die beiden echt gut leiden. Jonas ist irgendwie blass um die Nase, aber Lukas springt total aufgekratzt umher.

„Das war so cool!", brüllt er. „Die Geisterbahn war so cool. Ich will morgen sofort wieder dorthin. Papa bitte, bitte, bitte!" Er kichert. „Jonas hatte voll Angst vor einem Gorilla, sodass ihm richtig schlecht wurde und er keine Waffeln mit Eis essen konnte. Dabei war der gar nicht echt."

Ich habe sofort Mitleid. Deshalb ist Jonas so blass. Lukas ist manchmal ein richtiges Biest wie meine Schwester Jule. Die beiden sind sich sowieso sehr ähnlich.

„Was war denn los?", frage ich in Jonas' Richtung.

Aber er schüttelt nur den Kopf und deutet unauffällig in den Garten. Dort bei den Kaninchen treffen wir uns immer, wenn wir was Geheimes besprechen wollen. Das passt mir prima in den Kram. Dann kann

ich meine eigenen Sorgen auch sofort loswerden. Das Warten hat sich also gelohnt!

„Ist deine Mutter in der Praxis, Maxie?“, fragt mich Herr Pfeffer plötzlich. „Ich wollte noch etwas Wichtiges mit ihr besprechen.“ Ohne auf meine Antwort zu warten, sagt er: „Ich schaue mal schnell hinein zu ihr.“

Sofort klingeln bei mir sämtliche Alarmglocken. Ich kann mich nicht erinnern, dass sich Sebastian Pfeffer bis jetzt in Mamas Praxis gewagt hätte. Zu viele unberechenbare wilde Tiere, hat er mal gesagt. Und jetzt spaziert er einfach so hinein? Hallo! Welche Gehirnwäsche hat der denn hinter sich? Ich schaue prüfend in sein Gesicht.

„Ich will sie auch nicht lange stören“, sagt er. „Sie ist einfach die tollste Tierärztin, die ich kenne. Immer im Einsatz, rund um die Uhr. Das ist wirklich bewundernswert.“

Oh, oh. Mir wird ein wenig übel. Seine Augen strahlen vor Begeisterung, als er über Mama spricht. So ähnlich hat doch auch der Bürgermeister immer geguckt. Aber der hielt meistens noch einen dicken Strauß roter Rosen vor sein Grinsegesicht.

Sebastian Pfeffer rennt los, als könnte er es gar nicht erwarten, von den vielen Hunden, Katzen und

Meerschweinchen begrüßt zu werden, die sich in der Regel in der Praxis meiner Mutter tummeln.

„Also bis gleich!“, flüstere ich Jonas zu. Erst einmal müssen wir ja noch Lukas wegschicken, damit er uns nicht heimlich belauscht.

Aber der ist schon im Abflug, ganz und gar freiwillig. „Ich gehe inzwischen rüber zu Jule und erzähle ihr, was wir alles auf dem Rummel erlebt haben“, ruft er und galoppiert los.

Perfekt. Die Luft ist rein. Jonas und ich machen uns jeder getrennt auf den Weg zu unserem geheimen Ort. Wie sagte meine Oma immer? Vorsicht ist die Mutter der Porzellankiste. Was wohl so was Ähnliches heißt wie: sicher ist sicher!

Sicher ist ein gutes Stichwort. Ich drehe mich vorsichtshalber noch einmal um, um zu kontrollieren, ob Sebastian Pfeffer auch wirklich in Mamas Praxis verschwindet.

Was macht er denn da? Mir fallen fast die Augen aus dem Kopf. Er holt tatsächlich einen Kamm (!) aus seiner Hosentasche und kämmt sich seine zerstrubbelten Haare, bevor er hineingeht.

Punkt eins: Ich kenne (oder besser: kannte bisher) keinen Lehrer, der einen Kamm in seiner Jeans hat. Unser Direktor hat immer Kreidestücke hinten in der Hosentasche. Manchmal vergisst er, sie herauszunehmen, bevor er sich setzt, und dann knirscht es unter ihm auf die ulkigste Weise und er hat anschließend einen weißen Po, was wirklich zum Kaputtlachen ist. Unsere Englischlehrerin, die tatsächlich aus Schottland kommt, hat immer Pfefferminz-Putties in ihrer Jackentasche. Das sind so flache hellrosa Minzblättchen. Ist dort irgendwie Nationalnahrung. Eines davon klebte mal in meinem Englischhefter, nachdem sie eine Arbeit korrigiert hatte, und ich musste die Seiten mit einer Bastelschere aufschneiden.

Aber ein Kamm? Die einzige Erklärung wäre, dass Herr Pfeffer manchmal darauf musiziert. Papa hat mir das mal gezeigt. Mit einem feinen Kamm und Frischhaltefolie, die man darüberlegt. Leider befürchte ich, dass Sebastian Pfeffer den Kamm wirklich für seine Haare hat.

Punkt zwei finde ich noch viel beunruhigender: Warum bitte kämmt sich Sebastian Pfeffer, bevor er zu Mama in die Praxis geht?

Daraus entsteht direkt Punkt drei: Will er vielleicht besonders gut aussehen, wenn er unsere Mutter trifft?

Das wäre wirklich ein Ding. Und würde Punkt vier eine Vermutung nahelegen, wegen der ich mich mit Paula gerade ziemlich doll gestritten habe. Nämlich, dass er Mama beeindrucken will, weil er sie mehr als nur „nett" findet.

Ich merke, wie mein Kopf von dem vielen Herumdenken ganz heiß wird. Habe ich Grund, mir Sorgen zu machen, oder bin ich einfach nur hysterisch, weil ich über einen Kamm in Herrn Pfeffers Jeans nachgrüble?

Ein Kamm ist schließlich dafür da, dass man sich

kämmt. Und wahrscheinlich ist Sebastian einfach nur eitel. Vielleicht kämmt er sich auch, bevor er zum Blutspenden geht oder sich eine Zeitung bei der alten Frau Weber am Kiosk kauft. Und die ist schon über siebzig. Bestimmt hat Mama Pfeffer ihrem kleinen Sebastian einfach beigebracht, dass man die Haare ordentlich kämmen muss, wenn man zu fremden Leuten geht, und damit basta.

Ich atme erleichtert durch. Paula hat mir mit ihrer doofen Vermutung einen richtigen Floh ins Ohr gesetzt, merke ich gerade. Ganz schön albern von mir. Herr Pfeffer und unsere Mutter würden schließlich niemals auf die Idee kommen, sich zu verabreden oder was man sonst so tut, wenn man sich mag.

Vermutlich braucht er nur dringend Pflaster oder er hat mal wieder irgendwo einen allergischen Pickel und will sich von Mama Salbe auftragen lassen, damit er nicht daran stirbt.

Ich höre einen lauten Pfiff aus dem Garten und sehe gleich darauf Jonas hinter dem Kaninchenstall auftauchen. Er winkt mir ungeduldig.

Ist ja gut, ich komme sofort. Ich laufe ganz schnell los und versuche dabei, meine ulkigen Gedanken abzuschütteln, wie Hunde das machen, wenn sie durch den Regen gelaufen sind. Es klappt ausgezeichnet.

Als ich bei Jonas ankomme, ist meine finstere Stimmung beinah verschwunden.

„Was ist denn los?“, frage ich neugierig.

„Ich dachte schon, du willst auf der Straße Wurzeln schlagen“, sagt Jonas gereizt. Anscheinend ist sein Ausflug in den Vergnügungspark nicht ganz so lustig gewesen, wie ich dachte.

„Ich musste noch kurz über etwas nachdenken. Das ist doch wohl nicht verboten, oder?“, antworte ich schnippisch. Und weil ich heute meinen bissigen Tag habe, fahre ich fort: „Wieso bist du eigentlich so kreidebleich? Haben dir die Gespenster in der Geisterbahn so zugesetzt oder dein Vater?“

Sogleich hasse ich mich für diesen Spruch. Ich hatte mir doch vorgenommen, meinen Mund zu halten, wenn es um Jonas und seinen Vater geht. Die beiden sind sich einfach nicht grün, und darunter leidet Jonas ziemlich. Auch wenn er das selten zugibt.

Zum Glück geht er nicht auf mein Gestichel ein, denn es sitzt ihm eine ganz andere Laus quer. „Ich glaube, mein Vater hat eine heimliche Freundin!“, sagt er düster.

Mir rutscht ein „Super!“ heraus, bevor ich es verhindern kann. Aber ich bin ja so was von erleichtert. Ich wusste doch sofort, dass Paula sich geirrt hat.

Danke, danke, danke, lieber Himmel. Auf so einen Stress hätte ich echt keine Lust gehabt.

Aber jetzt muss ich das mit Jonas erst mal wieder geradebiegen. Ich kann mir wirklich vorstellen, wie er sich fühlt. So, wie ich mir die letzten zweieinhalb Stunden den Kopf zermartert habe.

„Ähhh“, stottere ich los. „Ich meinte natürlich nicht *super,* sondern *superbescheuert*. Hatte mich nur vor Schreck an meiner eigenen Spucke verschluckt. Wie kommst du denn darauf?“ Ich mache es mir auf dem Gras gemütlich, um mir die ganze schreckliche Story anzuhören. Armer Jonas. Ich möchte jetzt wirklich nicht in seiner Haut stecken.

„Die Geisterbahnrutsche war eigentlich richtig lustig“, beginnt er. „Papa und ich haben Luki in die Mitte genommen und dann sind wir in so einer Art Badewannen-Boot durch die düsteren Gänge gesaust. Vorher hatte ich mich allerdings schon gewundert, weil Papa sein Handy mitgenommen hat und die ganze Zeit telefonierte. Normalerweise hat er das Handy nie an oder es ist nicht aufgeladen oder er hat sein Stromkabel verloren …“ Er macht eine Pause und schaut mich erwartungsvoll an.

„Ja und weiter? Mit wem hat er telefoniert? Hast du was verstanden? Was hat er gesagt? Hört sich erst

mal eher harmlos an. Hast du sonst noch Beweise?"
Ich komme mir vor wie Sherlock Holmes mit einem begriffsstutzigen Dr. Watson an meiner Seite.

Jonas zuckt mit den Achseln. „Weiß nicht, wer dran war, er hat ja immer die Hand vor das Telefon gehalten oder sich weggedreht."

Ich runzle die Stirn. Das finde ich jetzt auch ein wenig merkwürdig.

„... und dann ist Lukas ausgerechnet in einer krassen Kurve über mich drübergeklettert, um nach so einem blöden Skelett zu greifen. Da bin ich gegen Papa gerumst und ihm ist das Handy aus dem Hemd gerutscht und in hohem Bogen in so grünes Schleimwasser gefallen." Er schüttelt sich bei der Erinnerung.

„Ihhhhhh!" Das ist ja wirklich eklig. „Und was ist dann passiert?"

Jonas holt tief Luft. „Und dann ist er total wütend geworden, du glaubst es nicht. Er sagte, er warte auf einen ganz dringenden Rückruf und brauche das Telefon und dann wollte er, dass *ich* ins Wasser springe, weil ich beim Rettungsschwimmer zehn Ringe hintereinander rausgeholt habe, während er kein Wasser in den Ohren verträgt. Aber meine Schwimmprüfung war ja im Hallenbad-Chlorwasser und nicht in grünem Spuckschleim."

Mir fehlen die Worte. Das ist mal wieder typisch Sebastian Pfeffer. Selbst das totale Weichei, aber so etwas vom eigenen Sohn fordern. Ein Glück ist er nicht in meine Mutter verliebt.

„... und dann weiter?“, drängle ich.

„Dann habe ich gesagt, ich bin ja nicht bekloppt, das Handy ist eh älter als der Dinosaurus Rex, und dann haben wir uns furchtbar gestritten, bis Luki anfing zu weinen. Zum Schluss hat Papa einem Skelett, das in der Geisterbahn herumschwirrte, 20 Euro gegeben, damit es das Handy sucht, und mit einem Schmetterlingsnetz hat es dann auch geklappt. Luki und ich sind alleine weitergerutscht und Papa hat bei dem Losbuden-Menschen für weitere 20 Euro einen Reiseföhn gekauft, der eigentlich ein Gewinn war, und das Handy trocken geföhnt. Hat aber nicht funktioniert. Es ist nämlich innen voller Schleim.“

Ich weiß gar nicht, was ich sagen soll. Das hört sich nach einem totalen Horrorausflug an, mit und ohne Geisterbahn. Aber dann fällt mir doch noch etwas Positives ein. „Aber weißt du, was super daran ist?“, frage ich Jonas und versuche, begeistert zu gucken. „Jetzt hat dein Vater kein Handy mehr und kann nicht mehr telefonieren. Wenn er wirklich eine heimliche Freundin hat und die dringend zurückrufen wollte, dann ist sie jetzt bestimmt furchtbar sauer und macht Sebastian Stress."

Jonas schüttelt düster den Kopf. „Nee, es kommt nämlich noch schlimmer. Papa hat mir erst mal *mein* Handy abgenommen, bis er sich ein neues kauft. Denn seine SIM-Karte funktionierte noch, nachdem er sie geföhnt hatte. Als Erstes hat er in der Blauen Lagune angerufen. Das ist doch dieses italienische Lokal mit der tollen Pizza. Da hat er für heute Abend um sieben Uhr einen Tisch für zwei Personen bestellt! Danach war er direkt wieder gut gelaunt, aber ich gar nicht." Seine Stimme zittert, als wollte er gleich anfangen zu weinen.

Ich reiße empört ein riesiges Büschel Gras aus der Wiese. „Boah, wie fies und hinterhältig und gemein und niederträchtig und überhaupt!" Ich habe wirklich gedacht, dass sich Jonas' Vater gebessert hätte. Aber Pustekuchen. Er ist noch genauso doof wie vorher. Wie konnte ich mich nur so täuschen lassen?

„Das tut mir echt so leid, Jonas", sage ich. Ich würde ihn jetzt am liebsten in den Arm nehmen und knuddeln, aber bei Jungs ist das ja immer ein wenig komisch, ich weiß auch nicht, warum. „Was willst du denn jetzt machen?"

Jonas zuckt mit den Achseln. „Keine Ahnung. Erst

mal brauche ich ein Handy, denn wenn Mama mich aus Amerika anruft, erreicht sie mich ja gar nicht.“

Ehrlich gesagt bezweifle ich, dass Jonas’ Mutter sich bei ihm meldet. Die ist nämlich genauso schwierig wie Sebastian Pfeffer. Seit sie in Amerika arbeitet und einen neuen Freund hat, ist sie immer sehr beschäftigt.

Ich weiß echt nicht, warum Erwachsene solche Schwierigkeiten haben, mehrere Sachen gleichzeitig zu machen. Wir Kinder müssen ja auch alles unter einen Hut kriegen: zur Schule gehen, Hausaufgaben machen, Haustiere versorgen, die Eltern bei Laune halten, sich mit Freunden treffen …

Aber anscheinend klappt das alles nicht mehr so gut, wenn man älter wird. Das sind ja keine schönen Aussichten!

„Ich frage mal Kassi, ob sie dir so lange ihres leihen kann“, sage ich, obwohl ich nicht viel Hoffnung habe. Meine Schwester benutzt ihr Handy zwar nie, sie rückt jedoch selten Sachen raus, die ihr gehören. Aber vielleicht macht sie bei Jonas ja eine Ausnahme. Wichtig ist, dass man gute Argumente findet, die sie überzeugen.

Ich kann es kaum aushalten zu sehen, dass Jonas den Kopf so hängen lässt. „Am besten, wir fragen

Kassi gleich jetzt", entscheide ich spontan. Wenn Kassia Jonas in diesem bedröppelten Zustand sieht, hat sie vielleicht Mitleid mit ihm. Außerdem kann ich dann Paula gleich unter die Nase reiben, dass sie sich mit ihrem Liebesverdacht getäuscht hat.

„Wir müssen unbedingt rauskriegen, mit wem dein Vater essen geht, dann wissen wir mehr", sage ich.

Jonas nickt traurig. „Eigentlich ist es mir egal. Ich hasse meine Stiefmutter jetzt schon."

Warum lassen sich Jungen immer so gehen, wenn mal etwas nicht so gut läuft? „Totaler Quatsch", sage ich streng. „Essen gehen heißt noch lange nicht heiraten. Vielleicht küsst er sie und dann hat sie Mundgeruch oder er merkt, dass sie ihre Kaugummis überallhin klebt oder den Teller abschleckt … Keine Ahnung. Jedenfalls: So weit ist es noch lange nicht."

Wir rennen los.

Gerade als wir bei unserem Haus ankommen, geht die Praxistür auf und Sebastian Pfeffer kommt heraus. Ich hatte bereits ganz vergessen, dass er zu Mama in die Praxis wollte. Er pfeift gut gelaunt vor sich hin.

„Na, mein Sohn", sagt er und wuschelt Jonas durch das Haar.

Zufällig weiß ich, dass Jonas das überhaupt nicht leiden kann. Aber es kommt noch besser.

„Maxie, hat Jonas dir erzählt, dass er heute unbedingt in einer grünen Schleimsuppe baden wollte? Ich musste ihn direkt anflehen, nicht hineinzuspringen." Er lacht wie irre los.

Ich schaue Sebastian so wütend an, wie ich nur kann. Er soll wirklich fühlen können, dass ich ihn gerade vor Wut zu winzigen Konfetti zerreißen könnte. Zufrieden bemerke ich, dass Jonas noch böser guckt als ich. Das kann er nämlich supergut.

„Ja, ja, ich weiß schon. Der alte Vater nervt wieder mal!", sagt er belustigt.

Wie kann jemand, der so unglaublich stresst, so unverschämt gut gelaunt sein?

„Aber heute habt ihr alle sturmfreie Bude und könnt euch von euren Eltern erholen", fährt Sebastian Pfeffer fort. „Klementine und ich gehen aus und ziehen den ganzen Abend über unsere Kinder her. Was haltet ihr davon?"

Schlagartig habe ich das Gefühl, dass die ganze Welt ein Kettenkarussell ist. Oder warum dreht sich alles um mich herum? „Waaaaas?", rufe ich. „Das darf jetzt echt nicht wahr sein. Ihr beide geht zusammen weg? Warum das denn?" Ich schreie den letzten Satz so laut heraus, dass er bestimmt im letzten Winkel unseres Hauses zu hören ist.

Jonas und ich schauen uns entsetzt an und ich lese in seinen Augen, was ich gerade auch denke.

„Ja, stell dir mal vor." Meine Mutter ist unbemerkt aufgetaucht und lacht mich an. „Ich hab nämlich auch mal frei und darf weggehen. Ich bin nämlich schon groß. Und ihr dürft euch dafür ausnahmsweise Pizza nach Hause bestellen. Ist das nicht ein super Deal?"

Direkt nach der Hiobsbotschaft, dass Mama und Sebastian Pfeffer zusammen ausgehen, habe ich Jonas in Kassias Dachkammer gezerrt. Diese unerwartete Wendung müssen wir unbedingt gemeinsam besprechen.

Paula lümmelt mit so einem triumphierenden Gesicht neben Jule auf dem Matratzenlager herum, dass ich es gar nicht aushalte, zu ihr hinzuschauen. Ich frage mich, was es ausgerechnet jetzt zu grinsen gibt.

„Dein Vater macht wirklich nur Schwierigkeiten. Jetzt lass dir was einfallen, wie du das wieder in Ordnung bringst", brülle ich völlig unkontrolliert in Jonas' bleiches Gesicht. Schlagartig schießt mir durch den Kopf, dass das Gespenst in der Geisterbahn der perfekte Ferienjob für ihn wäre.

„Sag mal, spinnst du?", brüllt Jonas in derselben Lautstärke zurück. „Was hab ich damit zu tun?"

Tut der Junge nur so oder ist er tatsächlich so schwer von Begriff?

„Dein Vater macht sich an meine Mutter ran“, erkläre ich ihm betont langsam, als wäre er ein Kindergartenkind mit langer Leitung. „Also musst du ihn wieder zur Vernunft bringen. Kinder sind nämlich genauso für ihre Eltern verantwortlich wie umgekehrt.“ Ich gebe zu, das ist eine waghalsige These. Aber ich muss Jonas unbedingt dazu bringen, dass er etwas unternimmt. Es hat ja schon einmal geklappt, mit den Käfern und so. Na, wenigstens beinahe.

„Nimm das sofort zurück, Maxie“, sagt Jonas mit vor Wut heiserer Stimme. „Wer rennt uns denn ständig die Tür ein und quatscht meinem Vater eine Tasche ans Ohr? *Deine* Mutter. Und heute hat sie sogar euren Gasthund auf ihn gehetzt, um ihn anschließend retten zu können. Ganz schön raffiniert.“ Er zeigt auf Daisy. „Sie konnte ja nicht ahnen, dass Papa Hunde plötzlich gerne hat.“ Es hat sich ausgegeistert. Jonas ist so krebsrot im Gesicht, als hätte er hundert Stunden nonstop in der prallen Sonne gelegen.

Ich bin einen Moment lang sprachlos. Was fantasiert sich dieser Junge, von dem ich dachte, dass er mein Freund ist, denn da für einen Schwachsinn zusammen?

„Haha!“, höhne ich dann. „Und dein Vater hat, als ihr eingezogen seid, sogar mit Absicht unsere Gartenmauer umgefahren, um mit meiner Mutter anzubändeln. Was macht er denn als Nächstes? Das ganze Dach abdecken und mit den Dachziegeln jonglieren, damit sie ihn endlich beachtet?“

Paula fängt an zu lachen. „Ihr seid ja so was von cool. Das ist besser als Kino, was ihr da abzieht!“

Das denkt Kassia wohl auch. „Piano, Freunde, piano“, sagt sie so gelassen, als wäre sie mindestens doppelt so alt wie Methusalem. Sie kommt auf uns zu und hält ihre Hände wie ein Heiler über unsere Köpfe. „Nur gemeinsam sind wir stark. Also begrabt euer Kriegsbeil und nehmt euch versöhnend in die Arme. Denn was wir jetzt brauchen, ist ein wirklich guter Plan, um das drohende Unheil von uns allen abzuwenden.“

Jonas und ich verstummen augenblicklich und starren meine Schwester wahrscheinlich mit exakt demselben belämmerten Ausdruck an. Jedenfalls fühlt sich mein Gesicht so an wie Jonas’ aussieht.

Ojemine, denke ich und mir wird ganz schwindlig vor Schreck. Nun ist meine eigene Schwester wahnsinnig geworden. Denn welche normale Elfjährige redet so einen Quark daher?

Jonas fängt sich als Erster und er stellt ihr ziemlich unverfroren die Frage, die mir brennend auf der

Kassias
höchst persönliches
Sternentagebuch
NUMMER 12
Reach
for the

Zunge liegt. „Öhm, Kassi. Alles in Ordnung bei dir da oben?“ Er tippt sich mit dem Zeigefinger an die Stirn. „Bist du jetzt bei einer Sekte oder was soll das Gefasel? Und damit eines klar ist: Ich würde mir eher in meinen großen Zeh beißen, als diese Giftnudel in den Arm zu nehmen.“ Dabei zeigt er auf mich.

Bevor ich empört zurückmeckern kann, hebt Kassia wie ein Verkehrspolizist den rechten Arm und befiehlt: „Stopp. Sag nichts, Maxie. Denk erst mal nach.“

Ich bin so verblüfft über ihren strengen Ton, dass ich wirklich den Mund halte. Und tatsächlich beginnt es in meinem Gehirn wie verrückt zu arbeiten. Alle meine Überlegungen führen zu demselben Ergebnis.

Wie von Geisterhand geführt, bewege ich mich auf Jonas zu und sage: „Okay, Pfeffernase. Also Waffenstillstand. Jedenfalls bis wir diese Sache wieder unter Kontrolle haben.“

Jonas guckt mich verblüfft an. Er verzieht den Mund beinahe zu einem Lächeln, aber das verkneift er sich dann doch im allerletzten Augenblick. „Einverstanden.“ Er nimmt meine Hand und quetscht meine Finger fast taub.

Seine Hand ist pitschnass und klebrig. Das kommt bestimmt von dem Stress, den er schon den ganzen

Tag hat. Bei mir ist das immer so, wenn wir eine Deutscharbeit schreiben. Für eine Tausendstelsekunde tut mir Jonas richtig leid. Ich finde, er hat gerade eine echte Pechsträhne. Erst trennen sich seine Eltern, dann taucht seine Mutter zu ihrem neuen Freund nach Amerika ab wie ein Kaninchen in einen Zauberhut, und kaum hat er sich erholt, riecht es schon wieder nach neuem Ärger, diesmal mit seinem Vater. Nicht einmal die Ferien kann er in Ruhe genießen, ohne dass seine Eltern Stress machen.

„Prima", sagt Kassia. „Geht doch." Diese Bemerkung kann sie sich nicht verkneifen. Ihre Augen blitzen triumphierend, aber ich bin zu erschöpft von der ganzen Aufregung, um schon wieder zu streiten.

Sie holt ein dickes schwarzes Heft hervor – davon hat sie unzählige, die sie als Sternentagebücher benutzt – und schlägt es auf. „Also, zuerst müssen wir Beweise zusammentragen, die unseren Verdacht erhärten." Sie schaut mich durchdringend an. „Gibt es überhaupt welche?"

Plötzlich muss ich seufzen, und in meinem Hals spüre ich einen dicken Kloß. Ich gucke in die Luft, Kassia soll mich nicht für die totale Heulsuse halten. Schließlich bin ich ihre große Schwester und genau ein Jahr älter. Aber dann entdecke ich ausgerechnet ein Foto von unserem Papa, das Kassia an ihr Teleskop geklebt hat.

„Es gibt jede Menge Beweise“, schluchze ich auf und erzähle die Geschichte mit dem Kamm von eben.

Kassia schreibt alles gewissenhaft auf und runzelt dabei besorgt die Stirn.

„Oh Mann!“, mischt sich Paula ein. „Das ist ja übel. Tut mir wirklich leid, Maxie.“ Sie schaut Jonas misstrauisch an. „Und dir ist wirklich nie was an deinem Vater aufgefallen?“

Jonas schüttelt heftig den Kopf.

„Wieso ist es denn so schlimm, dass sich Herr Pfeffer die Haare kämmt?“, fragt Jule neugierig. „Ich habe auch eine Bürste in meiner Schultasche, die mit dem süßen Pony drauf, die mir Mama zu Weihnachten geschenkt hat. Und manche Mädchen in meiner Klasse bürsten ihre Haare sogar mitten im Unterricht. Dann schimpft unsere Lehrerin aber immer.“

Kassia verdreht die Augen. „Aber Herr Pfeffer ist ja kein Mädchen und so viele Haare hat er auch nicht auf dem Kopf, dass er sich kämmen müsste, bevor er mit Mama spricht. Rede nicht dazwischen, wenn du nichts zu sagen hast, was uns weiterhilft.“

Jule zieht ein finsteres Gesicht. „Ich hab wohl was zu sagen, was weiterhilft. Warum fragt ihr Mama oder Herrn Pfeffer nicht einfach, ob sie ineinander verliebt sind? Ich kann das machen, ich trau mich." Sie springt auf und rennt zur Treppe.

„Bist du von allen guten Geistern verlassen?", schreie ich laut. Ich schnappe sie mir und halte sie eisern fest.

Jule tritt mir wütend gegen das Schienbein.

„Autsch!" Ich sehe mindestens so viele Sterne wie Kassia durch ihr Teleskop, aber ich lasse Jule einfach nicht los.

Sie hackt ihre spitzen Zähne so wild entschlossen in meinen Unterarm, dass mir ganz schummrig wird.

„Jule, lass den Babykram und hör mir mal ganz genau zu", greift Jonas ein und schnappt sie sich wie ein Bündel. „Super, dass du mithelfen willst. Ganz ehrlich", sagt er mit einer fremden Rattenfänger-Stimme.

Ich schaue ihn überrascht an. Ich hatte wirklich keine Ahnung, dass der Pfefferjunge so Süßholz raspeln kann.

„Aber bevor du dich mit Maxie weiterstreitest: Wie alt bis du genau?"

Jule reagiert genauso verdutzt auf seine sanften Töne wie ich. Deshalb vergisst sie offenbar für einen Moment, dass sie auf Krawall gebürstet ist. „Neun

Jahre“, antwortet sie und reckt ihren Hals. „Aber bald zehn.“

Jonas nickt zustimmend. „Genau, meine Süße. Aber erst mal bist du noch neun und ich und deine Geschwister sind ganz schön viel älter. Deshalb kennen wir die Erwachsenen auch schon länger und unsere Eltern sowieso. Besonders als meine Eltern sich scheiden ließen, habe ich einiges Neues gelernt. Mein Vater zum Beispiel versteht einfach immer alles falsch, was ich sage, und ist dann gleich auf zweihundert. Den kann man nicht einfach fragen: Papa, bist du in Frau Buntschuh verliebt? Da geht der höchstens hoch wie eine Rakete und verpasst mir zwei Jahre Hausarrest.“

Jule zieht eine nachdenkliche Schnute. „Auch nicht, wenn ich ihn frage?“

Jonas schüttelt den Kopf. „Zwei Jahre Klavierspielverbot“, antwortet er.

Jule reißt erschrocken die Augen auf. „Wie gemein“, flüstert sie. „Und wenn ich meine Mama frage, ob er in sie verliebt ist?“

Jonas schaut mich herausfordernd an.

„Mindestens drei Jahre Mäusestall ausmisten“, ergänze ich eilig.

Jule seufzt tief. „Und das alles nur wegen einem

doofen Kamm“, grübelt sie. „Das kapier ich nicht. Dabei könnte er doch antworten: Nein, Jule, ich bin nicht in deine Mama verliebt. Mir hat nur der Kopf gejuckt und deshalb habe ich mich schnell noch gekämmt.“ Sie schaut Jonas offen an. „Ganz ehrlich: Ich will lieber nicht erwachsen werden, das hört sich alles sehr doof an. Nicht mal bürsten kann man sich dann mehr einfach so.“ Sie schnappt sich eine herumliegende Bürste und beginnt, ihre Haare zu bearbeiten. Das hört sich ein wenig an wie Pferde striegeln.

„Du brauchst deshalb nicht traurig zu sein, Jule“, sagt Jonas tröstend. „Noch bist du ja klein. Und wenn du groß bist, macht es dir nichts mehr aus. Papa sagt oft zu mir, wenn er so alt wäre wie ich, würde er verrückt werden. Die Erwachsenen vergessen ratzfatz, wie es so als Kind war. Sonst würden sie tatsächlich verrückt werden. Kapiert?“

Ich starre Jonas mit offenem Mund an. Was er da sagt, hört sich schon fast genau so an wie die Weisheiten, die Kassia absondert, wenn sie ihre philosophische Phase hat. Hoffentlich geht das bei Jonas jetzt nicht auch so los. Dann werde nämlich *ich* verrückt. Eine Besserwisserin als Schwester ist schon hammerhart. Aber dazu noch ein bester Besserwisser-Kumpel ist mir eindeutig zu anstrengend.

„Okay“, sage ich hastig. „Das wäre also geklärt. Und wie geht es weiter?“

Für einen Moment herrscht tiefes Schweigen.

Jule hat sich einen Kissenzipfel geschnappt und nuckelt daran wie ein Baby. Vermutlich versucht sie, das Älterwerden damit noch ein kleines Bisschen hinauszuzögern. Kassia runzelt ihre Stirn so sehr, dass ich Angst bekomme, ihre Augenbrauen könnten stecken bleiben, und Paula betrachtet uns so neugierig wie Tiere im Zoo.

„Wie gesagt“, sagt Jonas und räuspert sich unsicher. „Erst einmal alles sammeln. Mit Käfern, Spinnen und Wüstenspringmäusen kommen wir hier nicht weiter. Solche Attacken würden die beiden vermutlich noch mehr zusammenschweißen.“

Kassia malt kleine Herzen zwischen ihre Notizen.

„Ich lese ja supergerne Detektivromane“, beginnt Paula und guckt Jonas dabei an.

„Ich mag am liebsten Ponybücher!“, ruft Jule begeistert. „Soll ich dir eines leihen? Die gefallen dir bestimmt auch.“

Paula grinst. „Nee, danke, Jule. Ich wollte eigentlich was anderes damit sagen. In den Detektivbüchern werden ja immer Verdächtige ausgekundschaftet und ihre Spuren verfolgt. Das heißt, die Detektive heften sich an ihre Fersen, beobachten sie auf Schritt und Tritt und machen Fotos und Notizen. Na, eben alles, was zum Auspionieren so dazugehört. Und wenn sie dann genug Beweismaterial haben, setzen sie sich zusammen und überlegen, wie es weitergehen soll. Das könnten wir doch mit euren Eltern auch machen, oder?"

Ich starre meine beste Freundin überrascht an. Das ist einfach eine Spitzenidee.

Auch Jonas hebt den Daumen. „1A, Paula", sagt er. Seine Stimme hört sich dankbar an. „Du bist echt superschlau. Wenn wir dich nicht hätten ..." Er lächelt sie an.

Selbst Kassia nickt zustimmend. Und das will etwas heißen.

Paula wird vor Stolz ein wenig rot. „Nicht so wild. Freunde müssen sich doch helfen", sagt sie ein bisschen zu eifrig für meinen Geschmack. „Findest du meine Idee auch gut, Maxie?" Sie schaut mich fast bittend an.

„Na klar. Ich bin doch nicht doof. Dein Vorschlag ist der beste, den wir bis jetzt hatten."

Jule klatscht begeistert in die Hände. „Au ja, ich

mache auch mit. Ich habe mal einen Film gesehen, da haben sich die Kinderdetektive so einen Bart angeklebt und eine Sonnenbrille aufgesetzt, damit man sie nicht erkennt. So könnten wir uns doch auch verkleiden, oder?"

Kassia verdreht die Augen. „Nee, auf gar keinen Fall. Dann fliegen wir gleich auf. Es ist doch nicht Fasching. Das Beobachten und Hinterherschnüffeln überlass mal besser uns Großen. Du kannst auf Lukas aufpassen, damit der nicht alles verpatzt."

Ach herrje, Lukas! An Jonas' kleinen Bruder hat außer Kassia niemand gedacht. Er behält einfach kein Geheimnis für sich und ist ein richtiges Papakind. Wir können ihn auf keinen Fall in unseren geheimen Plan einweihen, im Gegenteil.

„Aber immer auf Lukas achtgeben ist langweilig", nörgelt Jule. „Ich will auch mal schnüffeln."

Meine kleine Schwester hat natürlich Recht. Sie ist um Lichtjahre schlauer als Lukas, der sich meistens wie ein Baby aufführt.

„Klar, meine Süße!", lenke ich ein. „Aber wenn ihr ab und zu gemeinsam mit Eddy ausreiten könntet, wäre das einfach toll von dir! Das gehört nämlich auch zu einem guten Detektiv – die Feinde auf die falsche Fährte führen."

Jule guckt überrascht. „Ist Lukas jetzt unser Feind? Warum denn?“

Wieso fragen kleine Schwestern einem ständig Löcher in den Bauch? Ich bin plötzlich ganz k.o.

„Das ist nur so eine Redewendung, Jule“, mischt sich Paula ein. „Detektivsprache. Verstehst du? Wichtig ist, dass Lukas unser Geheimnis nicht mitkriegt, weil er eine Plappertasche ist. Kapiert?“

Jule nickt eifrig. „Na klar. Ich bin doch nicht blöd. Er hat unserer Lehrerin ja auch verraten, dass wir für ihren Geburtstag ein Lied gedichtet haben. Das war echt doof.“

Kassia nickt ungeduldig. „Dann ist ja alles klar. Unser erster Einsatz startet nämlich bereits heute Abend.“ Sie schaut bedeutungsvoll in die Runde. „Verdächtige Personen: Klementine Buntschuh und Sebastian Pfeffer. Tatvorwurf: Liebe. Tarnung: Pizzaessen. Tatort: Blaue Lagune.“

Meine Schwester Kassia hat wirklich Grips. Egal wie nervig sie manchmal ist – niemand sonst kann die Tatsachen so präzise auf den Punkt bringen wie sie.

„Klingt schlimm“, sage ich atemlos.

„Aber es ist wahr“, sagt Jonas grimmig. Man sieht ihm richtig an, wie sauer er auf seinen Vater ist. Dabei hatten die beiden sich gerade erst versöhnt.

„Und was meinst du mit Einsatz?“, fragt Paula gespannt.

„Maxie und Jonas werden sie heute Abend in der Pizzeria beobachten und alles Verdächtige aufschreiben“, erklärt Kassia. „Paula, Jule und ich bleiben hier auf meinem Dachboden und halten die Verbindung mit den Detektiven vor Ort.“

„Und was ist mit Lukas?“, fragt Jule.

Kassia nickt zufrieden. „Vorbildlich mitgedacht, Schwesterherz. Um den kümmerst du dich. Macht doch eine Stall-Übernachtungsparty bei Eddy oder so. Damit er uns nicht gleich beim ersten Einsatz auffliegen lässt.“

Eine Weile später gehe ich mit Jule hinüber ins Pfefferhaus.

Lukas lümmelt gelangweilt auf dem großen Sofa im Wohnzimmer herum und guckt eine Tiersendung. „Bei Eddy übernachten? Auf Stroh und so weiter?" Er ist gleich Feuer und Flamme und rast sofort los, um seinen Rucksack zu packen.

„Musst du nicht erst deinen Vater um Erlaubnis fragen?", rufe ich ihm hinterher.

Wie schon gesagt: Herr Pfeffer ist von Tieren nicht so begeistert wie seine Kinder. Er lebt in ständiger Angst, dass seine Jungs von Flöhen oder süßen kleinen Mäusen angefallen und aufgefressen werden. Oder dass sie sich mit einer tödlichen Krankheit anstecken.

„Ich mach das mit Herrn Pfeffer schon", ergreift Jule die Initiative. „Mich kann er gut leiden."

Damit hat Jule Recht. Sie bekommt seit Kurzem sogar Klavierunterricht von Herrn Pfeffer. Ich würde meine Ferien ja nie im Leben freiwillig bei einem Lehrer verbringen. Aber Jule ist das ganz egal. Sie gibt mir zu verstehen, dass sie mit Sebastian alleine sprechen will. Ich darf draußen vor der Tür warten.

Die Tür zu Sebastian Pfeffers Zimmer steht weit offen. Er sitzt pfeifend über ein Notenblatt gebeugt und kritzelt schwarze Krähenfüße auf Papier. Ähm, ich meine natürlich, er schreibt Notenköpfe.

Er komponiert also, kombiniere ich. Ich kann mein neues Leben als Detektivin ja schon mal antesten. Also: Er komponiert und er ist gut gelaunt. Deshalb fällt ihm etwas ein. Sein Bleistift fliegt nur so über das Papier.

Halt! Das ist nur *eine* mögliche These. Die andere geht so: Herr Pfeffer komponiert und *weil* ihm etwas einfällt, ist er gut gelaunt. Gar nicht so einfach, alle Indizien richtig miteinander zu verknüpfen.

Wenn ich es recht überlege, gibt es sogar noch eine dritte Möglichkeit: Sebastian Pfeffer komponiert, es fällt ihm etwas ein, er ist gut gelaunt ... und das alles, weil – und jetzt kommt es –, *weil* er in meine Mutter verknallt ist.

Na super.

Bevor ich noch meinen ersten Einsatz mit Jonas hatte, raucht mir schon der Kopf und ich bin vollkommen verwirrt.

Oder bin ich vollkommen verwirrt und deshalb raucht mir der Kopf?

Hiiiiiiilfe! So schwierig habe ich mir meine Arbeit als Detektivin nicht vorgestellt.

„Im Stall?“, höre ich Sebastian Pfeffer plötzlich ausrufen. „Auf gar keinen Fall. Was uns von den Tieren unterscheidet, ist, dass wir in Betten liegen.“

Augenblicklich habe ich das Gefühl, ich klebe gleich an der Decke vor Wut. Das meiste, was Sebastian Pfeffer sagt, macht mich einfach rasend.

„Stimmt nicht, Herr Pfeffer“, sage ich schroff. „Daisy, Ihr neuer Lieblingshund, liegt auch bei Paula im Bett und Paula manchmal auf dem Fußboden, wenn es ihr zu eng wird.“

Jule gibt mir heimlich ein Zeichen, dass ich den Mund halten soll. Wahrscheinlich hat sie Recht. Ich verpatze nur wieder alles.

Meine kleine Schwester ist nämlich unheimlich raffiniert unterwegs, wenn sie etwas haben will. Und deshalb sollte ich mich besser verdrücken und sie alleine mit Sebastian Pfeffer weiterplaudern lassen. Seit ich sicher bin, dass er in unsere Mutter verknallt ist, reagiere ich empfindlicher auf ihn als ein Stier in der Arena auf ein rotes Tuch.

„Ähm, ich muss mal“, sage ich entschuldigend und

verziehe mich in den Flur, damit Jule freie Bahn hat. Sie zwinkert mir verschwörerisch hinterher.

Ich möchte lieber gar nicht wissen, mit welchem Märchen sie ihn einwickelt.

„He, hat es geklappt?" Jonas taucht wie aus dem Nichts auf und zieht mich in sein Zimmer.

Ich schüttle den Kopf. „Ist noch nicht klar. Ich hätte es fast vermasselt", gebe ich freimütig zu. „Aber Jule schafft das schon."

Jonas schweigt.

Ich lasse mich auf sein Sofa plumpsen. „Bist du sauer auf mich?"

Jonas lächelt mich an. „Quatsch. Wegen so etwas doch nicht. Ich bin ja oft selbst so eine Dummbacke. Wenn ich einfach den Mund halten würde, hätten wir nicht immer so viel Streit, Papa und ich."

Ich lächle erleichtert zurück. „Finde ich nicht. Man sollte immer sagen, wenn einen was ärgert. Die Eltern meckern doch auch sofort, wenn ihnen was nicht passt. Aber ich meinte eigentlich wegen vorhin auf dem Dachboden. Als ich so herumgeschrien habe. Ich weiß auch nicht, warum." Ich traue mich gar nicht, in Jonas' Richtung zu schauen.

„Aber ich weiß, warum du da so herumgeschrien hast", antwortet Jonas und setzt sich neben mich.

„Aus Angst. Das habe ich auch gemacht, als ich erfahren habe, dass meine Eltern sich scheiden lassen. Manchmal, wenn man sich ganz schreckliche Sorgen macht, schreit man einen anderen an, damit man selbst nicht an der Angst erstickt. Verstehst du?"

Hm. Nicht wirklich. „Aber ich war doch einfach nur sauer! Angst hatte ich gar keine. Wovor denn?"

Jonas scharrt ungeduldig mit seinen Füßen über den Holzboden. „Du denkst nur, dass du sauer bist. Dabei hast du Angst. Das fühlt sich manchmal gleich an. Wenn mein Vater und deine Mutter zusammenkommen, dann ist irgendwie alles anders. Keine Ahnung wie. Aber trotzdem finde ich es doof und habe irgendwie Angst davor. Kapiert?"

Ahhh. Endlich fällt bei mir der Groschen.

Es gibt wirklich Momente, da sagt dieser Pfefferjunge echt schlaue Sachen. Jetzt ist gerade so einer. Ich könnte ihn abknutschen.

Zum Teufel, natürlich auf gar keinen Fall! Was denke ich denn plötzlich für einen Schwachsinn?

„Kapiert?", wiederholt Jonas.

„Na klar", antworte ich, „für wie bescheuert hältst du mich?" Ich stehe rasch auf, damit ich ihn vor Erleichterung nicht doch noch küsse.

„Für gar nicht bescheuert. Im Gegenteil. Ich habe

noch nie ein Mädchen gekannt, das so fit im Kopf ist", erwidert Jonas und guckt mich so nett an, dass ich plötzlich fast losheulen muss.

Oh Mann. Was ist nur mit mir los? Erst brülle ich wie verrückt herum, dann könnte ich Jonas abknutschen und dann muss ich beinah flennen.

Also, eine Sache ist so sicher wie meine Vier bis Fünf in Deutsch: An mir würde sich jeder Detektiv die Zähne ausbeißen. Hundertprozentig.

„Wir schlafen heute im Sta-a-all, wir schlafen heute im Sta-a-a-a-all! Bei E-e-e-e-ddy, beim lie-ie-ieben E-e-e-e-ddy!"

Jule und Lukas kommen johlend hereingerannt und führen einen wilden Tanz zu ihrem schrägen Gesang auf.

„Wie hast du das denn geschafft, Jule?", frage ich fassungslos.

„Das war gar nicht schwer. Herr Pfeffer hat gemeint, dass es im Stall Bakterien und so gibt und es nicht gesund ist, dort zu schlafen. Aber dann habe ich ihn an die Geschichte mit dem Jesuskind erinnert. Das war ja sogar splitternackig im Stroh und fühlte sich pudelwohl. Da hat er gesagt, er gibt sich geschlagen und wir sollen verschwinden, bevor er es sich anders überlegt."

„Dir ist auch nichts zu doof", sage ich anerkennend und kichere. „Das wäre mir im Leben nicht eingefallen."

Jule strahlt siegesgewiss. „Jetzt könnt ihr in Ruhe ermitteln", flüstert sie mir zu.

„Was soll Maxie vermitteln?", erkundigt Lukas sich neugierig.

„Gar nichts, du Langohr", weist ihn Jule zurecht. „Aber du kannst mal in eurer Küche ermitteln, ob ihr noch was zum Schleckern habt. Flips und Chips wären auch nicht schlecht und noch irgendwas für Eddy, als Gastgeschenk. Der muss ja sein Heu mit uns teilen. Und vergiss deinen Schlafsack nicht und dicke Socken und was zu trinken."

Lukas stürmt los.

„Du bist die geborene Herbergsmutter", sagt Jonas grinsend.

Er packt eine Taschenlampe, einen Notizblock, ein kleines Fernglas, ein schwarzes T-Shirt und schließlich eine dunkle Sporthose in seinen Rucksack.

„Hast du eine Digitalkamera?", fragt er mich. „Ich kann ja schlecht Papas Kamera für die Beweisfotos nehmen."

Ich schüttle den Kopf. „Nee, aber Kassia soll dir ihr Handy geben, damit werden die Fotos super und zoomen geht auch. Du brauchst ja sowieso ein neues Telefon, damit wir uns verständigen können."

In meinem Bauch kribbelt es plötzlich ganz fürchterlich. Das ist ja fast ein richtiges Abenteuer. Ich kann mich nicht erinnern, dass ich mal so etwas Verbotenes gemacht habe. Obwohl ich schon dreizehn werde, habe ich mich niemals heimlich von zu Hause weggeschlichen, erst recht nicht abends. Sogar am Tag sage ich meiner Mutter, wohin ich gehe, und meine Schwestern tun das auch. Ich weiß, dass sie supersauer wäre, wenn sie erfahren würde, dass wir sie beschatten. Deshalb müssen Jonas und ich uns besonders geschickt anstellen. Wenn wir heute auffliegen, schaffen wir es nie, die beiden auszuspionieren.

Jonas denkt wahrscheinlich dasselbe. Deshalb hat er sich die schwarzen Klamotten eingepackt. In seinem knallblauen Lieblingsshirt, das schon ganz ausgeleiert ist, weil er es jeden zweiten Tag anhat, würde ihn sein Vater ja auf den ersten Blick erkennen.

„Du musst dir was anders anziehen", sagt Jonas in diesem Augenblick zu mir. „Immer wenn ich einen lila Pulli sehe, denke ich sofort, dass du das bist."

Wirklich ulkig, wie gut Jonas und ich uns verstehen. Fast wie Zwillinge. Natürlich nur, wenn wir uns gerade mögen.

Als wir das Haus mit Sack und Pack verlassen, werfe ich noch einen schnellen Blick in Sebastian Pfeffers Zimmer. Er komponiert schon wieder, diesmal im Stehen und dabei Tanzschritte machend.

Ich kombiniere jetzt lieber nicht. Das hat mir vorhin nur schlechte Laune und Gedankenwirrwarr im Kopf beschert. Aus. Schluss. Basta!

Wir haben heute die freie Pizzawahl! Juchuh!

Kaum zu glauben, was so eine Einladung zum Abendessen bei Eltern bewirkt. Sonst müssen meine Schwester und ich immer ewig lange herumrechnen, damit wir mit dem Geld auskommen.

Zuerst will Sebastian Pfeffer sogar alle Pizzas bezahlen, aber das erlaubt ihm Mama nicht.

Weil sie sich nicht einigen können, lassen sie uns doppelt Pizzageld da – das reicht sogar noch dick für Nachtisch.

Wenn die Lage nicht so ernst wäre, könnten die zwei gerne öfter mal ausgehen.

Unsere Mutter hat sich richtig aufgedonnert und sieht einfach toll aus. Sie hat das Kleid mit den vielen kleinen Sonnenblumen angezogen, das sonst immer nur im Schrank herumhängt, und an ihrem Hals baumelt der süße silberne Hundeanhänger, den wir ihr zum Geburtstag geschenkt haben.

Dass Mama Schuhe super findet, ist ja schon bekannt. Die Sandalen, die sie heute anhat, sind knallgelb, passend zu den Sonnenblumen.

Herr Pfeffer sieht in seiner dunkelgrauen Jeans und dem schwarzen Hemd auch todschick aus. Die Schuhe hat er bestimmt mit Spucke poliert wie unser Papa früher, sonst würden sie nicht so glänzen. Ich dachte eigentlich, er besitzt nur Turnschuhe.

„Bis später, meine Süßen, und seid schön artig." Mama kichert, als hätte sie einen besonders guten Witz gemacht.

„Ja genau!", ergänzt Herr Pfeffer. „Jonas! Ich verlass mich auf dich. Pass gut auf die Bande auf."

Armer Jonas. Er kriegt vor Verlegenheit auf der Stelle rote Flecken im Gesicht.

Die einzige Antwort bekommen beide von Daisy. Sie bellt lauthals los. Aber vielleicht macht sie ja auch nur so ein Theater, weil im dunklen Treppenhaus unser Kater Chili an ihr vorbeihuscht.

Kaum sind unsere Eltern gegangen, bestellen wir einen Berg Pizza und alle Nachspeisen, die auf der Karte stehen. Es wird ein richtiges Festessen. Sogar Herr Schiller kriegt noch etwas ab. Er mag nämlich so gerne Oliven picken.

„Bin ich fett und fertig!", stöhnt Jonas und lehnt sich so

weit mit dem Küchenstuhl nach hinten, dass er beinahe umkippt. Er reibt sich jammernd seinen Bauch.

„Ich leg mich gleich mal mit Daisy aufs Sofa und chille", sagt Paula und schnappt sich noch das letzte Stück Spinatpizza. „Vielleicht ist was Lustiges im Fernsehen."

„Au spitze", schreit Jule. „Das wird total gemütlich."

„Ich will auch", stimmt Lukas begeistert ein. „Zu Hause darf ich abends nie gucken."

Oh nein! Wie doof ist das denn? Ich verdrehe die Augen und gebe Paula verstohlen Zeichen.

„Was ist denn, Maxie?", fragt sie verwirrt.

„Das Programm heute ist nichts für Jüngere", sagt Jonas laut. „Da läuft heute ein sehr aufregender Detektivfilm." Er spricht das Wort Detektivfilm besonders deutlich.

„Ein Detektivfilm? Um die Uhrzeit?", sagt Paula verwundert.

„Stimmt ja", kichert Jule los. „Jonas hat Recht. Was ganz Schlimmes. Mit zwei doofen Detektiven und zwei noch dooferen Verbrechern." Sie lacht sich über ihren eigenen Witz schlapp.

„Also doch nicht Fernsehen?", fragt Lukas enttäuscht.

Jule schüttelt den Kopf. „Nee, lieber nicht, Luki. Aber Eddy wartet bestimmt schon darauf, dass wir mit ihm spielen. Und unser Heubett müssen wir auch noch machen und natürlich die Süßigkeiten mampfen.“ Sie nimmt Lukas energisch an die Hand und dampft mit ihm Richtung Stall ab.

Ich rase den beiden spontan hinterher und nehme Jule stürmisch in meine Arme, um sie abzuknutschen. Das muss einfach sein, so goldig und schlau finde ich sie in diesem Augenblick.

„Ihhh, du klebst“, kreischt sie und wischt sich mit dem Ärmel das Gesicht ab.

„Macht nichts. Ich wollte dir nur sagen, dass ich dich ganz doll lieb habe“, rufe ich fröhlich und renne wieder zurück in die Küche.

Dort haben Jonas und Kassia meiner Freundin Paula inzwischen wohl den Kopf gewaschen, denn sie guckt ganz bedröppelt.

„Hab gar nicht mehr dran gedacht, Maxie“, sagt sie und zieht einen Schmollmund. „’tschuldigung.“ Sie klimpert mit ihren Wimpern wie Bambi.

Zu schnell will ich aber nicht auf lieb machen und deshalb sage ich etwas schnippisch: „Ist ja auch nicht deine Mutter, die sich plötzlich verliebt hat. Aber warte mal …“

Mehr sage ich nicht, sie weiß auch so, was ich damit meine. Ihre Mutter wird ganz sicher auch mal jemanden kennenlernen, der sich in sie verknallt. Schließlich ist sie nach Mama die netteste Mutter, die ich kenne.

Bevor Paula zurückzicken kann, mischt sich Kassia ein. „Okay, Jonas und Maxie sollten jetzt aber mal los“, mahnt sie. „Sonst sind unsere Zielpersonen mit dem Essen fertig und auf dem Heimweg, bevor sie überhaupt an der Blauen Lagune angekommen sind.“

Ich schnappe mir mein Fahrrad und Jonas startet auf seinem Rennrad durch. Vorher habe ich noch schnell das dunkelgraue Sweatshirt von Kassia übergezogen, damit unsere Mutter mich nicht gleich erkennt.

Das Restaurant heißt aus einem bestimmten Grund Blaue Lagune – es ist nämlich wie eine romantische Bucht geschmückt und selbst der Gastgarten schaut aus wie eine Lagune mitten im Meer. Eigentlich ziemlich hübsch.

Wir haben Glück. Das Wetter ist noch so mild, dass Mama und Herr Pfeffer draußen sitzen. Sie haben eindeutig den besten Platz und ich frage mich, ob Sebastian ihn extra für diese Verabredung ausgesucht hat. Ihr Tisch steht unter einem alten Kastanienbaum, um dessen untere Äste Herzchen-Lichterketten geschlungen sind, die im Schatten der Blätter schummriges blaues Licht erzeugen.

Gerade stoßen die beiden mit Rotwein an und Sebastian Pfeffer sagt etwas, was meine Mutter ganz schrecklich zum Lachen bringt. So heftig, dass sie gar nicht mehr aufhört. Ich bin echt baff.

„Wir stellen unsere Fahrräder am besten ein Stück entfernt ab", wispert mir Jonas ins Ohr. „Damit wir im Krisenfall schnell flüchten können."

Ich nicke zum Zeichen, dass ich ihn verstanden habe.

Zum Glück ist Sommer und die Blaue Lagune ist umgeben von Blumenkübeln mit blühenden Pflanzen. Sonst würde man uns sofort sehen.

„Wir müssen näher ran", zische ich, als der Kellner zwei große Teller mit Spaghetti bringt. „Sonst kannst du keine Fotos machen."

Kassia hat Jonas gnädigerweise ihr Handy überlassen – aber natürlich hat sie sich vorher genau aufgeschrieben, wie viel Guthaben noch auf der Karte ist.

Wir hechten hinter einen Malvenstrauch und lassen die beiden nicht aus den Augen. Sie scheinen wirklich jede Menge Spaß zu haben und Mama isst Meeresfrüchte-Nudeln. So etwas bestellt sie sonst nie.

Ein paar Musiker entern den Gastgarten und beginnen, schnulzige italienische Lieder zu spielen. Sie erinnern mich an einen kitschigen Film, den ich vor einiger Zeit anschauen durfte, als ich krank war. Der Sänger, der seine Haare mit viel Fett angeklatscht hat, stellt sich dreist vor den Tisch unserer Eltern und singt für sie. Was für ein peinlicher Typ! Zum Glück ist Sebastian Pfeffer selbst Musiker. Ich hoffe, er wird diesem Kerl etwas erzählen – von falschen Quinten und viel zu lang gezogenen Terzen oder so. Irgendetwas Vernichtendes wird ihm schon einfallen.

Aber nein, nichts dergleichen passiert. Im Gegenteil! Herr Pfeffer holt einen Fünf-Euro-Schein aus seiner Jackentasche und belohnt den nervigen Sänger auch noch.

„Weichei!“, flüstert Jonas neben mir. Er hat eine ganz kratzige Stimme.

Anscheinend denkt er gerade dasselbe wie ich – wieder einmal.

Schlagartig tut mir Jonas furchtbar leid. So einen sprunghaften Vater hat er echt nicht verdient.

Angelockt durch die fünf Euro kommen die anderen Musiker nun auch herbei. Und während der Kellner weitere Teller mit Fleisch und Salat bringt, legt der Gitarrist sein Instrument ab und fordert meine Mutter zum Tanzen auf.

„Spinnt der?“, rufe ich empört.

„Pscht!“ Jonas hält warnend den Finger vor den Mund.

Der Musiker zieht Mama an der Hand hoch und die lacht sich auch noch kaputt dabei. Dann setzt wieder die kitschige Melodie ein und meine Mutter tanzt! Die Leute an den anderen Tischen klatschen und rufen Bravo.

Ich schlage meine Hände vors Gesicht und würde am liebsten wie Rumpelstilzchen vor Scham und Ärger im Boden versinken. Was ist nur mit Mama los?

Als ich nach einer halben Ewigkeit wieder aufschaue, sehe ich, wie Jonas mit dem Handy zwischen den Blütenzweigen filmt. Man kann mit Kassias Telefon nämlich auch kleine Videos machen.

„Tanzt Mama immer noch?“, flüstere ich.

Jonas antwortet nicht, sondern dreht konzentriert weiter seinen Beweisfilm. „So“, sagt er schließlich mit einem zufriedenen Gesichtsausdruck. „Das hätten wir im Kasten.“

„Hat sie aufgehört?“, erkundige ich mich mit zitternder Stimme.

Jonas nickt. „Aber zuletzt hat Papa auch noch mitgetanzt. Sah gar nicht so schlecht aus.“ Das hört sich ja beinahe stolz an!

„Häh?“, schreie ich auf. „Lass die dummen Witze!“

Jonas kneift mich schmerzhaft in den Arm. „Maxie, nimm dich zusammen. Wenn du weiter so herumkreischst, fliegt unsere ganze Tarnung auf.“

Jonas hat natürlich wieder einmal Recht. Ich habe mich überhaupt nicht im Griff. Aber ist das ein Wunder?

„Zu schade, dass wir keinen Ton auf das Video kriegen – außer dieser albernen Dudelmusik“, dringt Jonas' Stimme in meine alarmierten Gedanken. „Wir müssen näher ran. Aber wie?“ Er schaut sich suchend um.

„Ich hab's“, flüstert er schließlich. „Die einzige Möglichkeit, sie zu belauschen, ist der Kastanienbaum. Wir könnten versuchen, auf den Baum zu klettern und das Mikro auf sie zu richten.“ Er schaut mich fragend an. „Was meinst du, Maxie? Schaffst du das?“

Bevor ich vor Schreck losschreien kann, hält er mir die Hand auf die Lippen. „Pscht!“, sagt er mahnend.

„Ich klettere auf gar keinen Fall auf diesen Baum direkt über Mama und Sebastian“, zische ich aufgebracht zurück. „Du bist wohl von allen guten Geistern verlassen.“ Ich verschlucke mich vor Aufregung an meiner eigenen Spucke und muss wie der Teufel zu meinem Fahrrad rennen, um dort heftig zu husten.

Als ich zu Jonas zurücklaufe, schaut er mich mit so einem Schlangenbeschwörer-Blick an, dass ich mir am liebsten auf der Stelle wieder die Augen zuhalten würde. Es ist so ein Du-musst-das-jetzt-machen-um-uns-alle-zu-retten-Blick.

Jule guckt auch manchmal so. Zum Beispiel, wenn sie unbedingt den allerletzten Pfannkuchen haben möchte.

„Du bist die Einzige, die in Sport am Seil bis unter die Decke kommt“, sagt Jonas bittend. „Und du bist auch schon über den Schulzaun gestiegen und hast Äpfel vom Nachbarn gemopst. Ich hab’s von oben gesehen. Niemand kann so gut klettern wie du, Maxie. Wenn ich irgendwo raufsoll, sehe ich aus wie ein nasser Sack und fall gleich wieder runter.“

Ich schüttle verlegen den Kopf. „Das ist doch Quatsch, Jonas“, wehre ich das Lob ab. Dabei geht es mir in Wirklichkeit runter wie Öl. „Ich habe eigentlich Höhenangst. Sobald ich nach unten schaue, liege ich da auch schon.“

Aber so schnell lässt ein Pfeffer nicht locker. Er überhört meine Einwände einfach. „Hör zu, du musst wirklich nur für ein paar Minuten von hinten über die ganz breiten Äste auf den Baum klettern. Die sehen fast wie Treppenstufen aus. Das Handy befestige ich an einer Schnur, und nachdem du auf die Aufnahme-Taste gedrückt hast, lässt du es ganz vorsichtig durch die Zweige nach unten. Quasi wie eine Angel. Wenn ich dir hinter den Malven ein Zeichen gebe, kannst du das Handy wieder raufziehen und auf *Stop* drücken. Alles verstanden?"

Als Nächstes finde ich mich auf dem untersten Ast der Kastanie wieder und denke, ich muss total wahnsinnig sein. Sicher wird mich sofort jemand entdecken und mit dem Finger auf mich zeigen, noch sicherer werden Mama und Sebastian Pfeffer nach oben gucken und sich wundern und ganz sicher werde ich dann vor Schreck in ihren Spaghetti-Tellern landen und meine Mutter wird das gar nicht lustig finden.

Erst einmal geht jedoch alles gut.

Ich komme ziemlich nah an die beiden ran und höre sogar, dass Mama mehrmals meinen Namen sagt. Das ist ja sehr interessant. Jetzt ist meine detektivische Nase plötzlich auch angespitzt. Zu gerne möchte ich erfahren, was Mama ausgerechnet Herrn Pfeffer über mich erzählt.

Dass sie mit ihm über mich spricht, finde ich schon

ganz schön fies. Was auch immer sie über mich sagt: Herrn Pfeffer geht es überhaupt nichts an!

Ich lasse das Handy wie eine Angel hinunter. Verflixt, ich habe ja ganz vergessen, den *ON*-Knopf zu drücken. Also noch mal nach oben.

Langsam komme ich ins Schwitzen. Detektive haben anscheinend keinen besonders leichten Beruf.

So. Nun wieder nach unten lassen. Ein wenig komisch ist das schon. Gleich habe ich Mama und Sebastian Pfeffer so gut wie an der Angel.

Leider verhält sich meine Angel alles andere als angelmäßig. Das Handy will einfach nicht ruhig nach unten baumeln. Im Gegenteil. Wie das Pendel einer Wahrsagerin gewinnt es immer mehr an Fahrt. Das grenzt ja direkt an Zauberei.

Ich blicke Hilfe suchend zu Jonas hinüber, aber der guckt nur ziemlich entsetzt. Das ist gerade nicht sehr hilfreich. Es wäre mir lieber, er hätte den Schlangenbeschwörer-Blick drauf oder den eines Hypnotiseurs.

Im letzten Moment, als das Handy schon wilde Kreise und Kurven schlägt, kapiere ich endlich, was die Turbulenzen verursacht.

Ich selbst! Ich zittere auf diesem bescheuerten Baum wie ein totaler Feigling. Selbst meine Zähne klappern vor Angst.

Also nichts wie runter, damit ich wieder festen Boden unter die Füße kriege. Da kann Jonas mit mir meckern, so viel er will. Gerade als ich das Handy im Zeitlupentempo nach oben ziehe – jetzt bloß nicht die Nerven verlieren, jetzt bloß nicht die Nerven verlieren – höre ich eine Frauenstimme kichern: „Guck mal, Charly. Hier wachsen die Handys schon an den Bäumen."

Entsetzt schaue ich nach unten. Gerade in diesem Moment schauen Mama und Sebastian Pfeffer neugierig nach oben. Mir bleibt das Herz stehen. Ich kann sogar Mamas unterschiedliche Augenfarben erkennen – sie hat links ein blaues und rechts ein grünes Auge – und den kleinen Hund um ihren Hals.

Aber wie durch ein Wunder entdecken sie mich nicht.

Stattdessen ruft Herr Pfeffer laut: „Sieh doch mal, Klementine. Eine Sternschnuppe!" Er deutet an mir vorbei in den Himmel.

„Oh wie schön", sagt Mama. „Augen zu und ganz schnell was wünschen!"

Und während Mama, Sebastian Pfeffer und die halbe Blaue Lagune sich jetzt etwas wünschen, klettere ich mit meinen Puddingbeinen von dem Kastanienbaum herunter und rette mich neben Jonas hinter den Malvenbusch.

„Ich bin ja so was von fertig", keuche ich und würde vor Erschöpfung am liebsten losheulen. „So eine Angst hatte ich noch nie im Leben!" Ich wische mir eine einzelne Träne aus dem Augenwinkel.

„Fertig!", sagt Jonas zufrieden und strahlt mich an. „Hast du dir auch was gewünscht, Maxie? So helle Sternschnuppen gibt es nur alle Jubeljahre mal."

Boah! Im Nu jagt mein Puls in noch astronomischere Höhen, falls das überhaupt möglich ist. „Du bist echt eine total doofe Pfefferpfeife!", meckere ich los. „Ich riskiere mein Leben auf einem Kastanienbaum für uns und du guckst in die Luft und hältst nach Sternschnuppen Ausschau. Ich bin fast abgestürzt, weil ich da oben eine Schwindelattacke hatte."

Ich habe die Faxen plötzlich richtig dicke und stehe auf. „Ich will jetzt sofort nach Hause", sage ich und kann nicht verhindern, dass sich das ziemlich weinerlich anhört. Ich renne schon mal vor zu meinem Fahrrad und schwinge mich auf meinen Sattel.

Bevor ich in die Pedale treten kann, hat mich Jonas eingeholt und hält meinen Lenker fest. „Halt!", sagt er. „Maxie, ich finde, du bist eine richtige Heldin. Wie du da oben im Baum gehangen hast – mir wurde total schummrig. Für heute haben wir doch schon richtig viel herausgefunden und Fotos haben wir auch. Wir können ja nicht alles an einem Abend schaffen, das ist bei richtigen Profis auch nicht so, und schief geht auch mal was. Vielleicht ist ja doch ein Ton auf dem Handy. Das checken wir zu Hause gleich mal. Okay?"

Ich hole tief Luft. Plötzlich weiß ich selbst nicht mehr, warum ich gerade fast durchgedreht bin. Aber seit unser Papa nicht mehr lebt, waren wir immer alle mit Mama zusammen und jetzt geht sie plötzlich mit diesem Sebastian Pfeffer aus und lacht sich ohne uns kaputt. Das ist irgendwie ungerecht. Oder nicht?

„Übrigens, der Wunsch an die Sternschnuppe eben, den hab ich für dich mitgewünscht", sagt Jonas und kratzt sich verlegen an der Nase.

„Ist ja nett", sage ich. „Danke." Auf einmal werde ich tatsächlich rot, ich dumme Pflaume. Hastig radle ich los und achte darauf, dass mich Jonas bis zu Hause nicht mehr einholt.

„Leute, auf keinen Fall werde ich Detektivin, wenn ich mit der Schule fertig bin“, kreische ich aufgekratzt und stürme auf den Dachboden. Dort erwarten uns Paula und Kassia schon sehnsüchtig.

„Mir tut jeder Knochen weh vom Beobachten und dann hat mich Jonas auch noch für Tonaufnahmen in einen Kastanienbaum gescheucht, aus dem ich beinahe abgestürzt wäre.“ Ich werfe mich bäuchlings auf das Matratzenlager und vergrabe mein heißes Gesicht in den vielen Kissen.

„Das ist ja gemein!“, ruft meine Schwester Jonas entgegen, der gerade mit Rucksack und Beweismaterial bepackt hinterherkommt.

„Was denn?“, fragt er verdutzt. „Maxie, also echt! Du hast dein Rad einfach so in den Vorgarten gekippt“, sagt er vorwurfsvoll. „Das kann da doch jeder wegklauen. Ich habe es erst einmal mit meinem Rennrad zusammen angeschlossen.“ Er setzt sich neben mich und rüttelt an meiner Schulter.

„Lass meine Schwester in Ruhe, Jonas“, schimpft Kassia weiter. „Ich habe wirklich gedacht, du bist vernünftiger. Das hätte übel ausgehen können.“

So langsam beruhige ich mich wieder und setze mich auf. Ich sehe das fragende Gesicht von Jonas und muss sofort fast wieder losbrüllen vor Lachen. Keine Ahnung, warum. „Nicht so schlimm“, gluckse ich zwischen zwei Lachern. „Kassi. Ganz ehrlich.“

Kassia runzelt die Stirn. „Ja was denn nun, Maxie? Kannst du mal wieder normal werden?“

Paula hat bis jetzt noch gar nichts gesagt, aber jetzt meint sie besorgt: „Hast du einen Schock von irgendetwas, Maxie? Manche Leute müssen dann lachen und hören gar nicht mehr auf. Hat unsere Biolehrerin erzählt.“ Sie schaut Jonas an und fragt rundheraus: „Nun sag schon: Haben eure Eltern sich etwa geküsst oder so was Schlimmes?“

Mir vergeht schlagartig das Lachen. „Gequirlter Quark, Paula. Wie makaber bist du denn? Natürlich nicht“, stelle ich die Sache klar.

Jonas verdreht die Augen. „Ich habe keine Ahnung, was hier gerade los ist. Interessiert sich vielleicht irgendjemand für das Beweismaterial?“ Er öffnet seinen Rucksack und holt das Handy heraus.

„Zeig sofort her!“ Kassia und Paula stürzen sich

gleichzeitig auf ihn und reißen ihm das Telefon aus der Hand. Nach einem kurzen Gerangel erobert Kassia es, indem sie meine Freundin rüde auf das Matratzenlager schubst. Das kenne ich gar nicht von ihr, normalerweise lässt sie sich auf solche Zweikämpfe gar nicht erst ein.

„*Mein* Handy", sagt sie drohend, als Paula sich aufrappelt, um es doch noch zu ergattern. „Und *meine* Mutter!"

„*Unsere* Mutter!", korrigiere ich sie. So viel Zeit muss sein.

Kassia zappt sich durch die Bilder. „Eh, was soll das denn? Man sieht ja nur komische Blütenblätter und Gestrüpp!", ruft sie nach ein paar Sekunden enttäuscht. „Habt ihr eine naturkundliche Fotostudie gemacht? Oder waren Mama und Sebastian schon weg?"

Jonas guckt erschrocken. „Echt?", sagt er kleinlaut. „Mist. War nicht gerade einfach, den richtigen Bildausschnitt zu kriegen. Die beiden durften uns ja nicht entdecken, deshalb haben Maxie und ich uns hinter so kitschigen Blumen versteckt." Er macht ein ganz unglückliches Gesicht.

„Mach dir nichts draus, Jonas", komme ich ihm zu Hilfe. „Kassia hat einen ganz nervigen Humor. Die schwindelt bestimmt, um dich zu ärgern."

Kassia stößt einen ungeduldigen Laut aus – wie Herr Schiller, wenn er rülpst. „Dann guckt doch selber, ihr Superpaparazzi!" Sie wirft mir das Handy auf die Matratze.

Tatsächlich. Ein halber botanischer Garten ist darauf zu sehen, aber weder unsere Mutter noch Sebastian Pfeffer.

„Ausnahmsweise hat Kassia Recht!" Ich gucke nur Jonas an. Auf einen besserwisserischen Blick meiner Schwester habe ich jetzt echt keine Lust. „Jede Menge hübsche rosa Blüten vor hellgrünen Blättern", sage ich tröstend. „Nur leider kein Sonnenblumenkleid auf weiter Flur …"

Ich merke, wie tief unten in meinem Bauch wieder das Gegluckse losgeht.

„Die Tonaufnahme ist sicher auch nicht viel besser", sage ich kichernd und drücke schnell auf *Play* und *Lautsprecher an*. Für diese Prognose brauche ich kein Hellseher zu sein. Ich kann mich nur zu gut erinnern, wie ich in der Baumkrone herumgeschwankt bin.

Bingo! Außer gigantischem Blätterrauschen und einem hellen Aufschrei: „Guck mal, Charly! Hier wachsen die Handys schon an den Bäumen", hört man gar nichts.

„Na toll“, sagt Kassia düster. „Maxie und Jonas, die Superermittler – das Traumteam des Grauens …“

Ich drücke auf *Stop*. „Mach es erst mal besser. Du wärst gar nicht erst auf den Kastanienbaum hinaufgeklettert“, sage ich bissig.

Kassia antwortet nicht, aber sie funkelt mich bitterböse an. Sie ist nicht besonders sportlich und leidet darunter, weil sie immer und überall die Beste sein möchte.

„Hört auf, euch zu streiten“, mischt sich Jonas ein. „Ist doch nicht schlimm, dass die Aufnahmen nicht geklappt haben. Schließlich haben Maxie und ich mit vier Augen gesehen, was wir gesehen haben, und das ist schlimm genug.“ Er presst die Lippen aufeinander. Wahrscheinlich erinnert er sich gerade daran, wie innig unsere Mama und sein Vater miteinander zu dieser schrecklichen Kitschmusik getanzt haben.

„Was habt ihr denn Schreckliches gesehen?“, fragt Kassia beunruhigt.

Selbst Paula guckt plötzlich ganz angespannt.

Jonas holt tief Luft und gibt eine knappe Zusammenfassung von dem, was wir ermittelt haben.

„Glaubt mir“, ergänze ich dramatisch. „Wir haben echt gelitten.“

„Mama hat Muscheln gegessen?“, wiederholt Kassia naserümpfend. „Igitt!“ Sie macht sich Notizen in ihr Sternentagebuch. „Tanzen. Italienische Schnulzen“, murmelt sie vor sich hin. Dabei schüttelt sie ständig ihren Kopf hin und her. Schließlich springt sie auf und guckt durch ihr Teleskop in den Himmel. Minutenlang.

„Kassia?“, sage ich ungeduldig. „Erde an Kassia, Erde an Kassia! Funkverbindung abgerissen. Erwarten dringend Rückmeldung.“

Paula kichert leise. Sie denkt vermutlich, ich spinne. Aber ich habe so meine Erfahrungen mit Kassi, wenn sie durch diese Röhre starrt. Da werden aus Minuten schnell ein paar Stunden.

„Häh?“ Meine Schwester dreht sich erstaunt um. „Was ist denn?“

Jetzt guckt Paula, als ob Kassia einen Dachschaden hätte. Ich kann es ihr nicht übel nehmen. Es ist ja schon ein paar Jahre her, dass sie mit uns zusammengewohnt hat. Und damals hatte Kassia ihre Planetenmacke noch nicht.

„Möchtest du vielleicht noch etwas zu unseren Ermittlungen beisteuern?“, frage ich deshalb geduldig. „Oder bist du gerade wieder mit Mork vom Ork am Quatschen?“

Kassia runzelt unwillig die Stirn. „Ich habe nur versucht, mich zu konzentrieren", sagt sie. „Was ist daran so ungewöhnlich?"

Jonas lächelt sie versöhnlich an. „Kenn ich. Ich kann am besten nachdenken, wenn ich im Bett liege und die Augen zuhabe. Das ist so ähnlich."

Ich sehe Kassia an, dass sie es einen himmelweiten Unterschied findet, im Bett zu faulenzen oder ins unendliche All zu blicken, aber sie ist so gnädig, Jonas nicht gleich wieder eine spitzfindige Bemerkung überzubraten. Darüber bin ich irgendwie erleichtert. Kontakt zur Erde wieder hergestellt.

„Die Beweise reichen nicht aus, um etwas zu unternehmen", fährt sie fort. „Wir haben nichts, was wir Mama oder Sebastian unter die Nase halten können, um sie zur Rede zu stellen. Außer euren Aussagen – aber die sind natürlich subjektiv eingefärbt und deshalb nicht zu gebrauchen."

Jonas schnippt hektisch mit den Fingern. „Halt! Wieso das denn? Maxie und ich sind doch nicht blind!", ruft er aufgebracht.

„Das habe ich auch nicht gesagt", antwortet Kassia in ihrem total nervigen Ich-erkläre-dir-jetzt-mal-die-Welt-Tonfall. „Aber ihr seid vorbelastet, weil ihr nicht wollt, dass die beiden ein Paar sind. Und ihr seid

Familienmitglieder. Jedes Gericht würde eure Aussagen sofort anzweifeln."

Eines muss man Kassia wirklich lassen: Ihre Argumente sind immer hieb- und stichfest. Selbst Jonas gibt sich erst mal geschlagen, weil ihm offenbar nichts einfällt, was er dagegenhalten könnte.

„Jetzt mal ehrlich: Das ist doch keine Gerichtsshow und es hat auch niemand was verbrochen", mischt sich Paula unerwartet ein. „Vielleicht haben eure Eltern sich ja wirklich lieb. Was ist daran so schlimm? Anscheinend ist Herr Pfeffer so in Tante Klementine verknallt, dass er auf einmal sogar Tiere mag. Ist doch cool!"

Wenn böse Blicke jemanden durchlöchern könnten, dann wäre Paula jetzt so löchrig wie Mamas großes Spaghettisieb. Sechs Augen durchbohren sie mit nicht besonders frommen Wünschen, schätze ich. Und sie merkt das ausnahmsweise mal sofort.

„Okay, okay!", sagt sie abwehrend und hält ihre Handflächen wie einen Schutzschild vor sich. „Ist bloß meine Meinung zu der Sache. Bevor ihr alle komplett hysterisch werdet."

„Stell dir vor, es hat dich gar keiner nach *deiner* Meinung gefragt", sage ich schroff. „Es ist nämlich auch nicht *deine* Mutter. Oder *dein* Vater."

Kassia nickt zustimmend. „Richtig. Und deshalb können *deine* Gefühle nicht so von Mamas und Sebastians Verhalten durcheinandergewirbelt werden wie *unsere*."

Donnerwetter! Meine Superhirn-Schwester hat mir Recht gegeben. Ich werde verrückt.

„Genau", sagt Jonas auch noch schnell.

Paula verzieht schmollend den Mund. „Mir egal", sagt sie. „Ich les noch ein bisschen." Sie schnappt sich das Nächstbeste, was sie finden kann, und das ist ausgerechnet ein Pferdebuch von Jule. Konzentriert beginnt sie zu lesen, als ob die Story superspannend wäre.

„Also", sagt Jonas, nachdem er Paula eine Weile wortlos angestarrt hat.

Ich glaube fast, dass er nicht mehr so begeistert ist von ihr wie anfangs. Möchte gerne wissen, warum mich das plötzlich freut? Das ist schon ziemlich beknackt von mir. Aber ich habe gerade keine Lust, genauer darüber nachzudenken. „Also was?", frage ich zurück.

„Also, wie geht es mit unserem Plan weiter?"

Ich weiß es nicht, ganz ehrlich. Und deshalb gucke ich Kassia an. Sie malt schon wieder in ihrem Heft herum. Dreiecke, Kreise, komische Pfeile und große Buchstaben.

„Hast du wieder eine neue Sternenumlaufbahn entdeckt, Schwesterchen?“, heuchle ich Interesse.

„Quatsch. Das ist unser Plan“, sagt Kassia. „Der nächste Schritt heißt: abwarten, was passiert.“

Jonas und ich gucken gleichermaßen verwundert, aber keiner traut sich, Kassia zu widersprechen. Denn, wie ich schon tausendmal gesagt habe: Sie hat eigentlich immer Recht.

„Oooookay“, antworte ich zögernd. Und auch das habe ich heute schon gefühlte tausendmal gesagt.

„Ich hab Hunger auf was Süßes“, sagt Jonas plötzlich. „Ist noch was von dem Nachtisch da?“

Das ist die beste Idee des heutigen Abends, ganz ohne Zweifel. Wir stürzen in die Küche, selbst Paula. So spannend kann ihr Buch also nicht sein, haha.

Ich bin richtig wild darauf, mir alles auf einmal reinzustopfen. In ein paar Sekunden sieht der Tisch wie ein Schlachtfeld aus.

„Wollen wir den Kleinen auch noch was bringen?“, fragt Paula und schiebt sich noch schnell den letzten Tartufo in ihren verschmierten Mund.

„Stimmt ja.“ Jule und Lukas im Stall hatte ich total vergessen. Dass mich ausgerechnet Paula daran erinnert. Irgendwie schäme ich mich etwas.

Wir nehmen Mamas Einkaufskorb und packen alles hinein, was noch übrig ist. Es ist nicht gerade viel und deshalb fege ich sogar noch die Schokokrümel von der Tischplatte in eine Tasse. In Mamas Giftschrank – so nennen wir die Abteilung mit den Süßigkeiten, weil wir eigentlich nichts davon nehmen dürfen, ohne vorher zu fragen – finde ich eine ganze Tafel Nussschokolade. Die lege ich einfach noch dazu.

Als wir die Tür zum Stall aufreißen, denken wir im ersten Augenblick, dass Jule und Lukas ausgebüxt sind, und ich kriege einen Riesenschrecken.

Aber dann entdeckt Jonas die zwei im Stroh. Sie haben sich ganz eng aneinandergekuschelt (bestimmt hat sich Lukas gefürchtet, mal wieder typisch) und sehen so friedlich schlafend unheimlich süß aus.

Ein Stück entfernt steht Eddy und schlummert ebenfalls vor sich hin. Er hebt nur kurz das linke Augenlid und gibt einen kehligen Laut von sich.

Ich stelle den Korb behutsam neben dem Strohbett ab und dann schleichen wir auf Zehenspitzen hinaus, damit wir die beiden nicht aufwecken.

Mama und Herr Pfeffer sind immer noch nicht zu Hause. Seltsam. So viel kann man doch an einem einzigen Abend gar nicht essen.

Aber irgendwie hat keiner mehr Lust, darüber nachzudenken, denn wir sind auf einmal alle todmüde. Deshalb verteilen wir nur noch eilig die Matratzen in Kassias Sternwarte kreuz und quer auf dem Holzfußboden und suchen alle Decken zusammen, die wir finden können.

Jonas schläft heute bei uns. Das finde ich echt cool, obwohl er ein Junge ist. Es wäre auch wirklich gemein, ihn ausgerechnet an so einem Tag ganz alleine ins Pfefferhaus zu schicken.

Nachdem ich es mir unter meinem Deckenberg so richtig gemütlich gemacht habe, bin ich fast wieder munter. Jedenfalls habe ich Lust, noch ein wenig mit Jonas über dies und das zu quatschen.

Aber gerade als ich loslegen will, höre ich ein seltsames Geräusch. Fast wie Eddy, wenn er Schluckauf hat. Verwirrt höre ich mich um und fasse es kaum: Die Töne kommen tatsächlich aus Jonas' Richtung. Der Junge schnarcht, was das Zeug hält.

Gleich darauf pfeift Paula los. Sie hat nämlich verstopfte Nebenhöhlen. Die Einzige, die einfach nur die Augen zumacht und ratzt, ist meine liebe Schwester Kassia. Aber von der erwartet man ja auch nichts anderes.

Tja. Dann werde ich wohl auch mal schlafen. Bevor mir die Augen zufallen, sehe ich noch das Foto von Papa an der Holzwand. Er lacht fröhlich.

„Gute Nacht, Papi!“, flüstere ich und schicke ihm einen Luftkuss. „Keine Sorge, das mit Mama und Sebastian kriegen wir schon geregelt.“

Hoffentlich geht es unserem Vater auf dem Papa-Planeten, den Kassia vor einiger Zeit zufällig durch ihr Teleskop entdeckt hat, so richtig gut.

„Mama!?" Ich wache mit dem mulmigen Gefühl auf, dass ich einen schrecklichen Albtraum hatte. Auch wenn ich mich an seinen Inhalt nicht mehr erinnern kann.

Alle anderen schlafen noch, stelle ich mit einem schnellen Blick fest.

Ich schleiche mich leise zur Treppe und laufe Richtung Küche. Es riecht göttlich nach frischem Backwerk. Marmorkuchen? Schoko-Muffins?

Mama deckt gerade den Küchentisch.

Gott sei Dank!

Irgendwie plumpst mir gerade ein dicker Mühlenstein vom Herzen. Ich habe es tatsächlich für möglich gehalten, dass unsere Mutter nicht zu Hause ist, weil sie in Zukunft viel lieber mit Sebastian Pfeffer frühstücken will.

Aber zum Glück ist sie wie immer hier bei uns, und da gehört sie ja auch hin. Und supergute Laune hat sie, stelle ich fest. Denn sie hat schon wieder eines dieser süßen Sommerkleider an, die sie eigentlich nie anzieht, und lächelt vor sich hin.

„Kommt jemand zum Frühstück?“, frage ich plötzlich misstrauisch.

„Maxieschatz, guten Morgen erst einmal. Ist meine Langschläferin tatsächlich als Allererste wach?“ Sie nimmt mich in den Arm und knutscht mich so laut auf die Wange, dass es in meinem Ohr knallt.

„Natürlich kommt heute jemand zum Frühstück“, antwortet sie lachend und beginnt sogar, Servietten zu falten.

„Wer denn?“ Ich merke, wie hysterisch meine Stimme plötzlich klingt. Ich rechne mit dem Schlimmsten und bereite mich darauf vor, dass in der nächsten Sekunde Sebastian Pfeffer verlegen in unsere Küche stolpert.

Auch Mama hört das heraus und schaut mich überrascht an.

„Wer kommt denn so, Mamaschatz?“, frage ich möglichst harmlos. Ich falte eine Servietten-Seerose und gleich noch eine zweite, damit ich ihr dabei nicht ins Gesicht sehen muss.

„Ist das dein Ernst, Maxie?“

Oh, Mann. Klaro. Wieso redet meine liebe Mutter nur so um den heißen Brei herum? Ich sterbe wirklich nicht, nur weil mein Musiklehrer zum Frühstück kommt. Im Gegenteil. Ich habe sogar vollstes Verständnis dafür. Die zwei haben sich ja schon mindestens sieben Stunden nicht gesehen und waren davor nur gefühlte tausend Stunden miteinander aus.

„Mein voller Ernst!“, antworte ich ihr mit fester Stimme.

„Na gut. Aaaaaaalso es kommen zu meinem tollen Frühstück mit frisch gebackenem Rosinenstuten: du, deine Schwestern Kassia und Jule, deine Freundin Paula, dein Freund Jonas, sein kleiner Bruder Lukas und ich.“ Sie setzt einen Topf mit Milch für Kakao auf die Herdplatte.

„… und sonst niemand?“

Meine Mutter dreht sich abrupt um. „Reicht dir das etwa nicht?“ Sie schüttelt den Kopf. „Oder hast du heimlich noch jemanden eingeladen? Manchmal blick ich bei dir nicht ganz durch, Maxie.“

Ich bei mir selbst auch nicht. Oder warum stelle ich dann so bescheuerte Fragen, die mich in Schwierigkeiten bringen?

„Nö, ist schon in Ordnung“, sage ich schnell. „Ich wollte nur testen, ob du alle Leute zusammenkriegst.“ Ahhh. Mit jeder Silbe wird mein Fettnapf größer. Warum steht nur niemand anders auf und rettet mich?

Zum Glück kocht in diesem Augenblick die Milch über und Mama springt mit einem Aufschrei zum Herd, um das Schlimmste zu verhindern.

„Die Milch brennt an, Mama!“

Jule, meine Sonne!

Schon lange habe ich mich frühmorgens nicht mehr so gefreut, das freche Gesicht meiner kleinsten Schwester zu erblicken.

Sie lugt spitzbübisch um die Ecke. Anscheinend ist sie gerade erst aufgewacht, denn sie ist barfuß und im Schlafanzug. Außerdem hat sie jede Menge Strohhalme im Haar.

„Noch so eine Neunmalkluge!“, ruft unsere Mutter und rührt Kakaopulver in die Milch. „Wo ist Lukas?“ Sie schaut Jule fragend an.

„Der füttert Eddy und macht sein Heu frisch“, antwortet Jule, und als sie Mamas Blick auffängt, fügt sie erklärend hinzu: „Das wollte er unbedingt alles alleine machen.“

„Jule, du kannst mal die anderen zusammentrommeln und Maxie, schneidest du bitte den Rosinenstuten auf?“ Sie zeigt auf den Backofen.

Jule stürmt mit mörderisch lautem Gejohle auf den Dachboden. Ich kichere schadenfroh und freue mich, dass ich bereits wach bin.

Augenblicke später trampeln Paula, Jonas und Kassia laut schimpfend die Treppen herunter.

„Wow!“, sagt Kassia und starrt auf den gedeckten Tisch und die Seerosen. „Kommt jemand zum Frühstück?“

Ahhhh! Habe ich schon mal gesagt, dass ich meine Schwestern liebe? Ich könnte Kassia abknutschen. Stattdessen kriege ich einen gigantischen Lachanfall.

„Habt ihr euch abgesprochen?“, fragt Mama verwirrt. „Oder ist das so was wie ein Treppenwitz?“ Sie verteilt die Kakaotassen auf dem Tisch.

„Was ist ein Treppenwitz, Mami?“, fragt Jule neugierig und schnappt sich das leicht angebrannte Randstück. Wie ich finde, das Leckerste am ganzen Stuten.

„Gib sofort her!“, befehle ich laut. „Du weißt genau, dass *ich* das immer kriege.“ Bei aller Schwesternliebe: Auf mein Lieblingsstück Rosinenstuten zu verzichten, das geht dann doch zu weit.

Als Letzter kommt Lukas in die Küche gefegt. Er hat knallrote Wangen und noch viel mehr Stroh im Haar, obwohl seines kürzer ist als Jules. „Eddy ist voll süß!“, brüllt er begeistert. „Und er hat richtig mit mir gesprochen, ganz ehrlich.“

Jonas verzieht spöttisch den Mund. „Kein Wunder. Esel unter sich eben.“

BEER
BUTTER

Aber ganz überraschend hat Lukas keine Lust auf Streit. Er findet das leckere Frühstück auf dem Tisch viel interessanter als seinen großen Bruder.

Wir mampfen alle eine Weile stumm vor uns hin und bemühen uns, möglichst schnell zu essen und auf diese Weise so viel wie möglich von Mamas leckerem Rosinenstuten abzukriegen.

Paula ist ja quasi ein Einzelkind und hat die Methoden nicht so gut drauf wie wir anderen. Deshalb hat sie erst ein Stück Stuten gegessen, als alle anderen schon bei ihrem dritten sind. „Wie macht ihr das?“, fragt sie fassungslos.

Ich beschließe, ihr unser Geheimnis großzügig zu verraten, denn der Stuten ist ohnehin gerade bis auf den letzten Krümel aufgegessen. „Den Mund so voll wie möglich stopfen und dann schnell mit Kakao runterspülen“, sage ich grinsend.

Das bekommt natürlich nicht jedem. Jule reibt sich den Bauch und schneidet dabei so schreckliche Grimassen, als ob sie jeden Moment platzen würde. „Ich gehe mal ein bisschen raus hüpfen, Mama!“, sagt sie und verschwindet. Wahrscheinlich hofft sie, dass der Stuten dadurch nach unten rutscht.

„Ich komm mit!“, ruft Lukas und folgt ihr eilig.

Also, mich würde das nerven, wenn jemand ständig hinter mir herrennen und mich auf Schritt und Tritt verfolgen würde.

Ich stelle mir gerade vor, Jonas wäre so drauf. Aber das scheint nicht der Fall zu sein, denn er beschäftigt sich gerade intensiv mit Paula. Anscheinend hat er schon wieder vergessen, wie sie uns gestern alle auf die Palme getrieben hat. Typisch Junge!

„Echt ulkig, deine Augenfarbe", sagt er gerade zu ihr. „Wie die Rosine hier." Er hält prüfend eine übrig gebliebene Rosine neben Paulas Auge.

Haha. Ist das peinlich. Wenn er Paula damit beeindrucken will, dann hat er sich aber geschnitten. Welches Mädchen möchte schon mit einer Rosine verglichen werden?

„Ach, findest du wirklich?", flötet Paula in diesem Augenblick und klimpert wieder ihr Bambi-Klimpern. „So etwas Witziges hat noch kein Junge zu mir gesagt."

Ich glaube, ich höre nicht recht. Es scheint, meine beste Freundin hat es echt erwischt. Sie ist ausgerechnet in Jonas verknallt!

Das hat mir gerade noch gefehlt. Ich könnte sie in der Luft zerreißen. Schließlich haben Jonas und ich einen wichtigen Auftrag zu erledigen, nämlich unsere

Mutter und seinen Vater so schnell wie möglich wieder auseinanderzubringen. Da ist keine Zeit für Gesäusel.

„Ähm Mami, sag mal: Hast du gestern lecker gegessen … und so?“, frage ich deshalb geradeheraus.

Meine Frage zieht. Vor allem bei Jonas. Er lässt die Rosine fallen und starrt unsere Mutter gespannt an.

Diese strahlt auf einmal über das ganze Gesicht. „Ach Maxie, es war einfach herrlich. Ich konnte gar nicht mehr aufhören zu essen, bis ich fast geplatzt bin. Die können dort so lecker kochen. Schade, dass wir das nicht schon früher einmal gemacht haben. Und die Blaue Lagune – so ein süßes Lokal. Richtig mit Livemusik und Tanz und allem, was sonst Spaß macht.“ Sie rührt träumend einen vollen Löffel Erdbeermarmelade in ihren Kaffee und nimmt einen tiefen Schluck davon, bevor ich sie daran hindern kann. Aber anscheinend fällt es ihr gar nicht auf, denn sie trinkt einfach weiter.

Livemusik! Und Spaß hat sie gehabt. Na toll. Ihre Familie scheint sie ja schwer zu deprimieren. Mir bleiben echt die Stutenkrümel im Hals stecken. So einen Quatsch habe ich schon lange nicht mehr gehört.

„Das ist ja schön“, quetscht Jonas zwischen den

Zähnen hervor und macht ein Gesicht, als hätte er in eine saure Zitrone gebissen. „Dann sind Sie ja erst mal für eine Weile satt."

Mama lacht vergnügt. „Ach, ganz ehrlich: Ich könnte schon bald wieder einen Teller Spaghetti essen. In der richtigen Gesellschaft ist alles viel netter."

Mir steigen urplötzlich Tränen in die Augen. Warum sagt Mama nur so gemeine Sachen? Sebastian Pfeffer scheint ihr ja ganz schön den Kopf verdreht zu haben.

Ich schnippe wütend die Rosine vom Tisch. Zum Glück sind meine Augen nicht rosinenbraun. Dann würde ich mir sofort gefärbte Kontaktlinsen besorgen.

Sieht so aus, als wäre Jonas genauso ein Charmebolzen wie sein Vater. Oder warum grinst Paula ihn so an, als wären ihre Mundwinkel an den Ohren festgetackert?

Ich habe das Gefühl, dass ich jeden Moment platze vor Wut. Ich weiß gar nicht mehr, wohin mit mir. Wahrscheinlich schieße ich in der nächsten Sekunde wie eine Rakete in die Luft und komme nie wieder zurück. Dann kann mich Kassia in Zukunft jede Nacht durch ihr Teleskop anglotzen.

Plötzlich kommt mir die rettende Idee. Herr Schiller! Meine unendlich süße Krähe. Warum bin ich nicht schon früher darauf gekommen? Ich bin jetzt genau in der Stimmung für einen richtig fiesen Rap.

„Bin gleich wieder da!", rufe ich und stehe so hastig auf, dass ich meinen Stuhl umwerfe. Als ich Mamas Stirnrunzeln bemerke, sage ich noch schnell: „Ich helf dann auch gleich beim Tischabräumen", und verschwinde auf den Dachboden.

Auf dem Dachboden ist es so friedlich und still, dass ich für einen kurzen Augenblick die Hoffnung habe, dass die Welt gerade doch nicht im Chaos versinkt.

Herr Schiller döst auf dem höchsten Balken vor sich hin. Wahrscheinlich freut er sich, dass mal Ruhe ist. Ich habe das Gefühl, dass der viele Lärm, den wir alle verursachen, und Daisys Gebell ihn ganz schön nerven.

„Guten Morgen, Herr Schiller", säusle ich. „Mein süßer Prinz!" Ich strecke die Hand nach ihm aus.

Die schönste Krähe auf der ganzen Welt öffnet ihre Knopfaugen und blinzelt mich an. Hach. Sofort wird mir ganz warm ums Herz und meine Wut löst sich wie Zuckerwatte auf.

Halt! Ein wenig Wut muss ich mir ja noch aufbewahren, sonst fällt mir kein bissiger Rap ein. Ich spule also einfach ein wenig in meinem Gedächtnis zurück und stelle mir vor, wie Jonas Paulas Augen mit einer Rosine vergleicht.

Ha! Funktioniert. Auf der Stelle ist das zornige Kribbeln im Bauch wieder da.

Herr Schiller krächzt plötzlich laut und segelt auf meine Schulter. Er pickt behutsam die allerletzten Rosinenstuten-Krümel von meinem Shirt. Dann presst er sein warmes Köpfchen fest gegen meine Wange.

Ich schließe die Augen. „Ach, du bist wirklich ein Prinz“, seufze ich wohlig. „Und vielleicht taucht ja tatsächlich irgendwann mal eine Fee auf und entzaubert dich.“

Herr Schiller gurrt wie eine Taube und ich bin fest davon überzeugt, dass er jedes Wort versteht.

Trotzdem. Ich würde jetzt echt gerne noch einen kleinen bösartigen Rap zustande kriegen. Vielleicht sollte ich einfach loslegen, obwohl ich gerade so entspannt bin, wie seit 24 Stunden nicht mehr.

Ey, Leute, ich könnt heulen,
wie sich die Jungs verbeulen
mit geistlosem Gequatsche.
Haben die im Hirn nur Matsche?
Sie fangen an zu säuseln,
bis sich die Sinne kräuseln.
Selbst meine beste Freundin
lässt sich von ihrem Mist verführ'n.

Ich find das total krass
und kriege echten Beulenhass.
Ich schieß euch in die Umlaufbahn
und hoffe, ihr kommt niemals an.
Höchstens weit oben auf dem Mars!
Danke schön.
Das war's.

Ich muss auf einmal total lachen. Bin gespannt, wie Jonas den Rap findet und ob er durchschaut, dass er eigentlich für ihn geschrieben wurde. Aber so wie der Junge gerade auf der Leitung steht – rosinenmäßig –, kapiert er nicht einmal das.

„Wühlst du heimlich in meinen Sachen herum?" Plötzlich steht Kassia vor mir und schaut mich misstrauisch an.

Ich schüttle den Kopf. „Quatsch, wie kommst du denn darauf? Ich musste eben nur mal kurz alleine sein."

Kassia nickt verständnisvoll. Das ist wahrscheinlich die einzige Erklärung, die sie sofort akzeptiert. Weil es ihr ständig genauso geht.

Sie fragt zum Glück nicht nach warum. Ich weiß ja selbst nicht genau, ob es an Mama liegt oder eher an Jonas.

Vielleicht ja sogar an beiden ... Ich seufze laut auf.

„Da unten brennt die Luft“, sagt Kassia.

Mir wird sofort ganz heiß. Was meint sie damit? Hat Paula eine Kussattacke auf Jonas gestartet, nachdem er ihr Rosinen in den Kopf gesetzt hat? Ich halte alles für möglich.

„Was ist denn passiert?“, frage ich atemlos. Mein Puls rast schneller als der Puls von Springmäusen auf der Flucht.

„Noch gar nichts.“

Grrrr. Endlich kapiere ich. Meine Schwester lässt sich wieder jeden Satz einzeln aus der Nase ziehen. Das bereitet ihr einfach ein tierisches Vergnügen. Herrschaftswissen nennt man so etwas.

„Mama lässt ihre Praxis heute Nachmittag geschlossen“, sagt sie schließlich bedeutungsvoll. „Sie hat was anderes vor.“

Dass ich schockiert bin, ist noch harmlos ausgedrückt. Ich löse mich vor Überraschung nämlich gerade in winzige Zellen auf.

„Wieso das denn?“, schreie ich los. „Das hat sie doch noch nie gemacht.“

Kassia nickt zufrieden. „Volltreffer. Sie fährt mit Sebastian in die Kreisstadt. Das ist anscheinend wichtiger als grippekranke Kanarienvögel. Und der Hammer: Sie will einfach nicht damit herausrücken, was sie dort vorhat!“

Ich denke angestrengt nach. „Wie fahren sie denn dort hin?“

Kassia glotzt schon wieder durch ihr Teleskop, als ob sie die Lösung unserer Probleme im Weltall finden könnte. „Mit Mamas Auto“, antwortet sie.

„Aha“, sage ich aufgewühlt und renne auf dem Dachboden umher wie ein Hamster im Laufrad. „Dann müssen wir ein U-Boot einschleusen. Diese Informationen können wir uns einfach nicht entgehen lassen.“

Minuten später schnappen Kassia und ich uns Jule und ziehen sie aus Eddys Stall hinaus in den Gemüsegarten. Wir haben etwas streng Geheimes mit ihr zu besprechen.

Die Gefahr, dass Lukas uns ausspioniert, ist gleich null, denn er sitzt mit einem verklärten Lächeln auf Eddys Rücken und murmelt die ganze Zeit „hüa, hüa“ vor sich hin. So langsam glaube ich, dass Lukas in seinem früheren Leben selbst mal ein Esel war. Anders kann ich mir nicht erklären, dass er so dermaßen verrückt nach ihm ist.

Kassia erklärt Jule in ihren berühmt-berüchtigten knappen Worten den Ernst der Lage und ich setze nach: „... weil du am kleinsten bist, passt du am besten hinten rein. Du kriegst Kassias Handy für den Notfall. Ist das nicht eine tolle Idee, Süße?"

Jule schaut uns an, als wären wir nicht ganz dicht. Dann sagt sie mit fester Stimme: „Ich lasse mich auf keinen Fall in den Kofferraum sperren. Da kriege ich ja gar keine Luft."

Kassia schnaubt ungeduldig. „Jetzt spiel nicht auf einmal die Barbie. Du bist doch sonst für jeden Spaß zu haben."

Jule schüttelt heftig den Kopf. „Das ist aber gar nicht spaßig. Ich habe bei Rosanna mal einen Film gesehen, da ist jemand im Kofferraum fast erstickt. Ich will nicht sterben." Ihre Augen füllen sich mit dicken Tränen.

„Spinnst du, Jule? Das war ein Krimi für Erwachsene, so etwas darfst du gar nicht gucken. Sei froh, dass wir es Mama nicht petzen", sagt Kassia wütend. „Du fährst mit und damit basta. Gestern warst du noch vollkommen verrückt danach, selbst Detektiv zu spielen."

Ich gebe Kassia einen Schubs, aber sie meckert immer weiter. Diplomatie ist echt nicht ihre Welt. Wenn sie sich etwas in den Kopf gesetzt hat, dann muss das auch genau so funktionieren. Sonst wird sie stinksauer.

„Ihr könnt mich alle mal!“, schreit Jule jammernd auf. „Ich mach nicht mehr mit.“ Sie rennt heulend zurück in den Stall. Einen Augenblick später galoppiert sie auf Eddys Rücken davon.

„Jetzt sitzen wir echt in der Patsche“, wettere ich. „Wenn uns Jule bei Mama verpetzt, bist nur du schuld.“

Kassia stampft mit finsterer Miene ins Haus, aber das juckt mich überhaupt nicht. So neunmalklug sie ist, so verbohrt kann sie sein. Sie hat es verbockt. Das weiß sie selbst am allerbesten.

Lustlos schlendere ich ebenfalls zurück ins Haus. Dort erwartet mich schon die nächste Überraschung.

„Hey, Maxie, wir wollten doch schon die ganze Zeit zusammen an den See. Heute wäre ein super Tag dafür, oder? Ich habe nur leider meinen Badeanzug vergessen. Leihst du mir den süßen Blauen? Wenn du keine Lust hast, fahre ich mit Jonas alleine.“ Bambi Paula plinkert wieder ganz doll mit den Augen.

Na prima. Mama und Sebastian flüchten sich in die Stadt und Jonas und Paula verdrücken sich alleine an den See?

Nee, Leute. Nicht mit mir. In den Kofferraum von Mamas Auto kriegen mich keine zehn Esel, aber am See bin ich dabei. Keine Frage.

Ich weiß wirklich nicht, wie Paula es schafft, jeden um den Finger zu wickeln. Ich habe meinen nicht mehr ganz so blütenweißen Sportbadeanzug aus dem Schwimmunterricht an und sehe darin aus wie meine eigene kleine Schwester. Dafür trägt Paula meinen fetzigen blauen Badeanzug mit den neongelben Notenschlüsseln, als wir Richtung See losradeln.

Wobei: Jonas und ich treten in die Pedale, Paula thront hinten auf meinem Gepäckträger und kreischt unkontrolliert in meine empfindlichen Ohren.

„Paula, du kannst gleich laufen!“, warne ich sie, kurz bevor ich taub werde.

„Dann hör damit auf, Schlangenlinien zu fahren. Ich falle sonst runter“, jammert sie. Aber dann verstummt sie gehorsam.

„Nur, wenn du nicht mehr wackelst wie die Titanic bei ihrem Untergang“, kontere ich.

„Weiber“, Jonas grinst und überholt uns lässig. „Können keine Sekunde mit dem Plappern aufhören.“ Er zeigt uns mal kurz, was sein Fahrrad an Geschwindigkeit hergibt.

„Angeber“, maule ich ihm hinterher. „Ohne Kartoffelsack wäre ich auch schneller.“

Autsch! Im selben Moment zwickt mich Paula so in die Seiten, dass ich heftig ins Schlingern komme.

„Spinnst du?“, brülle ich los und bringe das Fahrrad gerade noch ohne Sturz zum Stehen.

„Spinnst *du?*“, schreit Paula zurück. Sie springt empört vom Gepäckträger herunter und baut sich kampfbereit vor mir auf. „Wieso sagst du so etwas Gemeines?“

Gute Frage. Einen Moment lang weiß ich nicht, was ich antworten soll. Weil ich sonst tatsächlich nicht so blöde Sachen sage. Ich zucke ratlos mit den Schultern und fühle mich ziemlich bescheuert.

„Ich warte auf eine Antwort, Maxie!“, sagt Paula drohend. Ihre Augen blitzen wütend.

Ich überlege krampfhaft, was der Grund ist. Alle Möglichkeiten, die mir durch den Kopf schießen, haben tatsächlich mit Jonas zu tun. Die Gedanken sind so peinlich, dass ich es nicht einmal wagen würde, sie auszusprechen, wenn ich ganz alleine wäre.

„Maxiiiiie?“

„Es kömmte bloß so“, sage ich leise.

„Hä?“ Paula schaut mich verständnislos an.

„Es kömmte bloß so“, wiederhole ich.

„Maxie, wenn du dich jetzt auch noch über mich lustig machst, dann …“

Paula ist es todernst. Das lese ich deutlich in ihrem Gesicht. „Kannst du dich denn nicht mehr daran erinnern?“, frage ich und merke, dass meine Stimme schlagartig ganz heiser und klein klingt. „Als Papa gestorben ist und ich eine ganze Weile total unausstehlich war“, ich muss heftig schlucken, weil ich das immer noch nicht aussprechen kann, ohne dass mir die Tränen in die Augen steigen. „Da hast du mir doch dieses Buch geschenkt, wo das kleine Mädchen immer, wenn etwas ganz Doofes passiert, *es kömmte bloß so* sagt.“ Ich zucke hilflos mit den Schultern. „Es kömmte bloß so. ’tschuldigung, Paula.“

Paula guckt mich schweigend an. Weder sauer noch wie Bambi, eher wie jemand mit gruseligen Röntgenaugen, denen nichts entgeht.

Schließlich nickt sie. „Okay. Es kömmte bloß so, mmhhh. Ist wohl ähnlich wie bei mir. Da *kömmte* das auch einfach, dass ich herumgewackelt habe … und so. Wenn du willst, können wir die Badeanzüge auch wieder tauschen. Obwohl ich die Notenschlüssel megacool finde.“

Ich spüre auf einmal, wie sich ein ganz warmes Gefühl aus meinem Bauch überallhin ausdehnt. Paula ist wirklich meine allerbeste Freundin und ich habe sie sehr, sehr lieb.

Ich schüttle den Kopf. „Nee, lass mal, Schnecke. Der Badeanzug steht dir super. Wir können uns ja abwechseln, ist bestimmt nicht das letzte Mal, dass wir an den See zum Baden fahren."

Wir strahlen uns erleichtert an.

Im selben Augenblick ertönt infernalisch lautes Hundegebell und Daisy schießt mitten auf der Straße auf uns zu. Verkehrsregeln sind ihr anscheinend egal, denn sie kümmert sich weder um die rote Ampel noch um den Mofafahrer, der sich zu Tode erschrocken auf den Fahrradweg rettet. Direkt vor uns stoppt sie so abrupt, dass ihr eigentlich die Pfoten qualmen müssten wie zu heiß gelaufene Reifen. Sie rammt Paula begeistert und wirft sie einfach um. Gleich darauf schleckt sie meiner Freundin, die so hilflos wie ein Käfer vor meinen Turnschuhen liegt, begeistert das Gesicht ab.

„Daisy, aus!", brülle ich empört.

Ach ja, das Vieh kann doch nur Englisch.

„Stop, Daisy, stop! Sofort!" Ich schnappe ihr Halsband und versuche, Paula zu befreien. Das ist gar nicht so einfach, denn in ihrer überschwänglichen Liebe ist Daisy ziemlich absolut. Egal, ob es sich um Mozart oder ihr Frauchen handelt.

Jonas kommt Kurven fahrend zurück zu uns. „Geht's noch?", gackert er. „Was wird das hier?" Er springt vom Sattel und stellt sich tatenlos neben mich.

„Hilf mal mit", fordere ich ihn ungehalten auf. Ich habe keine Lust, mich alleine abzurackern. Mir ist vor Anstrengung schon total heiß. Daisy klebt an Paula wie ein festgepappter Kaugummi. „Jule! Echt typisch. Auf diese Zwerge ist einfach kein Verlass", keuche ich vor mich hin.

Schließlich hatten wir Daisy bei Jule und Lukas zurückgelassen, weil Paula sich Sorgen machte, dass Daisy im See ertrinken könnte. Dass sie nicht besonders scharf auf Wasser ist, hat sich ja bereits gezeigt. Aber anscheinend hat Daisy noch viel mehr Panik, wenn sie nicht mit Paula zusammen sein kann.

„Wir müssen gleichzeitig ziehen. Sonst wird das nichts ... Hauruck!", gibt Jonas das Kommando.

Mit vereinten Kräften eisen wir Daisy von Paula los.

Paula rappelt sich eilig auf, bevor Daisy erneut loslegen kann. „Du schlimmer Hund", schimpft sie. „Du hättest überfahren werden können. You are a

SEE

bad girl!“ Dabei sieht man ihr aber die Erleichterung an, dass Daisy nichts passiert ist.

Daisy legt den Kopf schief und winselt herzzerreißend.

„Echt die große Liebe“, sagt Jonas grinsend.

Was heißt das denn nun schon wieder? Ich nehme ihn mit meinem schlimmsten Typisch-Jungs-Blick ins Visier. Schnell guckt er weg. Feigling!

„Wir müssen Daisy natürlich mitnehmen“, spricht er eilig weiter. „Sonst haut sie wieder ab. Aber wir brauchen eine Hundeleine.“ Er schaut sich suchend um.

In einem der umliegenden Gärten hängt eine Frau gerade Wäsche auf.

„Entschuldigung!“, ruft Jonas und läuft einfach zu ihr hinüber. Er gestikuliert wild herum und zeigt ein paarmal in unsere Richtung. Wie abgesprochen fängt Daisy erneut an, heiser zu winseln.

Die Frau nickt und geht in eine Garage. Einen Augenblick später kommt sie mit einem Stück Seil zurück und gibt es Jonas. Er schwenkt es triumphierend wie ein Lasso in unsere Richtung.

„Manchmal bist du wirklich genial“, sage ich anerkennend, als er wieder neben uns steht. „Egal was du sonst für einen Blödsinn quatschst.“

Jonas antwortet nicht, sondern beugt sich geschäftig über Daisys Halsband, um das Seil mit einem Seemannsknoten zu befestigen. Offensichtlich eine ziemlich anstrengende Sache, denn als er wieder aufschaut, ist er knallrot im Gesicht.

„So“, albert er herum, „jetzt braucht sie nur noch einen Rettungsring für den See und dann ist alles perfekt.“

Wir nehmen Paula und Daisy in die Mitte und schieben unsere Räder das letzte Stück. Wird echt Zeit, dass wir endlich am See ankommen. Nach der ganzen Aufregung muss ich dringend ein paar Bahnen kraulen.

Mir schießt ganz plötzlich durch den Kopf, dass es gar nicht so einfach ist, die beste Freundin und den besten Kumpel unter einen Hut zu kriegen.

Jedenfalls ohne dass das totale Chaos ausbricht.

Das Wasser ist einfach herrlich!

Als ich kopfüber in den See tauche, sind meine Sorgen wie weggeschwemmt. Es ist mir sogar egal, dass Paula in meinem schicken Badeanzug alle Blicke auf sich zieht. Ich freue mich für sie! Erleichtert stelle ich fest, dass meine zickige Phase anscheinend schon wieder vorbei ist.

Jonas schießt natürlich den Vogel ab. Er leiht sich von einem kleinen Mädchen einen Schwimmreifen mit einem Schwanenhals und stülpt ihn der armen Daisy über den Körper.

Aber bevor ich Stunk machen und etwas von Tierquälerei motzen kann, stelle ich fest, dass Daisy Jonas' Schwimmhilfeaktion nicht nur wie ein treudoofes Schaf über sich ergehen lässt, sondern den Schwimmreifen richtig super findet. Und als Jonas mit ihr ins Wasser stapft und an ihrer Seite herumpaddelt, stößt sie einen so ulkigen Ton aus, dass ich schwören könnte, es ist ein fröhliches Quietschen.

Mit hocherhobenem Kopf folgt sie Jonas, der sie mit schnalzenden Lauten hinter sich herlockt.

„Dein Hund spinnt!“, rufe ich Paula zu und ärgere sie mit einem Schwall Wasser.

„Blödsinn! Meine Daisy ist einfach eine echte Lady!“, kreischt Paula und rächt sich mit einer noch größeren Ladung.

Wir spritzen uns gegenseitig pudelnass und haben einen irren Spaß dabei.

Schon nach kurzer Zeit ist klar, dass 99 Prozent aller Jungen, die heute am See sind, auf Paula stehen. Das liegt sicher nur an meinem Badeanzug. Aber ich hätte sowieso keine Lust, mir das dumme Gequatsche anzuhören.

Die meisten Typen kenne ich gar nicht.

Der See zieht im Sommer Badegäste aus der ganzen Gegend an, weil er viel cooler als das winzige alte Freibad ist. Dort tummeln sich nur die ganz Kleinen mit ihren Mamas und kreischen einem die Ohren wund.

Wer schon größer ist und gut schwimmen kann, radelt lieber zum See.

Der Junge, der jetzt leider direkt auf uns zusteuert, ist mir aber sehr wohl bekannt. Er geht in die neunte Klasse unserer Schule und ist mir schon öfter aufgefallen, weil er mir besonders nervig vorkommt. Er macht auch heute keine Ausnahme.

„Halloooo! Da geht ja direkt die Sonne auf. Bist du neu hier oder warum sind mir deine tollen blauen Augen bisher noch nicht aufgefallen?"

Er knallt sich direkt neben Paula ins Gras und versucht sich an einem schmachtenden Gesichtsausdruck, wobei er einfach nur dämlich aussieht.

Paula guckt zuerst ihn und dann mich verwundert an.

Ich schüttle den Kopf. Nicht dass sie womöglich denkt, Anton sei ein Kumpel von mir. „Lass meine Freundin in Ruhe, du Loser", fauche ich.

Anton betrachtet mich wie ein lästiges Insekt. Dabei habe ich ihm in diesem Sommer schon zweimal mein Fahrradflickzeug geliehen, weil er einen Platten hatte. „Hoppla", sagt er überheblich. „Da ist aber jemand derbe eifersüchtig."

Mir wird ganz schummrig vor Ärger. „Hat dir die Hitze das Hirn aus dem Kopf gebrannt?", wettere ich los.

Am liebsten würde ich ihm eine kleben. Aber erstens finde ich Prügeln doof und zweitens würde ich sicher den Kürzeren ziehen. Er hat Oberarme so dick wie Äste und beherrscht alle möglichen Kampfsportarten. Jeder weiß, dass Anton auch auf unserem Schulhof nicht gerade zimperlich mit Mädchen umgeht.

„Spiel dich nicht auf, Zwerg“, antwortet Anton mit scharfer Stimme. „Du bist hier eindeutig überflüssig. Also verzieh dich ins Planschbecken, während Beauty und ich ein bisschen talken.“

Ich höre Paula ein zischendes Geräusch durch ihre Zahnlücke ausstoßen.

Nein, halt! Nicht dass jetzt jemand denkt, meiner süßen Freundin fehlten ein Zahn oder zwei. Es ist nur einfach so, dass ihre oberen Schneidezähne einen Tick weiter auseinanderstehen, als bei anderen Leuten. Weil sie früher ihre Zahnspange immer wieder heimlich rausgenommen und überall liegen gelassen hat, ist die Lücke geblieben. Das sieht aber gar nicht schlimm aus, im Gegenteil. Die Lücke gehört zu Paula wie mein herzförmiges Muttermal auf dem Knie zu mir.

Ziemlich verschärft finde ich es allerdings, dass sie Töne fabrizieren kann, indem sie Luft durch die Lücke pustet. Je nach Stimmung verändern sich die Klänge. Einmal hat sie sich so sehr über ein Freundschaftsarmband von mir gefreut, dass sich der Ton wie ein wunderschöner Harfendreiklang angehört hat.

Den Ton, den sie gerade produziert hat, kenne ich jedoch noch gar nicht. Ich bin aber froh, dass er nicht mir gilt. Ich würde ihn ungefähr so beschreiben: eine Mischung aus Kobra und grüner Mamba. Auf jeden Fall gefährlich und höchst giftig.

Sogar Anton ist aufgefallen, dass dieser Zischlaut nichts Gutes zu bedeuten hat. Er schaut sich nämlich höchst unbehaglich um, so als ob er jeden Moment einen Angriff der Killerskorpione aus dem Gebüsch erwarten würde.

„Du bist ja affig!“, sagt Paula scharf. „Wie sprichst du denn mit meiner besten Freundin? Du entschuldigst dich auf der Stelle, sonst beiße ich dir ein Ohr ab.“

Leider ist Anton noch dümmer, als ich es für möglich gehalten habe. Denn er interpretiert Paulas Satz als Aufforderung, noch mehr Blödsinn auszuspucken.

„Wow, Baby, Baby. Gegen ein bisschen Ohr-Geknutsche habe ich echt nichts. Leg los!“ Er hält ihr erwartungsvoll sein Gesicht hin.

Ich halte die Luft an, denn ich ahne, was jetzt gleich passiert. Nämlich das, was ich mir verkniffen habe.

Paula schallert Anton eine. So fest, dass es sich wie ein explodierender Knallfrosch anhört. „Dummbacke!“, sagt sie ganz ruhig. „Verschwinde, bevor mir schlecht wird.“

Ich habe keine Ahnung, wie die Jungs in London drauf sind. Von Engländern sagt man ja immer, dass sie gute Manieren und Respekt vor Mädchen haben. Jedenfalls steht das so in den Storys, die wir im Englischunterricht lesen.

Bei Anton trifft beides nicht zu. Aber er ist ja auch kein Engländer. Er stürzt sich mit einem Aufschrei auf Paula. Seine Haut ist knallrot, als hätte er zu heiß gebadet. Ich gewinne in dieser Sache keine Retterinnen-Medaille, denn ich starre ihn wie ein gelähmtes Kaninchen an.

Zum Glück hat Paula gute Reflexe. Sie hechtet zur Seite und Anton stolpert haarscharf an ihr vorbei. Im selben Augenblick schreit sie aus Leibeskräften: „Daiiiiiiiiiiisyyyyyyyy!“

Jonas und Daisy tummeln sich immer noch total vergnügt im See und haben nichts von dem Affentheater an Land mitgekriegt. Eine Tausendstelsekunde, nachdem Paula ihren Hund gerufen hat, spitzt Daisy die Ohren. Dann rast sie mit ihrem Schwan um den Bauch los und fliegt über das Wasser zu meiner besten Freundin.

Hä? Fliegt …?! Gibt es fliegende Hunde? Dass

Fische fliegen, habe ich schon mal gehört, aber auch das soll ja angeblich ein Märchen sein. Seit heute weiß ich: Dalmatinermischlinge können fliegen. Und da soll meine Mama, die oberschlaue Tierärztin, mir erst einmal das Gegenteil beweisen.

Wie auch immer – Pech für Anton, der gerade einen weiteren Gorilla-Angriff auf Paula startet.

Dass Daisy ein besonders gefühlvoller Hund ist, hat mittlerweile wohl jeder begriffen. Ihr Herz ist groß und ihre Pfoten sind es auch. Und Letztere werden zu echten Pranken, wenn die Person, die Daisy am allermeisten liebt, in Gefahr ist: Paula!

Ein Werwolf-Knurren hört sich im Vergleich zu dem Geräusch, das da gerade aus Daisys Kehle dringt, wie ein verdruckster Pups an. Antons Augen werden vor Schreck so kugelrund wie Tischtennisbälle, als sich Paulas Hund auf ihn stürzt. Daisy springt in die Höhe und schubst ihn mit allen vier Pranken-Pfoten so einfach um, als wäre er ein Spielzeugturm. Anschließend bellt sie ihn monstermäßig zusammen.

Jetzt ist Anton nicht mehr wutrot. Sein Gesicht ist vielmehr speigrün.

Ich glaube, ihm ist sterbensschlecht vor Angst. Und mal ganz ehrlich: Das geschieht ihm recht.

Daisy liebt Schuhe, Mozart, seit heute baden im See und besonders Paula. Und sie ist schrecklich schlecht erzogen, wie meine Mutter findet. Aber zum Glück für alle ist sie vor allem ein lieber Hund, der niemandem ein Haar krümmen würde. Und so kriegt Anton nur jede Menge ihrer ekligen Spucke ab und bleibt von ihren Zähnen verschont. Aber die Spucke reicht als Denkzettel vollkommen aus. Denn Anton hat auch so die Badehose total voll.

Nachdem sich Paula eine Weile an seinem jämmerlichen Anblick sattgesehen hat, sagt sie schmeichelnd: „Come here, Sweety."

Daisy steigt freudig winselnd von Antons Muskeln herunter und drückt ihren Kopf zärtlich gegen Paulas Beine. Anton ergreift augenblicklich die Gelegenheit zur Flucht. Seine Beine zittern wie Espenlaub, als er sich vom Acker macht.

Paula schlingt liebevoll ihre Arme um Daisys Hals. „My little Baby", säuselt sie.

„Hey, Leute, wieso liegt ihr hier so faul herum, statt zu schwimmen?" Jonas robbt strahlend aus dem See. Seine Haut ist schon ganz aufgeweicht, weil er so lange im Wasser war. „Was wollte Anton von euch?", fragt er verwundert. „Lasst euch nicht von dem bequatschen. Der prügelt sogar Mädchen. Voll mies, der Typ." Er schnappt sich Paulas Handtuch und rubbelt seine Haare trocken.

„Ach, wirklich?", fragt Paula gespielt überrascht. „Kam mir gar nicht so vor." Sie sieht mich bedeutungsvoll an und wir brechen in schallendes Gelächter aus.

Jonas guckt verwirrt. „Hab ich was verpasst?"

Ich schüttle grinsend den Kopf. „Nö. Nicht mehr als sonst." Ich könnte mich echt kugeln.

Paula springt auf und zieht mich an meiner Hand hoch. „Komm, Süße, eine Runde Wettschwimmen", ruft sie übermütig.

Wir rasen los und werfen uns kreischend in das kühle Nass.

Paula gewinnt alle Runden. Die allerletzte aber nur mit einer Nasenlänge Vorsprung.

Als ich prustend den Kopf aus dem Wasser strecke, denke ich im ersten Augenblick, ich spinne: Direkt am Ufer steht unser Esel Eddy. Jule und Lukas sitzen auf seinem Rücken und winken uns zu.

„Juchuh, Maxie!", ruft Jule fröhlich.

Eigentlich kann ich mir nur einen Grund vorstellen, aus dem Jule auf Eddy an den See geritten ist: Es gibt dringende Neuigkeiten von Mama und Sebastian. Nachdem sie sich geweigert hatte, die beiden auf ihrer Tour in die Stadt auszuspionieren, hatte ich Jule nämlich dazu verdonnert, zu Hause die Stellung zu halten, falls etwas Entscheidendes passiert.

Ich wate eilig aus dem Wasser. „Was ist los?", frage ich hektisch und schnappe mir das Handtuch unter Jonas' Po weg.

Jule grinst. „Wieso? Was meinst du? Uns war nur ein bisschen langweilig und viel zu heiß. Und da sind wir ganz spontan mit Eddy los." Sie schürzt die Unterlippe. Das tut sie immer, wenn sie ein schlechtes Gewissen hat.

„Jule!", rufe ich empört. „Wir hatten eine Abmachung!"

Lukas guckt neugierig. „Was für eine Abmachung?"

Grrrrrr. Geschwister unter zehn sind wirklich noch richtige Babys. Und Lukas besonders. Der nervt immer dann, wenn man es überhaupt nicht gebrauchen kann.

„Eine Abmachung zwischen meiner Schwester und mir", sage ich. „Mädchenkram, interessiert dich nicht." Diese kleine Notlüge muss jetzt gerade sein.

Ich würde Jule gerne den Kopf waschen, aber weil Lukas dabei ist, kann ich keinen Pieps sagen, ohne dass er nicht doch Lunte riecht. „Wir sprechen uns noch zu Hause, Jule", sage ich. „Ist Kassi wenigstens da?"

Jule nickt. „Da ist sie schon, aber nicht da."

Doppelt grrrrrr. „Was heißt das schon wieder?", frage ich.

Jule kichert. „Sie spricht wieder mit irgendwelchen Außerirdischen. Aber sie ist wütend, weil ihr keiner antwortet."

Okay, alles klar. Ich habe ja bereits tausendmal erwähnt, dass unsere superschlaue Schwester an die Existenz von Leben auf fremden Planeten glaubt. Seit sie sich darauf eingeschossen hat, denkt sie sich daher alle möglichen verrückten Sprachen aus, um Kontakt aufzunehmen. So eine Mischung aus Morsezeichen und irgendwelchen Geheimdienst-Codes, die sie im Internet gefunden hat.

Wenn ich sauer auf sie bin, sage ich dazu einfach Kauderwelsch. Kassia spricht regelmäßig in das Funkgerät, das einmal unserem Papa gehört hat, und hofft, dass mal jemand zurückkauderwelscht. Wenn sie das macht, könnte über ihrem Kopf das Dach abheben und davonfliegen – sie würde nichts davon mitbekommen.

„Alles klar“, seufze ich. Also ist quasi niemand daheim, der die Stellung hält und dokumentiert, wann unsere Mutter und Sebastian zurück sind. „Dann müssen wir alle sofort nach Hause.“ Ich falte schon mal das Handtuch klein und stopfe es in den Rucksack.

„Maxie, entspann dich“, mischt sich Jonas unversehens ein. Er streckt sich in der Sonne aus und sieht superfaul aus. „Die kommen bestimmt erst abends zurück. Papa braucht immer ewig, wenn er in die Stadt fährt, weil er Stunden im Musikgeschäft herumstöbert. Für morgen ist wieder Regen angesagt. Wir könnten noch eine Runde Wasserball spielen.“ Er zeigt auf einen einsamen Wasserball, der gerade an uns vorbeitrudelt.

„Au ja!“, stimmt Jule begeistert zu und klettert von Eddys Rücken herunter. Sie beginnt, sich eilig auszuziehen. Ihr knallroter Badeanzug kommt zum Vorschein.

„Spontan losgeritten …“, murmele ich. „Von wegen.“

Jule jagt kreischend mit Lukas ins Wasser und wirft sich glücklich auf den Wasserball.

„Ich mach mit!“, ruft Jonas und stürzt sich ebenfalls in den See.

„Wir sind echt die Superdetektive", beklage ich mich bei Paula.

Aber nicht einmal meine beste Freundin antwortet mir. Sie ist nämlich gerade eingeschlafen.

Sebastian Pfeffer und Mama sitzen im Eiscafé vor einem riesigen Eisbecher mit heißen Kirschen.

Gerade löffelt Sebastian eine Kirsche von der obersten Vanilleeis-Kugel und füttert Mama mit zärtlichem Blick. „Klementine“, sagt er mit zitternder Stimme. „Du bist die Liebe meines Lebens. Willst du mich heiraten?“

Mama schaut Sebastian Pfeffer liebevoll an und antwortet strahlend: „Mein Herzallerliebster, ja ich will!“

Sebastian lässt den Löffel auf den Tisch fallen und steht auf. Dann zieht er Mama stürmisch an sich und küsst sie so leidenschaftlich wie in einem Liebesfilm.

„Nein! Mami!“, schreie ich aus Leibeskräften dazwischen. „Nein, tu's nicht!“

Eine Hand packt mich an der Schulter und schüttelt mich kräftig.

„Maxie! Bist du okay?“ Jonas schaut mich besorgt

an. „In der prallen Sonne zu schlafen ist total gefährlich. Da kann man ganz schnell einen Sonnenstich kriegen."

Ich blinzle und sehe Jonas nur verschwommen, weil mir gerade dicke Tränen aus den Augen kullern. „Ich glaube, ich hab doof geträumt", sage ich und schluchze laut auf.

„Was denn?", fragt er.

„Ach irgendwas Blödes von Mama", sage ich ausweichend. Den schrecklichen Traum komplett zu erzählen, ist mir echt zu peinlich.

Jonas nickt verständnisvoll. „Kenn ich. Als meine Mama nach Amerika umgezogen ist, habe ich fast jede Nacht von ihr geträumt. Einmal habe ich so laut geschrien, dass unsere Nachbarn die Polizei angerufen haben." Er streicht mir tröstend über den Arm und lächelt so lieb, dass ich plötzlich ganz verlegen werde.

Zum Glück schreit Eddy gerade aus vollem Hals los. „Iaaaaaaah! Iaaaaaaah! Iaaaaaaah!"

„Eddy", kreischt Jule. „Du bist ja ein Ferkel!"

Damit hat Jule ausnahmsweise mal Recht. Denn Eddy macht, ohne sich zu genieren, einen gigantischen Haufen, und das direkt vor unseren Nasen.

Nachdem wir Eddys Mist schimpfend beseitigt

haben, habe ich keine Lust mehr auf See. Denn Eddy hat beschlossen, das Seeufer genauer zu erkunden, und kaut glücklich an einer nassen Badehose herum.

„Ich habe Durst!“, quengelt Jule. „Hast du was zu trinken, Maxie?“

„Ich auch!“, echot Lukas.

Dreimal grrrrrr. Das ist ja der reinste Kindergarten hier. Ich schüttle den Kopf. Nee, habe ich nicht.

„In der Waldschenke am Paddelsee gibt es einen Kiosk“, sagt Jonas. „Ich hab aber leider kein Geld mit.“

Stimmt. An Mamas Geburtstag haben wir uns dort ein Paddelboot geliehen und danach Würstchen mit Kartoffelsalat gegessen. War total lustig.

„Ich auch nicht“, antworte ich. Schade eigentlich. Auf eine kalte Cola hätte ich jetzt schon Lust.

„Aber ich!“ Paula schwenkt triumphierend zehn Euro.

„Juchuh!“, schreit Jule und klettert mit Lukas eilig auf Eddys Rücken. Gehorsam setzt sich der Esel in Gang. Es ist wirklich verrückt. Sobald Lukas auf Eddys Rücken sitzt, trabt dieser los. Das macht er sonst nie. Jonas und ich schieben unsere Fahrräder hinterher.

Selbst auf dem schattigen Waldweg ist es heiß. Ich bin froh, als wir den Bootsanleger erreichen. Fast alle Paddelboote liegen in ihren Buchten. Wer ist denn auch so doof und paddelt in der sengenden Sonne herum?

Nur ein Boot entdecke ich mitten auf dem See. Witzigerweise ist es genau das Boot, das wir uns zu Mamas Geburtstag ausgesucht hatten. Ein blau-weiß gestreiftes mit dem Namen *True Love*.

Echte Liebe heißt das. Mama hat uns erzählt, dass es auch einen alten amerikanischen Film mit demselben Titel gibt, mit superkitschiger Musik. Den hat sie mal mit Papa im Kino geguckt, als sie noch gar nicht zusammen waren.

„Da sitzt ja mein Vater in dem Boot", sagt Jonas plötzlich schockiert.

„Und unsere Mama!", fügt Jule hinzu. „Wieso fahren die denn ohne uns Boot? Wie gemein!"

Lukas nickt empört. „Aber voll. Ich will sofort auch mit! Ich ruf mal rüber."

Jule ist eine echte Nervensäge. So sind kleine Schwestern einfach, das ist wie ein Naturgesetz. Aber gerade ist sie die tollste kleine Schwester, die es unter der Sonne gibt. Sie greift nämlich einfach nach vorne und hält Lukas den Mund zu, bevor er uns verraten kann. Gleichzeitig sagt sie drohend: „Pscht. Sei still. Sonst kriegst du keine Cola."

Stopp! Ich muss mich noch mal korrigieren. Jule ist nicht nur besonders toll, sie ist megaraffiniert. Sie weiß genau, dass sie keine Cola trinken darf, und Herr Pfeffer erlaubt Lukas das erst recht nicht. Mit dem Versprechen, dass Lukas eine Cola kriegt, wenn er den Mund hält, hat sich Jule auch selbst eine Cola erschlichen.

„Fünf Colas", ordert Paula eine Minute später. Das macht genau zehn Euro.

Ich gebe Jonas ein Zeichen und setze mich mit ihm ein ganzes Stück weit entfernt auf den Steg. Eine Weile gucken wir gemeinsam düster auf den See und sprechen kein einziges Wort. Unsere Mutter und Sebastian Pfeffer sind weit genug von uns entfernt, dass sie uns nicht entdecken, und außerdem sind sie wieder einmal sehr mit sich selbst beschäftigt. Ein leichter Windhauch trägt ihr Lachen bis zu uns herüber.

„Ich hoffe, Mama lacht sich nicht noch krank", stichle ich bissig. „Sie kriegt sich ja gar nicht mehr ein, wenn sie mit deinem Vater zusammen ist. Der Typ ist ja der totale Spaßvogel, sobald sie am Horizont erscheint. Anscheinend hat er bei euch nicht genug zu lachen."

Nellie's Bistro
RUE LOVE

Jonas schaut mich von der Seite an und ich spüre seinen vorwurfsvollen Blick. „Supernett von dir, Maxie, aber echt“, sagt er. „Fängst du jetzt schon wieder an, herumzuzicken?“

Ich zucke mit den Achseln und komme mir selbst doof vor. „’tschuldigung“, sage ich kleinlaut. „Das passt nur gerade wie die Faust aufs Auge zu meinem Traum von eben.“

Jonas sieht mich fragend an.

Ich hole tief Luft. „Na ja, ich habe geträumt, dass dein Vater meiner Mama einen Heiratsantrag gemacht hat, und dann haben sie sich auch noch geküsst.“ Ich merke, wie ich bei dem letzten Satz knallrot werde.

„Ist das eklig!“, sagt Jonas aus tiefster Seele. „Die beiden haben sich geküsst? Tut mir echt leid, Maxie, so einen schlimmen Albtraum hatte ich noch nie! Kein Wunder, dass du durch den Wind bist.“ Er seufzt tief und nimmt tröstend meine Hand.

„Ihr schaut aus wie ein Liebespaar! Die halten auch immer Händchen.“ Jule kichert.

Sie hat sich zusammen mit Lukas von hinten an uns herangeschlichen. Bestimmt, um uns zu belauschen. Beide nuckeln grinsend an den Strohhalmen ihrer Colas.

„Stimmt“, sagt Lukas.

Noch mal Korrektur. Jule ist in seltenen Momenten toll, viel zu oft raffiniert, aber eigentlich fast immer total nervig, sodass ich sie in der Luft zerreißen möchte – wie zum Beispiel gerade jetzt. „Du bist ja wirklich unglaublich doof“, wettere ich los. „Wir haben gerade echt andere Sorgen.“ Ich weiß nicht, wer einen röteren Kopf hat: Jonas oder ich. Das Gequake meiner Schwester ist aber auch total peinlich.

„Hihi“, kichern Jule und Lukas und rennen weg, bevor wir sie erwischen und vermöbeln können.

„Was habt ihr denn für Heimlichkeiten?“ Paula schlendert stirnrunzelnd auf uns zu.

„Jetzt fang du nicht auch noch an“, fauche ich. „Ich packe es gerade echt nicht, was da abgeht.“ Ich deute mit einer Kopfbewegung hinaus auf den See.

„Na, komm, Süße. Vielleicht gibt es dafür ja eine harmlose Erklärung“, tröstet mich Paula. Sie schweigt einen Moment und starrt nachdenklich auf das Boot.

Gerade lacht Sebastian Pfeffer so laut, als ob er direkt neben uns stehen würde. „Okay, ich glaube es allerdings nicht“, gibt Paula zu. „Die Sache stinkt zum Himmel. Wir müssen jetzt etwas tun. Bloß beobachten hilft nicht mehr.“

Jonas nickt zustimmend. „Genau. Hast du eine

Idee? Steht dazu was Schlaues in deinen Detektivromanen?"

Paula kriegt plötzlich einen ziemlich verlegenen Blick. „Na ja", druckst sie herum. „In diesen Detektivromanen nicht. Da geht es eher ums Beschatten und Entlarven. Aber ich lese auch total gerne Liebesromane, und da steht schon der eine oder andere Tipp drin ... Lacht ihr mich deshalb jetzt aus?"

Paula liest so Liebesschinken? Das hätte ich echt nicht gedacht. Ich finde solche Romane eher peinlich. Aber egal.

„Ist doch cool", sagt Jonas eilig. „Ist natürlich nicht *mein* Ding. Aber Mädchen mögen so was ja gerne." Dabei sieht er ausgerechnet mich an.

„Ich nicht", stelle ich empört richtig.

Jonas grinst. „Kann ich mir bei dir auch nicht vorstellen, Maxie. Das sind ja so romantische Bücher."

Seltsamerweise passt mir das auch nicht. Bin ich nicht romantisch? Oder anders gefragt: Wie sehen Mädchen aus, die romantisch sind? Wie Paula? „Das weißt du doch gar nicht", sage ich.

Jonas guckt verwirrt. „Wieso? Du hast es doch gerade selbst gesagt."

Ich bin plötzlich eingeschnappt und weiß nicht warum.

„Wollt ihr jetzt wissen, was ich für eine Idee habe, oder nicht?“, mischt sich Paula ungeduldig ein.

„Klar!“, sagen Jonas und ich gleichzeitig und gucken uns dabei nicht an.

„In den Liebesromanen sorgen die Gegenspieler immer dafür, dass sich die Liebespaare umverlieben.“

Ich gucke verblüfft. „Umverlieben? Was heißt das?“

Paula fährt fort: „Na, ist doch klar. Dass sie jemand anderen toller finden. Da muss man dann eben notfalls mit irgendwelchen Tricks nachhelfen. In einer Story hatten sie einen Liebeszauber und einen Liebesentzauberungstrank. Aber so etwas gibt es in echt ja leider nicht.“ Sie schaut mich erwartungsvoll an.

Es dauert noch einen Augenblick, bis bei mir und Jonas der Groschen fällt.

„Ahh, das ist aber schlau“, sagen wir dann fast gleichzeitig.

„In wen könnten wir denn deinen Vater umverlieben?“, frage ich.

„Und deine Mutter?“, fragt Jonas zurück.

Wir sind schon wieder ratlos. In der letzten Zeit geht mir das ständig so.

„Kassia“, sage ich schließlich. „Kassia muss da ran. Die hat bestimmt eine Idee. So wie immer!“

Jonas guckt erleichtert. „Super, Maxie. Natürlich.

Am besten, wir fahren sofort nach Hause, dann kann Kassia gleich mit dem Denken anfangen."

Paula nickt zufrieden. „Stimmt haargenau. Umverlieben ist super, das sage ich euch. In meinen Liebesromanen funktioniert das immer."

„Umverlieben“, sagt Kassia eine Weile später, als wir in ihrem Sternenzimmer Krisensitzung halten.

Diesmal ist auch Jule mit dabei, während Lukas unten im Stall Eddy füttert und striegelt.

„Umverlieben. Hmm.“ Sie guckt so nachdenklich durch ihr Teleskop, dass ich schon befürchte, dass sie sich mal wieder für eine Weile auf einen fremden Planeten beamt.

Auf meiner Schulter sitzt Prinz von Schiller und zwickt mit seinem Schnabel zärtlich in mein Ohrläppchen. Verrückt, aber wahr: Das beruhigt meine Nerven. Ich könnte sofort wieder einen coolen Song mit ihm einüben, aber im Augenblick ist die Sache mit Mama und Sebastian Pfeffer wichtiger.

„Ist doch total klar. Frau Dorn und der Bürgermeister. Jemand anders kommt überhaupt nicht infrage.“ Kassia schaut uns triumphierend an.

„Frau Dorn?“, fragt Jonas. „Du meinst für unseren Vater? Es reicht doch eigentlich, wenn eure Mutter sich umverliebt. Dann kann sie Papa in den Wind schießen und die Sache ist erledigt."

Ich schüttle unwillig den Kopf. „Wieso das denn? Dann ist unsere Mutter die Böse und dein Vater leidet vor sich hin. Oder er ist sauer und gibt mir deshalb eine schlechte Note. Dann darf Jule bestimmt nicht mehr Klavierspielen. Nee, mein Lieber. So einfach geht das nicht." Ich könnte gerade mal wieder unter die Decke gehen. Jungs machen sich das Leben echt leicht!

Jonas macht eine beschwichtigende Handbewegung. „Cool bleiben, Maxie. War doch nur eine Idee. Wer ist Frau Dorn denn überhaupt?"

Kassia setzt ein Strahlen auf, das ich überhaupt nicht von ihr kenne. „Ach, die ist total nett. Du wirst sie bestimmt mögen."

Boah! Meine Schwester! Hat sie sich diese Masche bei ihren Außerirdischen abgeguckt, oder was? Anscheinend ist die Lage noch ernster, als ich dachte. Sonst würde Kassia nicht zu dieser Notlüge greifen.

Denn Frau Dorn ist zwar die geeignete Zielperson für unseren Plan, aber das Gegenteil von nett. Sie ist sogar meistens ziemlich nervig, und ich bin mir sicher, dass Jonas sie hassen wird. Tut mir zwar leid, ist aber nicht zu ändern.

„Sie hat ganz viele Dalmatiner“, erkläre ich Jonas. „Du wolltest doch schon immer viele Haustiere haben. Dein Vater mag ja auf einmal Hunde, und Dalmatiner haben ein ausgesprochen feines Gehör. Passt also alles wirklich optimal!“

Jonas runzelt die Stirn. Begeisterung sieht anders aus. „Und wieso der Bürgermeister für eure Mutter?“, fragt er.

„Na ja“, sagt Kassia. „Der ist schon ewig in Mama verknallt und hat ihr ganz oft rote Rosen geschenkt. Aber seit ihr die große Villa gekriegt habt und Mama nicht, findet sie ihn doof.“

Jonas guckt schuldbewusst. Dabei kann er nun wirklich nichts dafür, dass sein Vater sich die Villa unter den Nagel gerissen hat.

„Der Hund vom Bürgermeister ist fett“, mischt sich Jule ein. „Wenn Mama ihn heiratet, finde ich das doof.“

Ich verdrehe die Augen. „Jule, so weit ist es ja noch nicht. Zuerst soll sie sich umverlieben und danach sorgen wir dafür, dass sie sich entliebt.“

Nun runzelt Jule die Stirn. „Kann sie sich nicht gleich von Sebastian entlieben?“

Paula, die Expertin, schüttelt den Kopf. „Nein, dazu muss sie sich erst einmal umverlieben.“

Jule springt ungeduldig auf. „Versteh ich nicht. Ich geh mal zu Lukas“, sagt sie und verschwindet.

„Und wie geht es jetzt weiter?“, fragt Jonas und guckt Paula fragend an.

„Tja, wenn ihr mich nicht hättet …“ Paula kichert. „Am besten wirken Liebesbriefe. Die schreiben natürlich wir und jubeln sie euren Eltern unter und Frau Dorn und dem Bürgermeister.“

Kassia nickt anerkennend. „Genial, Paula!“ Sie streckt den Daumen nach oben.

„Und wer schreibt diese Liebesbriefe?“, fragt Jonas besorgt.

„Wir alle“, schlägt Paula vor. „Und dann gucken wir, welcher am besten ist.“

Jonas macht ein entsetztes Gesicht. „Ich soll Liebesbriefe schreiben? Kommt gar nicht in die Tüte. Außerdem stehe ich in Deutsch auf Vier minus.“

Aber da kennt Kassia nichts. „Natürlich. Es geht ja schließlich auch um deinen Vater. Warum sollen wir die ganze Arbeit alleine machen? Maxie ist in Deutsch ja auch die totale Versagerin.“

Vielen Dank, liebste Schwester. Total nett, dass du mir das gerade jetzt unter die Nase reibst … Aber ich verkneife mir eine fiese Bemerkung, für Streit ist jetzt echt keine Zeit.

Kassia verteilt an alle leere Blätter, und dann legen wir los.

Kassias Liebesbrief, den sie an den Bürgermeister schreibt, hört sich so an:

Hallo, Schatz!
Ich liebe dich, auch wenn mir deine Rosen nicht immer gefallen. Wie wäre es, wenn wir mal paddeln gehen? Sei am Samstag um fünf am See. Danach können wir knutschen.
Deine Klementine

Ich lache ungefähr fünf Minuten, so lustig finde ich den Brief. Und Prinz von Schiller krächzt begeistert mit.

Auch Paula kriegt sich fast nicht mehr ein. „Wenn der Bürgermeister diesen Brief super findet, ist er einer von deinen Außerirdischen", quietscht sie. Dann liest sie ihren Vorschlag an unsere Mutter vor:

Liebste Klementine,
es tut mir so leid wegen der Villa. Vielleicht können wir uns bei einem romantischen Paddeln aussprechen. Bist du mir wieder gut, meine Augenweide?
Dein größter Verehrer liegt dir zu Füßen

Diesen Brief finde ich gar nicht schlecht, aber ein bisschen zu altmodisch. Ich kann mir nicht vorstellen, dass Mama darauf reinfällt. Schließlich ist sie ziemlich wählerisch. Außerdem steht keine Uhrzeit drin.

Aber ich kann es auch nicht besser und versage wieder völlig. Die Buchstaben tanzen vor meinen Augen wild durcheinander, und egal was ich aufschreibe, es wird immer nur ein doofer Rap daraus. Ist doch verrückt, oder?

Klementine, süße Puppe,
du gehörst zu meiner Truppe.
Ich lass es mit dir krachen,
bis alle anderen lachen.
Jetzt gib mir einen Kuss,
sonst mach ich mit dir Schluss.

Jonas grinst über das ganze Gesicht. „Ganz ehrlich: Ich kann mir nicht vorstellen, dass der Bürgermeister mit diesem Rap das Herz deiner Mutter zum Rasen bringt. Stichwort Umverlieben und so ... Aber sonst ist er gar nicht mal schlecht. Ist eher was für Herrn Schiller."

Leider hat er Recht. „Na, okay", sage ich. „Dann lass mal deine Schnulze hören."

Jonas räuspert sich ein paarmal, bevor er mit Vorlesen loslegt:

Liebste Klementine,
immer wenn ich dich anschaue, geht
die Sonne auf.
Dein Lachen ist lustiger als der schönste
Tag, und die Stunden, in denen ich
dich nicht sehe, sind langweiliger als
schlechtes Wetter. Ich warte auf dich
in großer Sehnsucht unten am See.
Mit dir zu paddeln ist schöner, als um
die ganze Welt zu reisen.
Dein bester Freund

Ich starre ihn total baff an.

„Süß!“, quietscht Paula. „Absolut verschärft. Da würde ich mich sofort verlieben.“

Jonas’ Brief an Frau Dorn klingt ähnlich, zum Schluss schreibt er noch:

Liebste Grüße an die herzigen Beller,
auf die ich mich freue wie ein Welpe.
Dein sehnsüchtiger Sebastian

„Bingo!“, sagt Kassia. „Absolut genial, Jonas. Damit um- und entlieben wir Mama und Sebastian hundertprozentig. Oder ich esse ein Kilo Sternenstaub.“

Wir verdonnern Jonas dazu, sich alle vier Briefe auszudenken. Kassia und Paula tippen sie auf Papas alter Schreibmaschine mit zwei Fingern ab, das sieht romantischer aus als ein Computerausdruck. Ich organisiere in der Zwischenzeit noch ganz schnell vier Briefumschläge und Marken aus Mamas Büro.

Mein Herz klopft wie verrückt, als ich die frankierten Briefe zusammen mit Jonas in den Spätbriefkasten werfe. Unser Plan muss einfach klappen. Sonst werde ich verrückt.

Ich habe kaum geschlafen. Sobald ich die Augen zumachte, geisterte der furchtbare Kuss von Sebastian und Mama in meinem Kopf herum. Deshalb bin ich als Allererste auf, obwohl Ferien sind. Ich fühle mich wie hundert oder mindestens wie zwanzig. Uralt also.

Mama werkelt bereits in der Küche herum, aber im Vergleich zu mir sieht sie aus, als hätte sie die Nacht auf einer Schönheitsfarm verbracht.

„Hallo, meine Süße!“, sagt sie überrascht. „Schon auf?“ Sie schaut mich durchdringend an. „Brütest du was aus, oder bist du nicht rechtzeitig ins Bett gekommen? Du hast ja ganz tiefe Ringe unter den Augen.“

Sehr nett, mir meine schlaflose Nacht unter die Nase zu reiben. Dabei ist sie daran schuld.

„Kein Wunder“, sage ich gereizt. „Ich habe kein Auge zugemacht.“

Mama schüttelt den Kopf und streichelt mir über den Scheitel, als wäre ich ein Hundewelpe in ihrer Praxis. „Ach Maxie“, sagt sie und dabei macht sie ein sehr glückliches Gesicht. „Hab einfach etwas Geduld. Bald wird alles anders und ich kann dir eines versprechen: viel, viel besser. Aber das ist noch ein kleines, süßes Geheimnis, und deshalb musst du dich noch ein Weilchen gedulden und durchhalten. Genieße doch einfach deine Ferien, den Sonnenschein, deine liebe Freundin Paula … Das Leben hat manchmal so schöne Überraschungen auf Lager, man muss einfach nur zugreifen."

Ich starre Mama schockiert an. Sie klingt überhaupt nicht wie sie selbst, sondern hört sich gerade wie eine dieser ferngesteuerten Tussis in der Fernsehwerbung an, die einem ein neues Waschpulver oder Tabletten gegen Verdauungsbeschwerden andrehen wollen.

Genau deshalb kriege ich vermutlich genau in diesem Augenblick das, was man wohl als Nervenzusammenbruch bezeichnet.

„Ich will aber nicht, dass sich etwas ändert", heule ich los wie ein verloren gegangenes Seehundbaby auf einer Eisscholle. „Ich will, dass alles so bleibt. Ich will, dass alles wieder so ist wie früher. Ich will sofort meinen Papa zurück. Wäre mein süßer Papa noch am Leben, wäre das alles nie passiert. Ich-will-das-alles-nicht! Ich-will-das-alles-nicht! Ich-will-das-alles-nicht!"

Ich trommle mit den Handflächen heftig auf dem Küchentisch herum und zapple dabei gleichzeitig mit den Füßen, als hätte ich einen epileptischen Anfall. Dabei schreie ich, ohne Luft zu holen.

„Maxie!“ Das ist nicht meine Mutter, sondern Kassi. Sie stürzt auf mich zu und klebt mir eine. Ich bin schlagartig ruhig und verharre wie angewurzelt mitten in meinem Wuttanz.

„Spinnst du?“, sage ich. Aber es kommt gar kein richtiger Ton aus meinem Hals, sondern nur heiseres Gekrächze.

Vom Küchenschrank krächzt es begeistert zurück. Herr Schiller fliegt in einem eleganten Bogen auf mich zu, landet auf meinem Kopf und breitet seine Flügel über mir aus wie einen Hut.

Momente später schnappt meine Mutter mich und legt mich mit einem Karategriff mitten auf dem Küchenboden flach. „Hol eine Decke, Kassi“, befiehlt sie. „Deine Schwester hat eine posttraumatische Attacke. Vermutlich hat sie Papas Tod nie verarbeitet. Irgendetwas hat diesen Anfall hier gerade ausgelöst. Leider habe ich keinen blassen Schimmer, was.“

Mir ist auf einmal so kalt, dass meine Zähne klappern. Dabei brennt die Sonne bereits wieder knallheiß durch die Fensterscheiben. Kurz bevor ich ein

Eiszapfen werde, bringt Kassia die Decke und Mama verschnürt mich darin wie ein Paket. Dann kocht sie Kamillentee und flößt ihn mir löffelweise ein.

„Alles wird gut“, flüstert sie mir ins Ohr. „Alles wird gut.“

Ich bin auf einmal sehr müde, dabei bin ich doch gerade erst aufgestanden. Obwohl ich es nicht will, fallen mir die Augen zu.

Und während Mama immer noch mantramäßig „Alles wird gut“ in mein Ohr flüstert, schlafe ich tatsächlich ein.

Als ich wieder aufwache, sitzen alle auf dem Fußboden um mich herum und streicheln irgendwelche Körperteile von mir.

„Wir haben dich alle total lieb, Maxie“, sagt Jule mit weinerlicher Stimme und Kassia zwinkert mir ermutigend zu.

Paula hält meine Hand und knutscht die ganze Zeit darauf herum und selbst Daisy hat ihren Kopf ausnahmsweise einmal ganz ruhig und friedlich auf meinem Bauch abgelegt und winselt leise vor sich hin. Ihr Schädel ist so schwer wie ein Mehlsack und ich kriege kaum Luft.

Ich kann mir nicht helfen: Ein bisschen komme ich

mir vor wie bei meiner eigenen Beerdigung. Mir ist höllisch heiß unter meiner Decke. Ich schiebe Daisy zur Seite und setze mich abrupt auf.

„Geht es dir wieder besser, Schnecke?“, fragt Mama mit zärtlicher Stimme.

„Klar“, sage ich.

„Du hast uns allen einen ganz schönen Schrecken eingejagt.“ Sie legt ihre Hand prüfend auf meine Stirn. „Alles normal“, diagnostiziert sie zufrieden und lächelt erleichtert. „Aber schwimmen solltest du heute lieber nicht gehen. Sicher ist sicher.“

Kassia nickt zustimmend, setzt ihren Ich-weiß-du-bist-ein-Alien-aber-es-macht-mir-nichts-aus-Blick auf und wiederholt: „Sicher ist sicher.“

Mir fällt schlagartig wieder ein, dass sie mir eine runtergehauen hat, und ich sage anklagend: „Du hast mir eine geschallert. Total mies von dir. Das kriegst du irgendwann zurück, darauf kannst du wetten.“

Sie lächelt mich besänftigend an. „Ach, Schwesterchen, das war doch ein Notfall. Habe ich mal im Fernsehen gesehen, als jemand in einer Serie genau so einen Nervenzusammenbruch hatte wie du vorhin und Mama sagt auch, das war genau richtig.“

Ob es richtig ist oder nicht, seine eigene Schwester zu schlagen, will ich nicht gerade jetzt ausdiskutieren.

Ich schätze mal, meine Nervenzusammenbruch-Bewacher sind mit ihren Gegenargumenten in der Überzahl.

Mein Bauch knurrt, als wäre Weltuntergang. „Wenn ich nicht sofort Frühstück kriege, sterbe ich wirklich“, sage ich ruppig und springe auf.

„Ich auch!“, brüllt Jule begeistert und setzt sich erwartungsvoll auf ihren Platz.

Und dann gibt es ein grandios leckeres Frühstück mit allem Drum und Dran.

„Nervenzusammenbruch?“, sagt Jonas eine Weile später ungläubig. „Du lässt echt nichts aus.“

Kassia hat ihm Bescheid gesagt, und nun sitzen wir am Küchentisch und schauen zu, wie Jonas die Reste unseres Frühstücks in sich hineinschaufelt. Jule macht inzwischen freiwillig Lukas-Dienst. Ausnahmsweise muss nicht Eddy herhalten, sondern sie misten gemeinsam die Kaninchenställe aus. Mama ist in ihrer Praxis und hält Nagetier-Sprechstunde. Also können wir offen miteinander reden.

„Ja“, ergänzt Paula. „Maxie hat irgendwas mit der Post.“

Kassia schaut Paula herablassend an. „Nicht Post. *Posttrauma*“, sagt sie und lässt das Fremdwort auf der Zunge zergehen. „Das bedeutet, Maxie hat ihre miesen Gefühle verdrängt, als Papa gestorben ist, und jetzt hat sie sie plötzlich doch. Deshalb durfte ich ihr eine runterhauen. Kapiert?"

Paula sagt gereizt: „Vielen Dank, Frau Oberschlau. Man muss nicht alles wissen."

Jonas kippt sich noch eine weitere Ladung Cornflakes in die Schüssel und beginnt, sie knirschend zu zerkauen. „Hä?", fragt er. „Wenn man so ein Postdingens hat, helfen nur Ohrfeigen? Ist das bescheuert. Gibt es keine Tabletten dagegen?"

Langsam wird mir die Sache zu blöd. „Kassia hat mir nur eine runtergehauen, weil ich nicht aufhören konnte zu schreien und weil sie ein Sadist ist. Und jetzt Schluss, aus, Ende der Geschichte. Sonst lege ich wieder los mit dem Posttrauma." Mir ist die Sache schlagartig peinlich, und ich möchte auf keinen Fall, dass Kassia ausplaudert, dass ich wie ein Baby herumgewimmert habe.

„Weil wir gerade bei Post sind", sagt Jonas kichernd. „Heute kommt die Post." Er grinst bedeutungsvoll.

„Ahh!", kreische ich so laut, dass alle am Küchentisch zusammenzucken. Wenn man sich einmal an Herumschreien gewöhnt hat, macht es richtig Spaß. „Klar. Heute kommt die Post."

Im selben Moment klingelt es unten am Gartentor.

Ich stürze zum Fenster und schaue hinaus. „Traritrara, die Post ist da“, singe ich vergnügt und schaue dem Postboten gespannt dabei zu, wie er einen Stapel Briefe in den Kasten wirft.

Er fährt auf seinem Fahrrad bis zur Pfeffer-Villa weiter und hält dort erneut vor dem Briefkasten.

„Perfekt!“, sage ich und reibe mir die Hände. „Jetzt müssen wir nur noch bis morgen durchhalten. Hoffentlich bleibt das Wetter schön.“

Unsere Mutter hat den Brief bekommen. Ganz sicher! Ihr verklärter Blick spricht Bände. Außerdem sieht man die Briefmarke durch die Tasche in ihrem Arztkittel. Dort hat sie den Brief nämlich hineingesteckt.

Mama ist so durcheinander, dass sie das Kaffeepulver in ihre Teekanne löffelt und anschließend mit Orangensaft aufgießt. Ich würde diese Beobachtung gerne mit Paula und Kassia teilen, aber die beiden mischen gerade gemeinsam einen Teig für Marmorkuchen zusammen. Anscheinend erfordert das ihre ganze Konzentration, denn sie kriegen Mamas verwirrten Zustand gar nicht mit.

Ich überlege, wie ich ihnen einen Tipp geben kann, und sage: „Tolles Paddelwetter. Hoffentlich bleibt es die nächsten Tage so. Was meinst du, Mami?"

Kassia schaut erschrocken auf und wirft mir einen Blick zu, der so etwas bedeutet wie: „Halt den Mund, Alien. Du hast schon genug Chaos angerichtet."

Ich zeige heimlich auf Mama, aber Kassia kapiert null. Wenn sie sich mit ihren Aliens auch so dumm anstellt, können die an ihrer Bettkante rütteln und sie wird nichts davon bemerken.

In diesem Augenblick dreht sich unsere Mutter um und sagt mit einem merkwürdigen Unterton: „Ich habe heute einen Brief bekommen."

Ich falle augenblicklich in Schockstarre und Kassia lässt den Rührlöffel auf den Tisch fallen. „Aha", sagt sie. „Und was steht drin? Haben wir im Lotto gewonnen oder warum machst du es so spannend, Mama?"

Eine Sache muss man neidlos anerkennen: Auf den Mund gefallen ist Kassia nicht.

„Vielleicht ein Brief von einem guten Bekannten", mutmaßt Paula.

Ich werfe ihr einen warnenden Blick zu.

„So könnte man es nennen, Paula", sagt Mama zögernd. Ihr Blick macht mich ganz wuschig. „Eher von einer sehr guten Bekannten."

Auf einmal schaut sie ausgerechnet mich an. Für eine Sekunde packt mich die pure Angst. Mama ist nicht so doof, dass sie sich mit einem gefakten Brief reinlegen lässt. Wie konnte ich das nur glauben? Natürlich hat sie sofort kapiert, dass wir ihn geschrieben haben, und es gibt eine schreckliche Strafpredigt mit Taschengeldentzug und Hausarrest bis an unser Lebensende. Vermutlich hat sie ihre Briefmarke wiedererkannt oder die Spucke, mit der ich die Marke angeleckt habe. Oder es ist ein Hundehaar von Daisy in den Umschlag gerutscht. Wir sind einfach jämmerliche Detektive.

„Der Brief ist von meiner besten Freundin. Von Penny. Paula – deine Mama kommt übermorgen zu Besuch!"

Paula schreit auf und ich falle vor Glück, dass unser Briefattentat doch nicht aufgeflogen ist, beinahe ins Koma.

„Ich freue mich riesig." Mama strahlt. „Gut dass der Brief noch rechtzeitig angekommen ist. Er war ewig unterwegs."

„Dann müssen wir nur noch überlegen, wo wir sie einquartieren, und das Bett machen", sage ich eifrig.

Mama lächelt mich an. „Lieb, dass du so mitdenkst, mein Schatz", sagt sie. „Warten wir einfach ab, bis sie da ist. Dann wird sich das schon alles ganz von selbst regeln."

Ich kann mir nicht helfen – Mama redet immer noch etwas wirres Zeug, wenn ich das mal so sagen darf. Was soll sich alles selbst regeln? Betten beziehen sich nicht unbedingt von allein, das weiß ich aus eigener leidvoller Erfahrung. Das ist jede Menge Arbeit.

Andererseits, gut dass sie Tante Pennys Besuch so entspannt entgegensieht. So spricht alles dafür, dass sie morgen tatsächlich mit dem Bürgermeister paddeln geht. Und es ist echt ein doppeltes Glück, dass übermorgen Tante Penny eintrudelt. Dann kann sie das alles gleich mit ihr besprechen.

Auch Sebastian Pfeffer verliert kein Wort über seinen Brief. Aber Jonas ist sich hundertprozentig sicher, dass er ihn bekommen hat und dass sein Vater die Einladung zum Paddeln annimmt. Er sitzt nämlich bereits den ganzen Nachmittag an seinem Klavier und komponiert an einer Hundeoper mit dem Arbeitstitel *Drei kleine Dalmatiner*.

Als es Abend wird, versammeln wir uns alle ein letztes Mal in Kassias Sternenzimmer und gehen den nächsten Tag durch. Denn natürlich wollen wir die Sache nicht dem Zufall überlassen, sondern die Turteltauben bei ihrem Treffen beobachten.

Wir sind total aufgekratzt und können es plötzlich gar nicht erwarten, dass ein neuer Tag anbricht. Kassia hat noch einmal den Wetterbericht gecheckt, und der sieht gut aus. Die Hitzewelle ist vorbei, alle Gewitterwolken sind vorübergezogen. Das ideale Wetter für einen kleinen Paddelausflug.

„Okay“, sagt Jonas. „Am besten, wir gehen alle schnell schlafen, damit wir morgen fit sind und es nicht vermasseln. Gibt es noch irgendetwas zu besprechen?“

Bis auf Kassia schütteln alle den Kopf.

„Kassia?“, wiederhole ich Jonas’ Frage. „Gibt es noch etwas, was wir vergessen haben?“

Kassia holt tief Luft. „Ich weiß es nicht“, sagt sie. „Ich weiß es nicht.“

Ich gucke sie höchst alarmiert an. Seit Kassia ihre ersten Wörter gebrabbelt hat, habe ich noch nie „ich weiß es nicht“ von ihr gehört. Denn Kassia ist die klügste Superhirnschwester auf diesem Planeten.

„Du weißt es nicht?“, hakt jetzt auch Jonas nach. „Was meinst du damit?“ Er kennt Kassia zwar erst seit ein paar Monaten, aber auch er hat anscheinend begriffen, dass so ein Satz aus dem Mund meiner Schwester nichts Gutes zu bedeuten hat. Er ist quasi die Vorstufe zu einem Tsunami.

„Ich weiß nicht heißt, ich weiß nicht“, erwidert Kassia ungeduldig. „Nicht mehr und nicht weniger. Ich habe das Gefühl, wir haben einen Denkfehler gemacht, und ich habe leider keinen blassen Schimmer, welchen." Sie runzelt die Stirn wie Einstein kurz vor der Entdeckung der Relativitätstheorie. „Ich weiß es nicht und deshalb muss ich eine Weile nachdenken."

Mit diesen Worten verzieht sie sich an ihr Teleskop und schaut konzentriert hindurch, ohne uns weiter zu beachten.

Ich zucke ratlos mit den Achseln. „Da ist nichts zu machen", sage ich hilflos. „Hoffentlich fällt es ihr bis morgen ein."

Paula und Daisy schnarchen bereits friedlich, als ich mir immer noch den Kopf zermartere, was wir falsch gemacht haben könnten. Als ich endlich einschlafe, wird es draußen bereits hell.

Wie kann man nur so doof sein?!

Die Sternenguckerei hat Kassia tatsächlich auf die richtige Spur gebracht. Als sie mit tiefen Ringen unter den Augen um sieben Uhr morgens in mein Zimmer stürmt und Paula, Daisy und mich unsanft aus dem Schlaf reißt, ist klar, dass sie etwas herausgefunden hat.

„Wir haben alle zum Bootshaus bestellt", platzt sie aufgeregt heraus.

„Na, klar", antworte ich schlaftrunken. „Damit sie Boot fahren und sich dabei besser kennenlernen."

Kassia schüttelt ungeduldig den Kopf. „Nein! Verstehst du denn nicht? *Alle!* Wie konnte das bloß passieren?"

„Was meint ihr mit *alle?*", fragt Jonas zehn Minuten später. Er hat wieder seinen Hundeschlafanzug an. Ich kann kaum hingucken, so peinlich finde ich das.

„A-ll-e vier gleich-zei-tig!", hämmert Kassia den schlimmen Satz in unsere Köpfe.

„Das ist einfach nur unglaublich bescheuert!“, bemerkt Paula, und damit trifft sie den Nagel auf den Kopf.

„Richtig wäre es gewesen, dass sich Mama und der Bürgermeister am Samstag zum Paddeln treffen und Sebastian und Frau Dorn am Sonntag, damit sie sich jeweils zu zweit in Ruhe kennenlernen und umverlieben können. Also Mama und Sebastian. Wenn jetzt alle vier gleichzeitig aufeinandertreffen, gibt es bestimmt das Megachaos“, erklärt Kassia unseren Fehler noch einmal Schritt für Schritt. „Kapiert?“

„Allerdings“, stöhnt Jonas. „Das ist ja grauenhaft.“

Wir nicken alle.

„Vielleicht ja doch nicht“, sagt Paula plötzlich. „Könnte doch sein, dass es das Umverlieben sogar beschleunigt. Also, dass sie sich heute noch entlieben, um dann bereit für das Umverlieben zu sein.“ Sie guckt triumphierend.

Jonas schaut sie verzweifelt an. „Mir raucht schon der Kopf von den ganzen ‚ents‘ und ‚ums‘“, sagt er. „Ich hoffe, so ein Mist passiert mir nie in meinem ganzen Leben.“

Paula hat auf einmal wieder diesen kindischen Bambi-Blick. „Du musst dir einfach gut überlegen, wen du lieben möchtest, bevor du dich verliebst“, sagt sie. „Ich glaube aber, du bist auf dem richtigen Weg.“ Sie grinst wissend.

„Hä?“, fragt Jonas und schaut ausgerechnet mich an. „Was meint sie damit?“

Ich schüttle unwillig den Kopf. „Keine Ahnung, und das ist jetzt echt nicht das Thema“, sage ich hitzig.

„Aber mit ihrer ersten Theorie hat Paula Recht“, mischt sich Kassia ein. „Mama wird sicher höllisch eifersüchtig, wenn sie sieht, dass ihr lieber Sebastian sich mit Frau Dorn verabredet hat und nicht mit ihr. Und Sebastian findet es bestimmt genauso doof, dass Mama mit dem Bürgermeister paddeln geht.“

Jonas beginnt zu strahlen. „Bingo!“, sagt er glücklich. „Endlich habe ich es kapiert. Glück im Unglück also.“ Er schaut Paula bewundernd an. „Wow, Paula. Du bist echt schlau. Wenn diese Sache hier vorbei ist, denke ich noch mal über das nach, was du danach gesagt hast.“

Paula wird knallrot. „Danke, Jonas“, lispelt sie. „Das ist echt süß von dir.“

Das Mittagessen fällt heute für uns alle aus. Keiner kriegt einen Bissen hinunter, obwohl Mama ausgerechnet Reibekuchen mit Apfelmus gemacht hat.

„Was ist denn mit euch los, Kinder? Ich glaube, ihr

brütet eine Sommergrippe aus", sagt sie besorgt und besteht darauf, dass jeder vor ihren Augen Fieber misst. „Maxie, du hast ja ganz glasige Augen." Seit der Sache mit meinen Nerven guckt sie mich immer gleich superbesorgt an, wenn ich nur einmal zu laut Luft hole.

„Mir geht es super, Mami", beeile ich mich zu sagen. „Wirklich ganz toll." Zum Beweis renne ich einmal in Höchstgeschwindigkeit die Treppen rauf und wieder runter.

„Ich habe heute Nachmittag eine Verabredung", sagt sie und greift nach dem Telefon. „Aber ich glaube, die verschiebe ich erst einmal."

Mit einem schnellen Griff reiße ich ihr das Telefon aus der Hand. „Kommt nicht infrage, Mama", sage ich streng. „Du sollst auch mal deinen Spaß haben. Du möchtest doch nicht, dass ich mich wieder aufrege, oder?"

Kassia zeigt mir hinter dem Rücken unserer Mutter einen Vogel. Bestimmt denkt sie schon wieder, dass ich die Sache vermassle.

Zum Glück lacht Mama nur. „Alles klar. Ihr wollt sturmfreie Bude. Na, dann kann es euch ja nicht ganz so mies gehen. Bestimmt habt ihr euch heimlich mit Süßigkeiten vollgestopft." Sie verschwindet aus der

Küche, denn ihre Mittagspause ist um. Sie muss noch ein halbes Dutzend Welpen impfen und ein Meerschweinchen mit Schluckauf untersuchen, bevor sie sich für ihre Verabredung aufbrezeln kann.

Die Stunden bis zum Nachmittag ziehen sich wie eine halbe Ewigkeit. Nicht einmal während meiner letzten Deutscharbeit ist die Zeit so quälend langsam vergangen.

Aber dann machen wir uns endlich auf die Socken, besser gesagt Reifen. Diesmal können wir leider nicht verhindern, dass Lukas mitkommt. Er will einfach nicht alleine zu Hause bleiben und Jule ist nicht mal mit einer Woche Cola zu bestechen, bei ihm zu bleiben. Zum Glück hat meine kleine Schwester eine blühende Fantasie. Sie redet ihm ein, dass wir für ein lustiges Detektivspiel Agenten am Paddelsee observieren wollen. Lukas ist sofort Feuer und Flamme und kriegt sich gar nicht mehr ein, besonders als er erfährt, dass die Agenten Papa und Klementine sind.

Ausgerechnet heute platzt mein Fahrradreifen, es ist zum Mäusemelken. Zum Flicken und Aufpumpen bleibt keine Zeit. Also nimmt Kassia Paula hinten drauf und ich setze mich bei Jonas auf die Stange. Der Fahrtwind weht ihm meine Haare ins Gesicht, und wir rasen direkt auf einen Graben zu. Kreischend verdrehe ich mich so gelenkig wie eine Schlangenfrau im Zirkus und klammere mich an ihm fest. Auf diese Weise muss ich wenigstens nicht sehen, wie wir in den Abgrund donnern. Im allerletzten Moment kriegt er das Fahrrad wieder auf Spur.

„Das war knapp!“, ruft Jonas. Er hat vor Schreck ein ganz rotes Gesicht.

Wir sausen weiter.

„Du kannst mich jetzt eigentlich wieder loslassen, Maxie“, sagt Jonas etwas zu lässig für meinen Geschmack, als wir an den dichten Büschen kurz vor dem Bootshaus halten. „Ich glaube nicht, dass wir noch mal umfallen.“

Oh nein! Ich habe gar nicht bemerkt, dass ich Jonas immer noch mit beiden Armen festhalte. Mir wird ganz heiß, so peinlich ist mir das.

Jule kichert. „Maxie ist ein Klammeräffchen, Maxie ist ein Klammeräffchen, Maxie ist ein Klammeräffchen.“

Ich schnappe sie mir und fange an, sie durchzukitzeln.

„Könnt ihr das mal lassen?“, mischt sich Kassia ein. „Wir haben jetzt wirklich eine andere Mission!“

Wir verstecken unsere Räder und schleichen uns

von hinten an das Bootshaus heran. Ein perfektes Versteck, um nichts zu verpassen.

Der Schlitten vom Bürgermeister steht noch nicht da und auch der knallrote Kombi, den Frau Dorn fährt, ist nirgends zu entdecken. Dafür sehe ich Mamas Fahrrad neben dem Bootsschuppen stehen und in diesem Moment taucht auch schon Sebastian mit einem gigantischen Blumenstrauß auf. Er sieht nicht nur todschick aus, sondern hat anscheinend auch mit seinem Rasierwasser nicht gespart, denn der Duft weht bis zu uns herüber.

„Puh, wie das stinkt!“, mault Kassia und fängt an zu niesen.

„Pscht!“, ich schubse sie unfreundlich. „Reiß dich mal zusammen. Glaubst du, deine Außerirdischen müffeln besser?“

Plötzlich höre ich Mamas Stimme: „Sebastian! Was machst du denn hier?“

Herr Pfeffer antwortet: „Klementine. Nein, so ein Zufall!“

Mama fragt neugierig: „So schöne Blumen. Für wen sind die denn?“

Sebastian Pfeffer räuspert sich verlegen. „Ach, für eine Bekannte. Nichts Besonderes. Habe ich noch schnell im Supermarkt besorgt. Aber du siehst heute wirklich besonders schön aus. Das Kleid passt perfekt du deinen wunderbaren Augen. Auf wen wartest denn du?“

Mir fallen fast die Ohren ab. Für so einen Draufgänger habe ich meinen Musiklehrer bislang nicht gehalten.

Mama sagt immer, wir sollen nicht lügen. Aber das gilt wohl nur für Kinder bis dreizehn. Denn sie schwindelt wie aus der Pistole geschossen und wird vermutlich nicht einmal rot dabei: „Ach, ich wollte nur mal Luft schnappen.“

Wir kauern eine geschlagene halbe Stunde hinter dem Bootshaus. Weder Frau Dorn noch der Bürgermeister tauchen auf. Dafür unterhalten sich Mama und Sebastian die ganze Zeit über prächtig.

„Der totale Reinfall“, kommentiert Jonas die Situation düster. „Fehlt nur noch, dass sie zusammen Boot fahren. Dann ist alles im Eimer.“

Fünf Sekunden später passiert genau das. „Hast du Lust auf eine kleine Wasserpartie, Klementine?“

Unsere Mutter lacht fröhlich. „Genau das wollte ich dich auch gerade fragen.“

Jonas und ich schauen uns fassungslos an. Was können wir jetzt noch tun?

„Boot fahren? Juchuh! Ich komme mit!“ Lukas

hält es keine Sekunde mehr in unserem Versteck, als er hört, was unsere Mutter und Sebastian vorhaben. Begeistert springt er auf und rast in Höchstgeschwindigkeit um das Bootshaus herum, um den Spaß auf keinen Fall zu verpassen.

Wir stehen ganz schön dämlich da, als wir wie die kleinen Strolche einer nach dem anderen hinter dem Bootshaus hervorpurzeln und Sebastian Pfeffer und unserer Mutter gestehen, dass wir sie die ganze Zeit bespitzelt haben.

„Ihr habt tatsächlich gedacht, wir sind ineinander verliebt?", fragt Sebastian bestimmt zum fünften Mal. „Sogar du, Jonas?" Er schaut uns fassungslos an. „So etwas Albernes hätte ich euch allen wirklich nicht zugetraut, was meinst du dazu, Klementine?"

Unsere Mutter schüttelt so heftig den Kopf, als hätte sie einen Wackelkontakt. „Nein wirklich nicht, Sebastian. Nichts ist verrückter als diese Idee."

Sie starren uns minutenlang wortlos an und werden auf einmal beide gleichzeitig rot wie überreife Tomaten.

Eine halbe Stunde später sitzen wir alle eng aneinandergedrängt in einem Boot mitten auf dem See, um Farbe zu bekennen – jedenfalls nennt es Mama so. Aber anstatt dass Sebastian Pfeffer und unsere Mutter endlich zugeben, dass sie ineinander verliebt sind, unterstellen sie uns, dass wir neugierige Schnüffler sind, und heizen uns so richtig ein.

„Wenn ich eines nicht leiden kann, dann dass man mir nachspioniert“, sagt Mama.

Sebastian gibt ihr eifrig Recht und fügt hinzu: „Eltern sind nicht die Sklaven ihrer Kinder.“

Also ehrlich, mir kommen beinahe die Tränen. Geht es vielleicht noch ein wenig dramatischer?

„Dabei bin ich gar nicht mit Sebastian verabredet gewesen“, unterstreicht Mama.

„Und ich nicht mit Klementine“, sagt Herr Pfeffer.

Wissen wir doch alles, hätte ich fast laut geschrien. Haltet ihr uns für doof? Aber Kassia kennt sich nicht nur mit dem Weltall aus, sondern auch mit ihren

Schwestern. Damit ich den Mund halte, tritt sie mir fest gegen das Schienbein, sodass ich für einen Moment nur die Milchstraße sehe und mir die Lust auf Plaudern vergeht.

Natürlich hat sie Recht. Wenn Sebastian und unsere Mutter diese Briefgeschichte herauskriegen, sind wir echt geliefert.

„Eine Liebesgeschichte zwischen Sebastian und mir existiert nur in eurer überspannten Fantasie“, fährt Mama hitzig fort. „Ich glaube, die Ferien bekommen euch nicht. Vermutlich müsst ihr einfach Verantwortung übernehmen, damit ihr sinnvoll beschäftigt seid.“

Sebastian Pfeffer hält den Daumen hoch. „Absolut richtig, Klementine. Wir können gleich eine Liste machen. Ich hätte da so einiges im Angebot – Rasen mähen, Auto waschen, Fenster putzen, Badezimmer schrubben …“

„Teppich klopfen, Schränke wischen, Dachboden ausmisten …“, fährt Mama fort.

Hah! Das war das falsche Stichwort. Der Dachboden ist für meine Schwester Kassia so etwas wie der Heilige Gral. Wer ihr da in die Suppe spuckt, kriegt Ärger, selbst Mama ist da keine Ausnahme.

„Der Dachboden ist Sperrgebiet!“, ruft Kassia empört. „Ich finde es ganz schön gemein, wie ihr euch herausredet, und feige ist es auch. Schließlich haben wir astreine Beweise für unsere Vermutungen, da könnt ihr uns so viel Hausarbeit aufbrummen, wie ihr wollt."

Obwohl Kassia sich mit ihrem Bekenntnis total in die Nesseln gesetzt hat, bin ich erleichtert. Einfach, weil unser Superhirn auch mal die Nerven verliert und hysterisch herumkrakeelt.

„Ach", sagt Mama spitz. „Beweise also. Und welche sollen das bitte sein?"

Bevor wir sie daran hindern können, fängt Kassia unerbittlich an aufzuzählen, wie seltsam sich die beiden in der letzten Zeit benommen haben – angefangen bei Sebastian Pfeffers Kämm-Arie über Mamas schickes neues Sommerkleid bis hin zu Sebastians plötzlicher Affenliebe für Vierbeiner. Nur die Briefe lässt sie komplett raus. Dafür bin ich ihr wirklich dankbar.

Sebastian und Mama tauschen einen langen Blick aus.

„Tja, Klementine", sagt Sebastian schließlich seufzend. „Das habe ich mir zwar anders vorgestellt, aber dann müssen wir doch schon mit der Wahrheit rausrücken, oder was meinst du?"

Unsere Mutter nickt. „Sehe ich genauso. Ich konnte ja nicht ahnen, dass wir von einem halben Dutzend Geheimagenten beschattet werden." Sie wechselt erneut einen Blick mit Sebastian Pfeffer, diesmal nur ganz kurz. „Sebastian hatte eine Idee. Und die war so verrückt, dass ich erst einmal eine Weile darüber nachdenken musste."

Sebastian Pfeffer nimmt das Ruder und schlägt damit zur Bekräftigung auf das Wasser. „Und als Klementine mit dem Nachdenken fertig war, mussten wir eine ganze Weile darüber reden, und zwar ohne dass aus allen Ecken lange Ohren zu uns herüberwuchsen."

Mama nickt. „Stimmt haargenau. Allerdings hatten wir keine Ahnung, dass wir uns nicht nur vor langen Ohren, sondern auch vor unsichtbaren Augen in Acht nehmen müssen."

Wie lange dauert die Ewigkeit? Das ist eine Frage, die ich mir schon länger gestellt habe, ohne dass ich bisher eine Antwort darauf gefunden hätte. Seit jetzt eben weiß ich es. Die Ewigkeit dauert ungefähr genauso lange, wie Mama und Sebastian uns mit ihrem *Geheimnis* auf die Folter spannen. Wahrscheinlich hätten wir noch bis zum Abendessen in diesem engen Boot gesessen und darauf gewartet, dass die beiden mit der Wahrheit herausrücken, aber meine kleine Schwester Jule ist manchmal einfach ein unbezahlbarer Schatz. Sie ruft nämlich ungeduldig: „Paddeln wir noch lange hier herum und reden Quatsch? Ich muss schrecklich doll Pipi machen und Hunger und Durst habe ich auch."

Urplötzlich steht Mama feierlich auf. In ihrem grünen Kleid sieht sie aus wie eine Meerjungfrau. Zum Glück taucht sie nicht in die Fluten, sondern platzt endlich mit der Wahrheit heraus: „Wir machen einen Haustausch, schon in zwei Wochen. Dann eröffne ich endlich meine Tierambulanz, jede von euch kriegt ein riesiges Zimmer, und das Fenster auf dem Dachboden ist so groß, dass Kassia mit bloßem Auge direkt bis zum Mars gucken kann. Nur der Flügel von Sebastian bleibt im Wohnzimmer stehen. Da passt er nämlich am besten hin. Sebastian kauft sich ein Piano zum Komponieren und kommt einfach zu uns, wenn er Lust auf seinen Flügel hat. Außerdem wollen wir ausprobieren, ob Klaviermusik meine kleinen Hundepatienten heilt, wenn sie Kummer haben. Tiermusiktherapie nennt man das. Bei Menschen klappt das ja auch." Sie strahlt uns an.

„Juchuhhhhh!" Jule springt wie ein übermütiges Fohlen auf und fällt Mama um den Hals.

Little Duck.

Beide verlieren das Gleichgewicht und das Boot beginnt ganz fürchterlich zu schwanken. Mit einem lauten Schrei plumpsen meine Mutter und meine kleine Schwester ins Wasser.

„Klementine!“, ruft Sebastian panisch. „Jule!“ Er lässt das Ruder fallen und stürzt sich todesmutig hinterher.

Das gibt dem Boot den Rest. Es kippt zur Seite und wir landen alle im lauwarmen See.

Nachdem wir prustend das Ufer erreicht und eine dösende Entenfamilie aus dem Schilf aufgescheucht haben, stopft uns Sebastian Pfeffer kurzerhand so pitschnass, wie wir sind, in seinen Transporter. Selbst die Fahrräder zurrt er noch auf dem Dachgepäckträger fest. Der Pfeffervater ist nämlich gar nicht so ungeschickt, wie er immer gerne tut.

Auf der Heimfahrt schnattern wir mindestens so aufgeregt wie die Entenfamilie durcheinander. Zu Hause fängt Jule sofort an zu packen und Kassia stürmt währenddessen den Pfeffer'schen Dachboden, um einen Grundriss ihres neuen Reiches zu zeichnen. Selbst Paula lässt sich von der allgemeinen Euphorie anstecken und hilft Kassia beim Ausmessen des Dachbodens. Schließlich muss das Teleskop optimal in das All ausgerichtet werden.

Nur ich weiß nicht genau, ob ich mich freuen soll. Und jetzt kann mich jeder, der will, laut auslachen, es ist mir egal. Ich mache mir nämlich ernsthaft Sorgen, wie Jonas die Umzugspläne findet. Schließlich zieht er in unser winziges Hexenhaus, nachdem er vorher in einem echten Palast gewohnt hat.

Schließlich fasse ich mir ein Herz und frage ihn einfach, wie er sich dabei fühlt.

„Absolut cool", sagt er und strahlt mich an. „Aber ich will dein Zimmer haben und auf dem Dachboden könnten wir ein kleines Studio einrichten, in dem wir unsere Songs mit Herrn Schiller proben. Was hältst du davon?"

Ganz ehrlich, mir plumpst ein ganzes Gebirge vom Herzen. Erst jetzt kann ich mich richtig freuen.

Liebe Leute, mein Leben ist das totale Chaos und meine Familie treibt mich die meiste Zeit in den Wahnsinn. Trotzdem möchte ich mit niemandem auf der ganzen Welt tauschen.

Erst als Mama hektisch anfängt zu saugen und die Küche aufzuräumen und die Schuhe im Flur zu sortieren, fällt es mir wieder ein: Tante Penny kommt ja zu Besuch, das hätte ich in dem ganzen Trubel beinahe vergessen. Besonders Paula freut sich wie eine

Schneekönigin, dass sie ihre Mutter endlich mal für ein paar Tage ganz für sich alleine haben wird, ohne dass sie mit ihrem Hubschrauber zum nächsten Rettungseinsatz muss. Angestachelt durch Kassia macht sie eine ewig lange Liste, was sie ihr alles zeigen will. Ganz oben schreibt sie hin: Familie Pfeffer kennenlernen! Und dabei hat sie schon wieder ihren Bambi-Barbie-Augenklimperblick. Haha.

„Kommt Tante Penny mit dem Hubschrauber aus England?“, fragt Jule am Sonntagmorgen aufgeregt.

„Nee, mit unserem uralten Auto, du Backpflaume“, antwortet Paula grinsend.

Aber als es zwei Stunden später draußen hupt, steht ein knallgrüner Sportwagen vor der Tür, aus dem Tante Penny mit hochrotem Kopf heraushüpft, als wäre sie ein Reh mit Sonnenbrand. „Hello, Darlings!“, ruft sie aufgekratzt und umarmt uns überschwänglich. „Überraschung. Ich hab noch jemanden mitgebracht. Super, dass Klementine dichtgehalten hat!“

Jetzt weiß ich endlich, von wem Paula den Bambi-Blick geerbt hat. Denn genau mit so einem Augenaufschlag guckt Tante Penny den Cowboy an, der gerade aus dem Auto steigt. „Das ist Peter“, sagt sie strahlend. „Wir haben uns bei einem Rettungseinsatz in Australien kennengelernt. Er ist Buschtierarzt." Sie schnappt sich Paula und sagt: „Paula, meine Süße, ihr beide werdet euch bestimmt ganz super verstehen!"

Was soll ich sagen: Paula ist natürlich total schockiert. Und das wundert mich überhaupt nicht. Zum Glück haben wir jede Menge Erfahrung mit Verliebten, Entliebten und Umverliebten gesammelt. Ein paar Stunden später halten wir unseren ersten Krisenrat in Kassias Sternenzimmer. Die Anfängerfehler, die wir bei Mama und Sebastian Pfeffer gemacht haben, passieren uns bestimmt kein zweites Mal. Paula kann sich zweihundertprozentig auf uns verlassen. Denn dafür sind Freunde ja schließlich da!

LESEPROBE

Gina Mayer
Pferdeflüsterer Academy
Band 1: Reise nach Snowfields
ISBN 978-3-473-40450-6

1

Als sie den Saal betrat, hatte Zoe das Gefühl, dass sie Jakes Blick spüren konnte. Wie eine sanfte Berührung streifte er ihre nackten Arme und streichelte ihre Wangen.

Während sie zu ihrem Platz vor dem Orchester ging, wurde der Applaus immer lauter, er schwoll zu einer Woge der Begeisterung an. Der Dirigent Onni Seikola stand bereits an seinem Pult. Nun nickte er Zoe zu und lächelte. Sie verbeugte sich und der Beifall steigerte sich zu einem Sturm.

Erster Rang, zweite Reihe, Platz fünfzehn. Das war Jakes Platz, von dort blickte er zu ihr herauf. Eigentlich müsste sie ihn von der Bühne aus sehen können, dachte sie. Aber sie verbot sich, nach ihm Ausschau zu halten.

Stattdessen versuchte sie, ihr Publikum auszublenden. Die Leute wurden zu einer Tapete aus Augen, Nasen, Mündern, Ohren.

Das hatte ihre Mom ihr beigebracht. Die Leute sind nicht wichtig, sagte sie immer. Konzentrier dich auf die Musik.

Normalerweise fiel es Zoe leicht, ihr Publikum zu vergessen. Aber heute war es schwer. Weil Jake da unten saß.

Sie hatte ihm die Karte ganz beiläufig gegeben, als ob das Ganze keine Rolle für sie spielte. Komm, wenn du Lust hast, hatte sie gesagt. Und dabei verschwiegen, dass die Karte hundertzwanzig Dollar kostete und das Konzert in der Vancouver Concert Hall seit Wochen ausverkauft war.

Das Vancouver Symphonic Orchestra unter der Leitung von Stardirigent Onni Seikola spielte das Flötenkonzert Nr. 2 von Wolfgang Amadeus Mozart. An der Querflöte das Wunderkind Zoe Deventer.

Der Applaus ebbte langsam ab. Seikola nickte Zoe noch einmal kurz zu, dann wandte er sich an seine Musiker.

Das Flötenkonzert war eines von Zoes absoluten Lieblingsstücken. Deshalb hatte sie Jake eingeladen. Weil sie hoffte, dass diese Musik auch ihn umhauen würde. Mozart ließ niemanden kalt.

„Klassik?“, hatte er gefragt, als Zoe ihm erzählt hatte, dass sie Querflöte spielte. „Damit kenn ich mich überhaupt nicht aus. Ich steh eher auf House.“

„Das find ich auch total gut“, hatte Zoe ihm versichert.

Und wohlweislich verschwiegen, dass sie gar keine Zeit hatte, House zu hören.

In den letzten sechs Monaten hatte sie Konzerte in Toronto, Calgary und New York gegeben, hatte eine CD aufgenommen und war unzählige Male im Fernsehen gewesen.

Ihr folgten fast eine Million Fans auf YouTube, und wenn sie auf Instagram ein Foto von ihrem Essen postete, hatte sie zehn Minuten später über zweitausend Likes.

Zoe war erst dreizehn, aber berühmter als ihre Mutter, die Geigerin Irmhild Sullivan, die heute nicht mitspielte, sondern in der ersten Reihe saß, den Blick fest auf die Tochter gerichtet.

Ihre Mom begleitete sie zu jedem Konzert, sie war ihr aufmerksamster Zuhörer, ihr größter Fan, ihr strengster Kritiker. Sie würde jeden Patzer hören und wäre er auch noch so klein. Und wäre dennoch stolz auf Zoe, so stolz!

Ob Jake auch stolz war, dass er sie kannte? Er war hier, er saß da unten, er sah sie an, Zoe spürte es ganz deutlich. Ob ihm das blaue Seidenkleid mit den Spaghettiträgern gefiel, das sie heute trug? Ihre Hochsteckfrisur, in der winzige Strasssteine steckten und ihr blondes Haar zum Glitzern und Funkeln brachten? Bisher hatte er sie nur in Jeans und Sneakern gesehen. Hoffentlich fand er ihr Outfit nicht affig.

Konzentration, hörte sie ihre Mom sagen. Die Musik ist wichtig, nur die Musik.

Seikola hob die Arme. Zoe setzte die Flöte an die Lippen. Dann gab er den Einsatz und sie begann zu spielen.

Ihre Finger griffen die ersten Töne, sie perlten aus ihrer Flöte wie Luftblasen aus einem Sektglas. Hinter ihr setzten die Streicher ein, ihre Bögen hüpften über die Saiten. Zoes Finger tanzten, Mozarts herrliche Musik erfüllte ihren Körper und brachte ihn zum Schwingen. Ihr war, als würden ihre Füße vom Boden abheben, als schwebte sie hoch über dem Orchester und durch den Saal, über den zweitausend Zuhörern und dem einen, auf den es ankam. Sie spielte für Jake, nur für Jake.

Als Zoe ihre Flöte sinken ließ, herrschte einen Moment lang Totenstille im Konzertsaal. Dann setzte ein ohrenbetäubender Applaus ein.

Onni Seikola trat zu ihr und schüttelte ihre Hand,

gemeinsam verbeugten sie sich. Hinter ihnen begannen die Musiker ebenfalls zu klatschen.

Sie hatte das Stück noch nie so gut gespielt. Das fühlte sie mit jeder Faser ihres Körpers, das sagten ihr die Beifallsstürme, die begeisterten Gesichter und das stolze Lächeln ihrer Mom, die sich in diesem Moment erhob, um ihrer Tochter im Stehen zu applaudieren. Auch die übrigen Zuschauer standen auf.

Zoe atmete tief ein. Und zum ersten Mal an diesem Abend wagte sie es, ihre Augen zum ersten Rang zu lenken. Reihe zwei, Platz fünfzehn.

Sie warf Jake ein strahlendes Lächeln zu, aber er lächelte nicht zurück. Weil er nämlich gar nicht da war.

Auf Platz fünfzehn in der zweiten Reihe saß eine ältere Dame mit hellblau gefärbten Löckchen, die sich jetzt mühsam erhob. Als sie merkte, dass Zoe sie ansah, warf sie ihr mit beiden Armen Kusshändchen zu.

Die Freude, die Zoe gerade noch erfüllt hatte, war weg. Sie hätte am liebsten geweint.

Nach dem Konzert gab es einen Empfang im Foyer des Konzerthauses, aber Zoe nahm nicht daran teil. Sie fuhr mit ihrer Mom nach Hause.

„Ich hab plötzlich schreckliche Kopfschmerzen", log sie. „Ich will nur noch ins Bett."

Irmhild Sullivan, die sonst immer sofort spürte,

wenn ihre Tochter ihr etwas verheimlichte, merkte heute nichts. Sie war viel zu begeistert von Zoes überragender Leistung.

„Du warst einzigartig", sagte sie nun schon zum dritten Mal. „Ganz, ganz beeindruckend."

Zoe nickte kraftlos. Ihre Gefühle für Jake hatten sie beflügelt und davongetragen, nur für ihn hatte sie so gut gespielt. Warum war er nicht gekommen?

Ob er die Karte weiterverkauft hatte? Der Gedanke durchzuckte Zoe wie ein Stromschlag.

„Das würde er nicht tun", murmelte sie.

„Was sagst du, Schatz?"

„Nichts." Zoe legte den Kopf an die Schulter ihrer Mom.

Das Taxi glitt durch die hell erleuchteten Straßen von Vancouver, an glitzernden Wolkenkratzern vorbei. Sie passierten den Hafen, auf dem bunt beleuchtete Schiffe dümpelten. Die Stadt war hellwach, doch Zoe war todmüde.

Am nächsten Morgen regnete es Bindfäden. Zoe verfluchte sich, während ihre Mutter sie durch den Nieselregen zur Schule fuhr. Sie hätte heute schulfrei haben können, um nach New York zu fliegen.

Vor zwei Wochen hatte die Carnegie Hall angefragt, ob Zoe Deventer kurzfristig Zeit für ein Konzert hätte.

Eine berühmte Geigerin war ausgefallen und Zoe sollte einspringen – aber sie wollte nicht.

„Mir wird das alles zu viel“, sagte sie. „Ich brauch mal eine Auszeit.“

Ihre Mutter war fassungslos.

„Ist das dein Ernst, Zoe? Es war doch immer dein Traum, einmal in der Carnegie Hall aufzutreten.“

„Ich weiß“, sagte Zoe. „Aber ich schaff das momentan einfach nicht.“

Ihre Mom nickte, obwohl sie sicher enttäuscht war. Irmhild Sullivan hatte ihre eigene Karriere als Geigerin in den letzten Jahren zurückgestellt, um Zoe zu unterstützen. Sie war Zoes Managerin und Beraterin, sie hörte ihr beim Proben zu, kontrollierte und korrigierte sie und spornte sie an. Die Querflöte kannte sie inzwischen fast so gut wie ihre Tochter.

Zoes Vater war kein Musiker, sondern Personalchef in einem Maschinenbaukonzern. Er war sehr stolz auf seine Tochter, aber Zoes bedingungslosen Einsatz für ihre Musik konnte er nicht nachvollziehen.

„Man muss auch mal Pause machen“, sagte er, „sonst macht das Ganze keinen Spaß mehr.“

Aber wer Pausen machte, wurde nicht zur besten Flötistin der Welt. Und das war Zoes Ziel. Dafür gab sie alles.

Dennoch hatte sie der Carnegie Hall abgesagt. Nicht

weil sie sich wirklich überfordert fühlte. Sie war die vielen Konzertreisen gewohnt, sie liebte es, auf der Bühne zu stehen. Im letzten Jahr hatte sie gerade einmal zwanzig Wochen in Vancouver verbracht. Wenn sie unterwegs war, bekam sie Fernunterricht übers Internet, damit sie den Anschluss an ihre Klasse nicht verlor.

Der Grund für die Absage war Jake.

Vor drei Monaten war er plötzlich in ihrer Schule aufgetaucht, seine Familie war aus den Staaten nach Vancouver gezogen. Eines Morgens hatte er im Kunstunterricht neben Zoe gesessen.

Sie mussten eine Collage aus Zeitungsbildern gestalten, aber Zoe war gar nicht dazu gekommen, irgendein Bild auszuschneiden und aufzukleben. Jake zog sie vom ersten Moment an in den Bann.

Er hatte so ein markantes Gesicht. Wunderschöne graugrüne Augen. Und winzige Sommersprossen, die auf seiner Nase tanzten.

In der zweiten Kunststunde, in der sie nebeneinander gesessen hatten, sollten sie eine bunte Frühlingswiese malen. Mit einem Mal beugte Jake sich über Zoes Block und zeichnete eine kleine Elfe, die aus einer Tulpenblüte herausflatterte. Eine lachende Elfe mit langem blonden Haar.

„Wer ist das denn?“, fragte Zoe.

„Das bist du, siehst du das nicht?“, sagte Jake. „Ich frag mich, warum du deine Zeit hier in der Schule verschwendest. Du gehörst doch in deine Blütenwelt.“

Du bist ganz anders als die anderen, das sagte er Zoe immer wieder. Und das Gleiche dachte sie über ihn. Jake war klug und witzig und im Gegensatz zu den anderen Jungs an der Vancouver Junior High interessierte er sich nicht nur für Football und Baseball, sondern mochte auch Bücher und spielte Gitarre.

Leider hatten er und Zoe nur zwei Unterrichtsfächer zusammen: Kunst und Biologie. Ab sofort waren das Zoes Lieblingsfächer. Sie fieberte den Stunden entgegen, in denen sie ihn sah. Sie hätte ihn so gerne auch nach der Schule getroffen, um über all die Dinge zu reden, zu denen sie während des Unterrichts und in den kurzen Pausen nicht kamen. Aber sie traute sich nicht, den ersten Schritt zu tun.

Und Jake machte leider keinen Versuch, sie öfter zu sehen. Er war zwar immer total nett zu ihr und strahlte sie mit seinen schönen Augen und den blendend weißen Zähnen an, sie kamen sich jedoch keinen Schritt näher.

Wie sollten sie sich auch näherkommen, wenn Zoe ständig von einem Konzert zum nächsten jettete?

Sie hatte der Carnegie Hall abgesagt, um mehr Zeit für Jake zu haben, um sich ganz auf ihn konzentrieren zu können. Ohne mit der Wimper zu zucken, hatte Zoe auf ihren großen Auftritt in New York verzichtet. Und er kam nicht einmal zu ihrem Konzert in Vancouver.

Missmutig starrte Zoe auf die Regentropfen, die unaufhörlich auf die Windschutzscheibe tropften. In New York schien jetzt bestimmt die Sonne. Sie hätte eine Suite in einem angesagten Hotel auf dem Times Square, mit einer gigantischen Wellnesslandschaft, in der sie nach dem Konzert entspannen könnte.

Stattdessen musste sie zur Schule und konnte sich Jakes Ausrede anhören. Dabei gab es keine Entschuldigung für ihn. Zoe hatte gestern für ihn gespielt, nur für ihn. Und er hatte sie nicht gehört.

2

Vor der Schule drückte Zoe ihrer Mom schnell einen Kuss auf die Wange, sprang aus dem Wagen und lief die Stufen zum Eingang hoch.

In der ersten Stunde hatten sie Physik bei Mrs. Deadly, die noch trübsinniger war als ihr Name. Danach Kunst. Sonst zählte Zoe die Minuten bis zum Pausenklingeln, um Hals über Kopf vom Physiksaal in den Kunstraum zu stürmen.

Heute ließ sie sich Zeit. Sie redete sich ein, dass Jake für sie gestorben war, dass es ihr vollkommen egal war, was er von ihr hielt. Und glaubte sich selbst nicht.

Als sie den Kunstraum betrat, war er noch nicht da, obwohl es bereits zum Unterricht geläutet hatte. Vielleicht war er ja krank, dachte sie hoffnungsvoll. Vielleicht hatte ihn eine Grippe oder ein verstauchtes

Bein davon abgehalten, zu ihrem Konzert zu kommen. Aber diese wunderschöne Erklärung löste sich in Luft auf, als Jake in den Raum rannte, unmittelbar vor Mr. Lorenzini, ihrem Kunstlehrer.

„Hi, Zoe!“ Er schleuderte seinen Rucksack auf den Boden und ließ sich auf den Stuhl neben Zoe fallen.

„Hi.“ Mehr konnte Zoe nicht sagen, weil Mr. Lorenzini ihnen jetzt die neue Aufgabe erklärte, die allerdings an Zoe vorbeirauschte, ohne dass sie sie zur Kenntnis nahm. Ihr Herz hämmerte viel zu laut.

Danach holten alle ihre Aquarellfarben raus und begannen zu quatschen. Das war der Vorteil am Kunstunterricht, dass man sich die ganze Zeit unterhalten durfte.

„Schöne Grüße von Granny Sue“, sagte Jake und zwinkerte Zoe zu.

„Von wem?“

„Von meiner Großmutter. Sie war gestern bei deinem Konzert und ist total von der Rolle. Sie hat heute Morgen um sieben bei uns angerufen, um zu erzählen, wie krass sie dich fand.“ Jake verdrehte die Augen, als hielte er das für ziemlich verrückt. Dann lächelte er sie an. „Danke noch mal für die Karte. Du hast einen Fan mehr.“

Zoe schluckte. „Die Karte war eigentlich für dich bestimmt“, sagte sie, ohne sein Lächeln zu erwidern.

Jakes Mundwinkel glitten nach unten. „Ich weiß." Er nickte betroffen. „Aber mir sagt diese Art von Musik echt nichts. Und Granny Sue liebt Klassik. Du hast ihr eine Riesenfreude gemacht."

„Dann ist ja gut." Zoe wandte sich ihrem leeren Blatt zu. Zu dumm, dass sie eben nicht zugehört und keinen blassen Schimmer hatte, was sie zeichnen sollte.

„Bist du sauer?", fragte Jake.

„Quatsch! Ist doch egal."

„Hey, Zoe." Er legte seine Hand auf ihren nackten Unterarm. Die Berührung fuhr wie ein Stromstoß durch ihren Körper. Zoes Beine wurden weich wie Gummi. Zum Glück saß sie, sonst wäre sie umgefallen. „Tut mir leid. Ich wollte dich nicht verletzen. Wenn ich gewusst hätte, wie wichtig dir das ist, wäre ich natürlich gekommen."

Sie antwortete nicht, sondern starrte stumm auf ihr Blatt, weil sie plötzlich Tränen in den Augen hatte. Hoffentlich merkte er es nicht!

„Na, ihr seid ja schon weit gekommen." Mr. Lorenzini war an ihren Tisch getreten, um ihre Skizzen zu begutachten, aber sie hatten beide noch keinen Strich zu Papier gebracht.

„Ich … äh … hab die Aufgabe nicht so richtig verstanden", stammelte Zoe.

Mr. Lorenzini seufzte. „Ihr sollt ein Landschaftsbild

im impressionistischen Stil malen. Über die Impressionisten haben wir in der letzten Stunde gesprochen. Du erinnerst dich, oder?"

„Klar", log Zoe.

„Dann mal los", sagte Jake, als der Lehrer weitergegangen war. „Kann ich deine Farben mitbenutzen? Ich hab meinen Aquarellkasten vergessen."

Bevor die Stunde zu Ende war, hatte sie ihm verziehen. Sie wusste nicht einmal mehr, worüber sie sich so aufgeregt hatte.

Es war doch okay, dass Jake sich nichts aus klassischer Musik machte und dass er Zoe nicht dafür bewunderte, wie toll sie Querflöte spielte.

Sie hatte genug Fans. Sie wollte Jake als Freund. Sie wollte ihn so oft wie möglich sehen und alles über ihn erfahren. Was er dachte, was in ihm vorging, was ihn bewegte. Sie wollte, dass er ihren Arm berührte und ihre Hand hielt.

„Bist du eigentlich auf Lizzys Party?", fragte er, als sie den Kunstraum zusammen verließen.

Lizzy Delaneys Geburtstagsparty fand am übernächsten Wochenende statt. Zoe war eingeladen, aber eigentlich hatte sie absagen wollen. Denn in der Woche darauf würde sie ein großes Konzert in der Singapore Concert Hall geben. Ihr Einstieg in den asiatischen

Musikmarkt, wenn alles gut lief. Ihre Mom hatte alle möglichen Fäden gezogen, um ihr diesen Auftritt zu verschaffen.

Das Wochenende, an dem die Party stattfand, wollte Zoe zum Üben nutzen.

„Gehst du hin?", fragte sie vorsichtig zurück.

„Klar", sagte er. „Lizzy hat mich gefragt, ob ich für sie auflege."

„Cool", sagte Zoe. „Ich komme auch."

Nach der Pause hatte Zoe Englisch. Auf dem Weg zum Klassenzimmer tauchte plötzlich ihre Freundin Kim neben ihr auf.

„Sag mal, liest du deine WhatsApp-Nachrichten nicht mehr?", fragte sie, anstelle einer Begrüßung. „Ich versuch die ganze Zeit, dich zu erreichen."

„Echt?" Zoe zog ihr Handy aus der Tasche. Acht neue Nachrichten von Kim Taylor. „Was gibt's denn so Dringendes?" Jetzt erst fiel ihr auf, wie fertig ihre Freundin aussah. Kim war groß und dünn und hatte rotblondes gewelltes Haar. Ihre Haut war sehr hell, sie wurde auch im Sommer nie richtig braun. Aber heute war Kim selbst für ihre Verhältnisse blass und unter ihren Augen lagen balkendicke dunkle Schatten. „Ist was passiert?"

„Die Snowfields Academy hat gestern angerufen."

Kims Stimme war heiser vor Aufregung. „Stell dir vor, ich kann doch noch bei der Prüfung mitmachen!"

„Was? Aber ich dachte, die Sache sei gelaufen?"

„Ich war auf der Warteliste", sagte Kim. „Und jetzt bin ich irgendwie noch in die Auswahl gerutscht."

„Wow!", sagte Zoe. „Oh Mann, Kim, das ist ja echt super!"

Die Snowfields Academy war ein Reiterinternat im Norden des Landes und Kims absoluter Traum. Die Schule war das perfekte Sprungbrett für eine Profikarriere als Turnierreiterin. Die Liste der Snowfields-Absolventen, die bei Wettkämpfen in aller Welt Medaillen und andere Auszeichnungen errungen hatten, war beeindruckend lang.

In ihren Interviews schwärmten die Ehemaligen von ihrer tollen Schulzeit – der besonderen Atmosphäre und dem Zusammenhalt im Internat, den erstklassigen Lehrern, dem unvergleichlichen „Snowfields-Feeling", das man sein Leben lang nie wieder vergaß.

Um an der Schule angenommen zu werden, musste man eine harte Aufnahmeprozedur durchlaufen. Kim hatte sich vor einigen Wochen zum ersten Mal beworben – und war abgelehnt worden. Ihre bisherigen Leistungen reichten nicht, sie hätte zu wenig Turniererfahrung, hatte man ihr in einem freundlichen Schreiben mitgeteilt.

Zoe hatte Kim getröstet, als sie die Absage bekommen hatte. Aber im Grunde ihres Herzens war sie erleichtert gewesen, das wurde ihr erst jetzt so richtig bewusst. Kim und sie hatten ihr ganzes Leben miteinander verbracht. Sie waren zusammen in den Kindergarten gegangen, in der Grundschule hatten sie nebeneinander gesessen und nun waren sie beide auf derselben Junior High.

Zoe konnte und wollte sich einfach nicht vorstellen, wie sie ohne ihre beste Freundin zurechtkommen sollte. Jetzt musste sie sich darauf einstellen, dass Kim sie vielleicht doch verlassen würde. Zoe versuchte, sich mit ihrer Freundin zu freuen. Auch wenn Kim im Moment alles andere als glücklich aussah.

„Mir wird schlecht, wenn ich nur an das Vorreiten denke.“ Kims Gesicht verlor auch noch den letzten Rest an Farbe. „Das schaff ich auf keinen Fall!“

„Mit dieser Einstellung bestimmt nicht.“ Zoe legte ihre Hände auf Kims Schulter und rüttelte ihre Freundin. „Hey, ich bin Kim und reite super! Ich steck euch alle in die Tasche! – Das musst du dir sagen, und zwar ununterbrochen.“

Kim zupfte nervös an einer rotblonden Haarsträhne. „Das bringt doch nichts. Schließlich weiß ich genau, dass es nicht stimmt.“

„Hallo?“, rief Zoe. „Natürlich stimmt das! Du reitest

toll. Du hast letztes Jahr den ersten Platz im Vancouver Masters Tournament gemacht. Ist das etwa nichts?"

„Nicht genug. Die Leute, gegen die ich antrete, sind international erfolgreich. Nicht nur hier." Kim ließ den Kopf hängen. „Ich weiß gar nicht, ob ich überhaupt hinfliegen soll."

„Kim." Zoe schaute ihre Freundin ungläubig an. „Sag mir, dass das ein Scherz ist. Natürlich fliegst du dahin! Du träumst seit Jahren von Snowfields. Und jetzt hast du es fast geschafft und willst aufgeben?"

„Fast geschafft?" Kim schnaubte. „Da bewerben sich jedes Jahr zweihundert Leute und am Ende werden dreißig genommen."

„Du und neunundzwanzig andere", sagte Zoe. „Du musst an dich glauben, sonst tut es keiner."

„Wenn's drauf ankommt, verlier ich die Nerven." Kim lächelte schwach. „Du kennst mich doch."

Du kennst mich doch. Allerdings, dachte Zoe. Sie hatte Kim zu ihrer allerersten Reitstunde begleitet und Kim war mit zu Zoes erster Flötenstunde gekommen. Damals waren sie beide vier gewesen. Inzwischen war Zoe ein Star und tourte durch die Welt. Und Kim hatte ihr eigenes Pferd, Freddy, und träumte von einer Karriere als Profireiterin.

Sie konnte es schaffen, da war sich Zoe ganz sicher.